DuMont's Kriminal-Bibliothek

Josephine Tey (1897–1952) wurde in Inverness, Schottland, geboren. Nach dem Besuch der Royal Academy in Inverness und dem Anstey Physical Training College in Birmingham arbeitete sie als Sportlehrerin. Josephine Tey, die in London lebte, verfaßte zahlreiche Romane, Bühnenstücke und Hörspiele. Von der Autorin sind in der DuMont's Kriminal-Bibliothek bereits erschienen: »Der singende Sand« (Band 1013) und »Die verfolgte Unschuld« (Band 1026).

Herausgegeben von Volker Neuhaus

Josephine Tey

Wie ein Hauch im Wind

DuMont Buchverlag Köln

Die Deutsche Bibliothek – CIP-Einheitsaufnahme

Tey, Josephine:
Wie ein Hauch im Wind / Josephine Tey. – Köln : DuMont, 1992
(DuMont's Kriminal-Bibliothek ; 1036)
ISBN 3-7701-2356-5
NE: GT

Umschlagmotiv von Pellegrino Ritter
Aus dem Englischen von Manfred Allié

Editorische Betreuung: Petra Kruse
Die der Übersetzung zugrundeliegende englischsprachige Originalausgabe erschien 1963 unter dem Titel »To love and be wise« bei Pan Books Ltd., London
Satz: Froitzheim Satzbetriebe, Bonn
Druck: Rasch, Bramsche
Buchbinderische Verarbeitung: Bramscher Buchbinder Betriebe

Printed in Germany ISBN 3-7701-2356-5

Kapitel 1

Grant hielt inne, den Fuß auf der untersten Treppenstufe, und horchte auf die schrillen Schreie, die vom oberen Stockwerk herunterdrangen. Neben den Schreien hörte er ein dumpfes, gleichmäßiges Grollen; ein elementarer Klang wie ein Waldbrand oder ein Fluß, der Hochwasser führt. Widerwillig stieg er hinauf und kam zu dem unvermeidlichen Schluß – die Party war ein Erfolg.

Er kam nicht als Gast. Literarische Sherryparties, selbst die besseren darunter, waren nichts für Grant. Er wollte lediglich Marta Hallard abholen und sie dann zum Essen ausführen. Zugegeben, es war nicht gerade üblich, daß Polizisten mit großen Schauspielerinnen ausgingen, deren Leben sich zwischen dem Haymarket und dem Old Vic abspielt; nicht einmal, wenn es sich bei diesem Polizisten um einen Detective-Inspector bei Scotland Yard handelte. Drei Gründe gab es für seine privilegierte Stellung, und Grant kannte sie alle drei. Zunächst einmal konnte er sich als Begleiter sehen lassen, zum anderen konnte er es sich leisten, bei Laurent's zu Abend zu essen, und zum dritten fiel es Marta Hallard nicht leicht, jemanden zu finden, der mit ihr ausging. Wegen ihrer Eleganz und des großen Ansehens, das sie genoß, fürchteten sich die Männer ein wenig vor Marta. Deshalb hatte sie auch, als Grant, zu der Zeit noch ein kleiner Detective-Sergeant, in ihr Leben getreten war – es war damals um gestohlene Diamanten gegangen –, darauf geachtet, daß er nicht wieder ganz daraus verschwand. Und Grant war gerne geblieben. So nützlich er Marta war, wenn sie einen Kavalier brauchte, so viel nützlicher war sie für ihn als ein Fenster zur Welt. Je mehr Fenster zur Welt ein Kriminalbeamter hat, desto mehr steigen die Chancen, daß er erfolgreich bei seiner Arbeit ist, und Marta war Grants Guckloch in die Welt des Theaters.

Das Getöse der rauschenden Party schwallte Grant durch die offenen Türen vom Treppenabsatz her entgegen, und er hielt inne, um die wie Sardinen in den langgestreckten klassizistischen Raum gepackte kreischende Menge zu betrachten und sich zu überlegen, wie er Marta da herausbekommen sollte.

Gleich hinter der Tür stand ein junger Mann, dem diese dichte Mauer aus schwatzenden und trinkenden Menschen offenbar die Sprache verschlagen hatte, und machte einen verlorenen Eindruck. Er hatte den Hut noch in der Hand und war wohl eben erst eingetroffen.

»Schwierigkeiten?« fragte Grant, als sich ihre Blicke trafen.

»Ich habe mein Megaphon vergessen«, antwortete der junge Mann.

Er sagte es mit einer sanften, schleppenden Stimme und versuchte gar nicht erst, gegen den Lärm anzukommen. Doch gerade dieser Unterschied im Tonfall ließ seine Worte durchdringender erscheinen, als wenn er gebrüllt hätte. Grant warf ihm einen zweiten, anerkennenden Blick zu. Nun, als er sich ihn genauer ansah, stellte er fest, daß der junge Mann wirklich ausgesprochen gut aussah. Zu blond für einen reinrassigen Engländer. Womöglich ein Norweger?

Oder Amerikaner. Etwas an der Art, wie er ›vergessen‹ ausgesprochen hatte, ließ darauf schließen, daß er von der anderen Seite des Atlantiks stammte.

Es dämmerte bereits an diesem Nachmittag im Vorfrühling, und die Lampen brannten. Durch den Zigarettenrauch konnte Grant Marta am entgegengesetzten Ende des Raumes sehen; sie lauschte dem Dramatiker Tullis, der ihr von seinen Tantiemen erzählte. Er brauchte nicht zu hören, was Tullis sagte, um zu wissen, daß er über seine Tantiemen sprach; Tullis sprach nie über etwas anderes. Tullis konnte einem auf Anhieb sagen, was sein *Abendessen für drei* am Ostermontag 1938 in Blackpool eingespielt hatte. Marta tat nicht einmal mehr so, als ob sie zuhören würde, und machte ein mürrisches Gesicht. Wenn ihr Adelstitel noch lange auf sich warten ließ, dachte Grant, würde die Enttäuschung Marta noch so zusetzen, daß sie sich liften lassen müßte. Er beschloß, an Ort und Stelle zu bleiben, bis es ihm gelänge, sie auf sich aufmerksam zu machen. Sie waren beide groß genug, um über die Köpfe einer gewöhnlichen Menschenmenge hinwegzublicken.

Als eingefleischter Polizist ließ er automatisch den Blick über die Menge zwischen ihnen gleiten, aber er fand nichts, was der Aufmerksamkeit wert gewesen wäre. Es war die übliche Versammlung. Die sehr wohlhabende Firma Ross and Cromarty gab einen Empfang anläßlich der Veröffentlichung von Lavinia Fitchs 21. Buch, und da es hauptsächlich Lavinia zu verdanken war, daß die Firma prosperierte, flossen die Getränke in Strömen, und die Gästeschar war erlesen. Erlesen zumindest, soweit es ihre Kleidung und ihren gesellschaftlichen Bekanntheitsgrad anging. Diejenigen, die durch Leistung wohlverdiente Anerkennung gefunden hatten, feierten weder die Geburt von *Maureens Liebhaber,* noch tranken sie den Sherry der Messrs. Ross and Cromarty. Auch Marta, deren Erhebung in den Adelsstand nur noch eine Frage der Zeit war, war nur hier, weil sie und Lavinia auf dem Lande Nachbarn waren. Und Marta mit ihrer Eleganz in Schwarz und Weiß und ihrem grimmigen Gesichtsausdruck war das Vornehmste, was in diesem Saale zu finden war.

Es sei denn, daß dieser junge Mann, den er nicht kannte, zur Party mehr beitragen konnte als nur sein gutes Aussehen. Er überlegte, womit der Fremde wohl sein Geld verdiente. Ein Schauspieler? Aber ein Schauspieler würde nicht hilflos vor einer Menschenmenge stehenbleiben. Und da war etwas in dem indirekten Kommentar gewesen, den er in seiner Bemerkung über das Megaphon hatte anklingen lassen, hatte etwas in der Distanziertheit, mit der er die Szene betrachtete, gelegen, das ihn von den anderen Anwesenden abhob. War es möglich, überlegte Grant, daß jemand mit einem so edel geschnittenen Gesicht im Büro eines Börsenmaklers versauerte? Oder schmeichelte etwa das sanfte Licht der teuren Lampen von Messrs. Ross and Cromarty dieser geraden Nase und dem glatten blonden Haar, und bei Tageslicht war der junge Mann gar nicht so gutaussehend?

»Vielleicht können Sie mir sagen«, fragte dieser nun und ließ sich nach wie vor nicht dazu verleiten, die Stimme zu erheben, »welche der Damen Miss Lavinia Fitch ist?«

Lavinia war die kleine rotblonde Frau, die am mittleren Fenster stand. Sie hatte speziell für diese Feier einen modischen Hut erstanden, aber nichts getan, um für ein passendes Umfeld zu sorgen; so hing denn der Hut auf dem rötlichen Haar, das an ein Vogelnest erinnerte, als ob er aus einem Fenster heruntergefallen sei, als sie gerade die Straße entlangging. Sie hatte ihr übliches freudig überraschtes Gesicht aufgesetzt und war ungeschminkt.

Grant zeigte dem jungen Mann, wo sie stand.

»Fremd in der Stadt?« fragte er und machte sich eine Wendung zu eigen, die in jedem guten Western vorkam. Eine so höfliche Formulierung wie ›Miss Lavinia Fitch‹ verriet unzweifelhaft die amerikanische Herkunft.

»Eigentlich bin ich auf der Suche nach Miss Fitchs Neffen. Ich habe im Telefonbuch nachgeschaut, aber er steht nicht drin, und ich hatte gehofft, ihn hier zu finden. Kennen Sie ihn vielleicht zufällig, Mr. –?«

»Grant.«

»Mr. Grant?«

»Ich kenne ihn vom Sehen, aber er ist nicht hier. Walter Whitmore meinen Sie, nicht wahr?«

»Ja. Whitmore. Ich kenne ihn überhaupt nicht, aber ich möchte ihn gern kennenlernen, weil wir einen gemeinsamen guten Freund haben – hatten, meine ich. Ich war überzeugt, daß er hier sein würde. Sind Sie sicher, daß er nicht doch da ist? Schließlich sind ja ziemlich viele Leute hier.«

»In diesem Saal ist er jedenfalls nicht. Da bin ich sicher, denn Whitmore ist genauso groß wie ich. Aber er kann natürlich irgendwo in der Nähe sein. Soll ich Sie nicht mit Miss Fitch bekannt machen? Durch die Menschenwand kommen wir schon durch, wenn wir wirklich wollen.«

»Sie stemmen sich dagegen, und ich wusele mich durch«, meinte der junge Mann und spielte auf ihrer beider Statur an. »Das ist sehr freundlich von Ihnen, Mr. Grant«, sagte er, als sie auf halbem Wege stehenblieben, um Luft zu schnappen, eng aneinandergedrückt zwischen endlosen Reihen von Ellenbogen und Schultern ihrer Mitmenschen, und er lachte hinauf zu dem hilflosen Grant.

Mit einem Male war es Grant beklommen zumute. So beklommen, daß er sich abrupt umwandte und sich weiter durch den Dschungel vorwärtsarbeitete, hin zu der Lichtung, in der Lavinia Fitch am mittleren Fenster stand.

»Miss Fitch«, sagte er, »hier habe ich einen jungen Mann, der Sie gerne kennenlernen möchte. Er ist auf der Suche nach Ihrem Neffen.«

»Nach Walter?« fragte Lavinia, und ihr kleines, spitzes Gesicht verlor jenen diffusen Ausdruck unbestimmten Wohlwollens und zeigte statt dessen echtes Interesse.

»Ich heiße Searle, Miss Fitch. Ich komme aus den Staaten und mache Urlaub hier, und ich wollte Walter kennenlernen, weil ich mit Cooney Wiggin befreundet war, genau wie er.«

»Cooney! Sie sind ein Freund von Cooney? Oh, Walter wird begeistert sein, mein Lieber, einfach begeistert! Was für eine schöne Überraschung hier mitten unter diesen – so unerwartet, meine ich. Das wird Walter freuen. Searle, sagten Sie?«

»Ja, Leslie Searle. Ich habe Walter nicht im Telefonbuch finden können –«

»Nein, er hat nur ein Pied-à-terre in der Stadt. Er lebt draußen in Salcott St. Mary – wie wir alle. Er hat seinen Bauernhof dort, wissen Sie. Der Bauernhof, über den er seine Radiosendungen macht. Eigentlich gehört der Hof mir, aber er betreibt ihn und redet darüber und... Heute nachmittag ist er auf Sendung, deshalb ist er nicht zur Party gekommen. Aber Sie müssen uns dort besuchen kommen, seien Sie unser Gast! Kommen Sie dieses Wochenende. Wir fahren heute nachmittag zurück.«

»Aber Sie wissen doch gar nicht, ob Walter –«

»Sie haben doch nichts anderes vor am Wochenende, oder?«

»Nein. Nein, das nicht. Aber –«

»Na also. Walter fährt vom Studio direkt zurück, aber Sie können mit Liz und mir in unserem Wagen fahren, und wir überraschen ihn. Liz! Liz, meine Liebe, wo steckst du? Wo wohnen Sie, Mr. Searle?«

»Im Westmorland.«

»Na, besser könnte es doch gar nicht sein. Liz! Ich möchte wissen, wo Liz steckt!«

»Hier, Tante Lavinia.«

»Liz, meine Liebe, dies hier ist Leslie Searle. Er fährt mit uns zurück und bleibt übers Wochenende. Er möchte Walter kennenlernen, sie waren beide mit Cooney befreundet. Heute ist Freitag, und am Wochenende fahren wir alle nach Salcott und erholen uns von dieser... Da wird es schön und ruhig und friedlich sein, das könnte doch gar nicht besser passen. Also, Liz, meine Liebe, du fährst ihn zum Westmorland und hilfst ihm packen, und dann kommst du wieder her und holst mich ab, ja? Bis dahin wird diese ... wird die Party sicher vorbei sein, und du kannst mich mitnehmen, und wir fahren zusammen nach Salcott und überraschen Walter.«

Grant bemerkte, mit welchem Interesse der junge Mann Liz Garrowby studierte, und wunderte sich ein wenig darüber. Liz war ein kleines, unauffälliges Mädchen mit blassem Teint. Sicher, sie hatte bemerkenswerte Augen – schalkhaft und vergißmeinnichtblau –, und sie hatte eins jener Gesichter, die in einem Mann den Wunsch wecken könnten, mit ihr zusammenzuleben; Liz war ein nettes Mädchen, aber sie war nicht von der Art Mädchen, die einen jungen Mann auf Anhieb fasziniert hätte. Vielleicht hatte Searle ja auch von ihrer Verlobung reden hören und erkannte in ihr Walter Whitmores Verlobte.

Grant verlor das Interesse an Miss Fitchs Sippschaft, als er sah, daß Marta ihn bemerkt hatte. Er gab ihr ein Zeichen, daß er an der Tür auf sie warten werde, und stürzte sich ein zweites Mal in die erdrückenden Fluten. Marta, die Skrupellosere von beiden, legte die doppelte Strecke in der halben Zeit zurück und wartete schon am Ausgang auf ihn.

»Wer ist dieser schöne junge Mann?« fragte sie und blickte sich noch einmal um, als sie zur Treppe gingen.

»Er ist auf der Suche nach Walter Whitmore. Sagt, er sei ein Freund von Cooney Wiggin.«

»Sagt?« wiederholte Marta, und es war nicht der junge Mann, sondern Grant, der sie irritierte.

»Berufskrankheit«, entschuldigte Grant sich.

»Und wer ist das überhaupt, Cooney Wiggin?«

»Cooney war einer der bekanntesten Pressefotografen in den Staaten. Ist vor ein oder zwei Jahren umgekommen, als er eine Reportage über eine dieser Krisen auf dem Balkan machte.«

»Du weißt aber auch alles, was?«

Es lag Grant auf der Zunge zu sagen: ›Jeder, der nicht gerade Schauspielerin ist, hätte das gewußt‹, aber er hatte Marta gern. Statt dessen sagte er: »Wie ich höre, nehmen sie ihn fürs Wochenende mit hinaus nach Salcott.«

»Den hübschen jungen Mann? Na, na. Ich hoffe, Lavinia weiß, was sie tut.«

»Was soll denn falsch daran sein, ihn mit aufs Land zu nehmen?«

»Ich weiß nicht, aber mir kommt es vor, als ob sie ihr Glück herausfordert.«

»Glück?«

»Alles ist doch genau so gekommen, wie sie es sich gewünscht haben, nicht wahr? Walter, aus den Klauen Marguerite Merriams befreit, heiratet Liz und wird häuslich; trautes Familienglück, alles so gemütlich im alten Heim, daß es sich kaum in Worte fassen läßt. Wirklich der unpassendste Augenblick, um einen atemberaubend gutaussehenden Mann ins Haus zu holen, findest du nicht auch?«

»Atemberaubend«, murmelte Grant und überlegte erneut, was an Searle ihn so aus der Fassung gebracht hatte. An seinem guten Aussehen allein konnte es nicht liegen. Ein Polizist läßt sich nicht vom guten Aussehen beeindrucken.

»Ich wette, Emma wirft einen einzigen Blick auf ihn und sorgt dann dafür, daß sie ihn am Montagmorgen direkt nach dem Frühstück aus dem Haus hat«, meinte Marta. »Ihre kleine Liz wird Walter heiraten, und nichts wird dazwischenkommen, solange Emma es verhindern kann.«

»Ich finde, Liz Garrowby sieht nicht so aus, als ob sie sich leicht beeindrucken ließe. Ich wüßte nicht, warum Mrs. Garrowby sich Sorgen machen sollte.«

»Tatsächlich? Mir hatte es dieser Junge in 30 Sekunden angetan – und das aus über 20 Metern Entfernung –, und ich gelte ja als praktisch unentflammbar. Außerdem glaube ich nicht, daß Liz sich wirklich in diesen Holzklotz verliebt hat. Sie wollte ihm nur das gebrochene Herz verarzten.«

»War es sehr gebrochen?«

»Ziemlich angegriffen, würde ich sagen. Verständlicherweise.«

»Hast du jemals zusammen mit Marguerite Merriam auf der Bühne gestanden?«

»Oh ja. Mehrfach. Wir haben lange gemeinsam in *Spaziergang im Dunkeln* gespielt. Da kommt ein Taxi.«

»Taxi! Was hattest du für einen Eindruck von ihr?«

»Marguerite? Oh, sie war natürlich verrückt.«

»Wie verrückt?«

»100 Prozent.«

»Inwiefern?«

»Du meinst, wie es sich bei ihr gezeigt hat? Oh, ihr war einfach alles gleichgültig, außer dem, was sie in dem Augenblick gerade wollte.«

»Das ist kein Wahnsinn; das ist nichts als die kriminelle Psyche in ihrer einfachsten Form.«

»Na, das solltest du ja am besten wissen, mein Lieber. Vielleicht war sie eine Verbrecherin, die ihren Beruf verfehlt hatte. Fest steht jedenfalls, daß sie nicht alle Tassen im Schrank hatte, und nicht einmal Walter Whitmore hätte ich gewünscht, mit ihr verheiratet zu sein.«

»Was hast du eigentlich gegen diesen Liebling des britischen Publikums?«

»Mein Lieber, ich finde ihn unerträglich schmalzig. Es war schon schlimm genug, wenn er vom Thymian auf einem Hügel in der Ägäis schwärmte, wo ihm die Kugeln um die Ohren pfiffen – dafür hat er ja stets gesorgt, daß wir die Schüsse hören konnten; ich hatte ohnehin immer den Verdacht, daß er dafür eine Peitsche verwendet hat ...«

»Marta, ich bin entsetzt.«

»Das bist du nicht; nicht im geringsten. Du weißt es genauso gut wie ich. Als auf uns alle geschossen wurde, da brachte Walter sich in einem hübschen muffigen Büro in Sicherheit, 15 Meter unter der Erde. Doch kaum ist es wieder etwas Besonderes, in Gefahr zu sein, da taucht unser Walter auf aus seinem sicheren Loch und setzt sich auf einen Hügel in den Thymian mit einem Mikrofon und einer Peitsche, mit der er einen Kugelhagel nachmacht.«

»Eines Tages werde ich dich noch gegen Kaution aus dem Gefängnis holen müssen.«

»Totschlag?«

»Nein, böswillige Verleumdung.«

»Kommt man dafür ins Gefängnis? Ich dachte, das gehört zu den kleinen diskreten Vergehen, für die man nur eine Vorladung bekommt.«

Wie wenig man sich doch auf Martas Ahnungslosigkeit verlassen konnte, dachte Grant.

»Aber vielleicht wird es ja doch noch ein Totschlag«, sagte Marta mit jener gurrenden und doch ernsthaften Stimme, für die sie als Schauspielerin so berühmt war. »Den Thymian und die Schüsse konnte ich gerade noch verkraften, aber nun, seit er die ersten Kornfelder des Frühlings und die klopfenden Spechte und all dieses Zeug in Erbpacht genommen hat, ist er zu einem öffentlichen Ärgernis geworden.«

»Warum hörst du dir denn dann seine Sendungen an?«

»Tja, weißt du, es ist etwas fürchterlich Faszinierendes daran. Man denkt sich: Na gut, das ist nun also das Absolute an Abscheulichkeit, was vorstellbar ist, und es gibt nichts Schlimmeres. Und in der folgenden Woche hört man wieder zu, um zu sehen, ob es tatsächlich noch schlimmer werden kann. Er hat einen in seiner Gewalt. Er ist so abscheulich, daß man es nicht einmal fertigbringt, abzuschalten. Fasziniert sitzt man da und wartet auf die nächste Abscheulichkeit – und dann wieder auf die nächste. Und so sitzt man noch da, wenn er sich verabschiedet.«

»Es könnte nicht sein, Marta, daß da der schiere Berufsneid aus dir spricht?«

»Willst du etwa behaupten, daß dieser Kerl ein Profi ist?« fragte Marta und senkte ihre Stimme dabei um eine volle Quinte, so daß Jahre des Tourneetheaters darin mitschwangen, Jahre der armseligen Provinzunterkünfte, der sonntäglichen Zugfahrten und des Vorsprechens in ungeheizten, dunklen Theatern.

»Nein, was ich sagen will, ist, daß er ein Schauspieler ist. Die Schauspielerei liegt ihm im Blut, er tut es unbewußt, er hat es innerhalb weniger Jahre geschafft, in aller Munde zu sein, ohne wirklich etwas dafür zu tun. Ich könnte es dir schon verzeihen, wenn dir das nicht gefällt. Was fand denn Marguerite so wunderbar an ihm?«

»Das kann ich dir sagen. Seine Unterwürfigkeit. Marguerite war jemand, der gern Fliegen die Flügel ausriß. Walter ließ sich von ihr in kleine Fetzen reißen, kam immer wieder zurück und konnte gar nicht genug davon bekommen.«

»Aber einmal ist er dann doch nicht zurückgekommen.«

»Stimmt.«

»Worum ging es bei dem letzten Streit, weißt du das?«

»Ich glaube nicht, daß es einen Streit gab. Ich denke mir, er hat ihr einfach nur gesagt, er sei fertig mit ihr. Das war es jedenfalls, was er bei der gerichtlichen Untersuchung behauptete. Hast du eigentlich damals die Nachrufe gelesen?«

»Muß ich seinerzeit wohl. Im einzelnen kann ich mich nicht mehr daran erinnern.«

»Wenn sie noch zehn Jahre älter geworden wäre, hätte sie eine winzige Notiz unter ›Vermischtes‹ auf der letzten Seite bekommen. Aber so bekam sie bessere Nachrufe als die Duse. ›Eine Flamme des Genius ist erloschen, und die Welt ist ärmer geworden.‹ ›Sie war leicht wie ein Herbstblatt und hatte die Anmut einer Weide im Wind.‹ Und noch mehr in dieser Art. Ein Wunder, daß die Zeitungen nicht mit Trauerrand erschienen. Es hatte beinahe etwas von Staatstrauer.«

»Ein weiter Schritt von da zu Liz Garrowby.«

»Die liebe, gute Liz. Wenn Marguerite Merriam selbst für Walter Whitmore zu schlecht war, dann ist Liz zu gut für ihn. Viel zu gut für ihn. Es wäre mir eine Freude, wenn der schöne junge Mann sie ihm vor der Nase wegschnappen würde.«

»Irgendwie sehe ich deinen ›schönen jungen Mann‹ nicht als Ehemann, und Walter kann ich mir in der Rolle ausgezeichnet vorstellen.«

»Aber mein Guter, Walter wird es in seiner Radiosendung verkünden. Er wird alles über ihre Kinder erzählen und von dem Regal, das er für die Speisekammer gezimmert hat, er wird erzählen, wie die Blumenzwiebeln seines Frauchens sprießen, und er wird von den Eisblumen am Kinderzimmerfenster berichten. Da wäre sie schon besser aufgehoben bei – wie hieß er doch gleich?«

»Searle. Leslie Searle.« Geistesabwesend betrachtete er das blaßgelbe Neonschild mit der Aufschrift ›Laurent's‹, dem sie sich näherten. »Irgendwie habe ich das Gefühl, daß der Ausdruck ›gut aufgehoben‹ nicht zu Searle paßt«, meinte er nachdenklich; von da an dachte er nicht mehr an Leslie Searle bis zu dem Tage, an dem er nach Salcott St. Mary geschickt wurde, um nach der Leiche des jungen Mannes zu suchen.

Kapitel 2

»Licht!« rief Liz, als sie hinaus auf den Bürgersteig trat. »Gutes, helles Tageslicht.« Wohlig sog sie die Nachmittagsluft ein. »Der Wagen steht auf dem Parkplatz um die Ecke. Kennen Sie sich aus in London, Mr. – Mr. Searle?«

»Ja, ich habe schon öfter Urlaub in England gemacht. Allerdings noch nicht oft so früh im Jahr wie diesmal.«

»Sie haben nichts von England gesehen, wenn Sie es nicht im Frühling gesehen haben.«

»So sagte man mir.«

»Sind Sie mit dem Flugzeug gekommen?«

»Von Paris, wie jeder ordentliche Amerikaner. Auch der Pariser Frühling ist sehenswert.«

»So sagte man mir«, antwortete sie und ahmte seine Worte und den Tonfall nach. Und dann, nachdem sie durch den Blick, den er ihr zuwarf, etwas eingeschüchtert worden war, fuhr sie fort: »Sind Sie Journalist? Haben Sie so Cooney Wiggin kennengelernt?«

»Nein, ich arbeite in derselben Sparte wie Cooney.«

»Pressefotografie?«

»Keine Presse. Einfach nur Fotografie. Den größten Teil des Winters verbringe ich an der Küste und mache Porträtaufnahmen.«

»An der Küste?«

»Kalifornien. Das hält meinen Bankdirektor bei Laune. Und die zweite Hälfte des Jahres bin ich auf Reisen und fotografiere alles, wonach mir der Sinn steht.«

»Hört sich nach einem schönen Leben an«, meinte Liz, während sie die Autotür aufschloß und einstieg.

»Es ist ein ausgezeichnetes Leben.«

Der Wagen war ein zweisitziger Rolls, ein wenig altmodisch in der Form, wie die Rolls, die ewig halten, zwangsläufig wirken. Liz gab Erläuterungen, während sie den Parkplatz verließen und sich in den Spätnachmittagsverkehr einreihten.

»Das erste, was Tante Lavinia sich kaufte, als sie Geld verdiente, war eine Zobelstola. Sie hatte immer geglaubt, eine Zobelstola sei das Nonplusultra der guten Kleidung. Und das nächste, was sie haben wollte, war ein Rolls. Den kaufte sie sich dann von ihrem zweiten Buch. Die Stola hat sie nie getragen; sie fand es furchtbar lästig, immer etwas um den Hals baumeln zu haben; aber der Rolls war ein voller Erfolg, und deshalb fahren wir ihn noch heute.«

»Was geschah mit dem Zobelpelz?«

»Sie hat ihn gegen zwei Queen-Anne-Stühle und einen Rasenmäher eingetauscht.«

Als sie vor dem Hotel anhielten, sagte sie: »Hier darf man nicht parken. Ich fahre zu dem Parkplatz drüben und warte dort auf Sie.«

»Aber wollen Sie denn nicht meine Sachen packen?«

»Ihre Sachen packen? Ganz gewiß nicht.«

»Aber Ihre Tante sagte, Sie würden es tun.«

»Das war nur so eine Redewendung.«

»Das habe ich aber anders verstanden. Dann kommen Sie doch wenigstens mit hinauf, und schauen Sie zu, wie ich packe. Stehen Sie mir zur Seite, und haben Sie ein Auge auf mich. Ein hübsches Auge.«

Am Ende war dann doch tatsächlich Liz diejenige, die die Sachen in seine zwei Koffer packte, während er sie aus den Schubladen holte und ihr zuwarf. Es waren, wie ihr auffiel, durchweg sehr teure Sachen, allesamt maßgeschneidert und aus den besten Stoffen.

»Sind Sie schwerreich oder einfach nur ein großer Verschwender?« fragte sie.

»Sagen wir, verwöhnt.«

Als sie das Hotel verließen, verzierten bereits die ersten Straßenlampen das Tageslicht.

»Ich finde, das ist die schönste Art von Lampenlicht«, sagte Liz. »Wenn die Sonne noch nicht untergegangen ist. Narzissengelb und zauberhaft. Gleich, wenn es dunkel ist, werden die Lampen weiß und gewöhnlich.«

Sie fuhren zurück nach Bloomsbury, nur um dort zu erfahren, daß Miss Fitch inzwischen gegangen war. Ross, die eine Hälfte der Firma, lag völlig erschöpft in einem Sessel und labte sich versonnen an dem, was vom Sherry noch übriggeblieben war; er raffte sich zu einem schwachen Abglanz seiner üblichen Bonhomie auf und teilte ihnen mit, daß Miss Fitch entschieden habe, in Mr. Whitmores Wagen sei mehr Platz, und dann zum Studio gefahren sei, um ihn dort abzuholen, wenn er seine halbstündige Sendung beendet habe. Miss Garrowby und Mr. Searle sollten ihnen nach Salcott St. Mary folgen.

Während der Fahrt aus London heraus schwieg Mr. Searle, wohl um die Fahrerin nicht abzulenken, wie Liz annahm, und das gefiel ihr an ihm. Erst als rechts und links grüne Felder erschienen, begann er über Walter zu sprechen. Cooney hatte offenbar große Stücke auf Walter gehalten.

»Sie waren also nicht mit Cooney Wiggin auf dem Balkan?«

»Nein, ich kannte Cooney von zu Hause, von den Staaten her. Aber in seinen Briefen hat er mir viel von Ihrem Vetter erzählt.«

»Das war lieb von ihm. Aber wissen Sie, eigentlich ist Walter gar nicht mein Vetter.«

»Nicht? Aber Miss Fitch ist doch Ihre Tante, oder?«

»Nein. Ich bin mit keinem von ihnen verwandt. Lavinias Schwester – Emma – heiratete meinen Vater, als ich noch ein kleines Kind war. Das ist alles. Ehrlich gesagt, Mutter – das heißt, Emma – hat ihn praktisch überrumpelt. Er hatte gar keine Chance. Sie hatte Lavinia großgezogen, müssen Sie wissen, und es war ein furchtbarer Schock für sie, als Vinnie erwachsen wurde und sich auf eigene Füße stellte – und dann auch noch etwas so Gewagtes tat, wie Bestsellerautorin zu werden. Emma sah sich um, um jemanden anderes zu finden, für den sie die Glucke spielen konnte, und da saß Vater, hilflos mit einer kleinen Tochter, einfach geschaffen dazu, unter die Fittiche genommen zu werden. Und so wurde sie Emma Garrowby, meine Mutter. Ich habe in ihr nie meine Stiefmutter gesehen, denn ich kenne ja keine andere. Als mein Vater starb, zog Mutter nach Trimmings, um bei Tante Lavinia zu leben, und als ich mit der Schule fertig war, bekam ich die Stelle als Sekretärin. Deshalb auch der Auftrag, ich solle für Sie packen.«

»Und Walter? Was spielt der für eine Rolle dabei?«

»Er ist der Sohn der ältesten Schwester. Seine Eltern sind in Indien gestorben, und Tante Lavinia hat ihn dann aufgezogen. Seit er 15 war oder so, meine ich.«

Er schwieg eine Weile, offenbar damit beschäftigt, die Fäden dieser Familiengeschichte zu entwirren.

Sie fragte sich, warum sie ihm das erzählt hatte. Warum hatte sie ihm gesagt, daß ihre Mutter eine alte Glucke war – auch wenn sie keinen Zweifel daran gelassen hatte, daß sie eine liebenswerte Glucke war? Konnte es sein, daß sie nervös war? Sie, die niemals die Nerven verlor und niemals dummes Zeug plapperte? Was gab es denn, weswegen sie nervös sein sollte? An der Anwesenheit eines gutaussehenden jungen Mannes war doch gewiß nichts, was einen aus der Fassung bringen konnte. Sowohl privat als Liz Garrowby wie auch in ihrer Rolle als Miss Lavinia Fitchs Sekretärin war sie im Laufe der Zeit mit einer Vielzahl gutaussehender junger Männer zusammengekommen und war niemals – soweit sie sich erinnern konnte – sonderlich beeindruckt von einem gewesen.

Von dem schwarzen, makellosen Band der Hauptstraße bog sie in einen Seitenweg ein. Die letzten Neubausiedlungen hatten sie hinter sich gelassen und befanden sich nun in einer Welt, die durch und durch ländlich war.

Die kleinen Landstraßen verzweigten sich und führten wieder zusammen, namenlos und scheinbar ohne Ziel, doch Liz schien den Weg im Schlaf zu kennen.

»Woher wissen Sie, wo es langgeht?« fragte Searle. »Für mich sehen diese kleinen Feldwege alle gleich aus.«

»Für mich auch. Aber ich bin die Strecke so oft gefahren, daß meine Hände den Weg ganz von selbst wählen, genau wie meine Finger wissen, wo die Tasten auf der Schreibmaschine liegen. Ich wäre nicht in der Lage, Ihnen die Reihenfolge zu sagen, wenn ich versuche, mir die Maschine bildlich vorzustellen, aber meine Finger wissen, wo jede Taste liegt. Kennen Sie diesen Teil der Welt?«

»Nein, das ist alles Neuland für mich.«

»Eine langweilige Gegend, finde ich. Irgendwie konturenlos. Walter sagt, es wechseln sich immer wieder dieselben sieben Requisiten ab: sechs Bäume und ein Heuschober. Er sagt, es gibt sogar eine Zeile im offiziellen Regimentsmarsch dieser Grafschaft, in der es wörtlich heißt: ›Sechs Bäume und ein Heu-schober!‹« Sie sang es ihm vor. »Aber da vorn, wo die Straße über den kleinen Hügel geht, beginnt Orfordshire, und da gibt es schon mehr zu sehen.«

Orfordshire war tatsächlich eine sehenswerte Gegend. In der beginnenden Abenddämmerung flossen ihre Linien in immer neuen Kombinationen ineinander, und in ihrer Vollkommenheit wirkten sie wie ein Traum. Kurz darauf hielten sie am Rande eines weitläufigen Tales und blickten hinunter auf einen dunklen Fleck von Dächern und die verstreuten Lichter des Dorfes.

»Salcott St. Mary«, stellte Liz es ihm vor. »Einst ein schmuckes englisches Dörfchen, heute ein besetztes Gebiet.«

»Besetzt von wem?«

»Von dem, was die wenigen verbliebenen Einheimischen ›das Künstlervolk‹ nennen. Sie haben's nicht leicht, die Ärmsten. Mit Tante Lavinia sind sie noch fertiggeworden, denn die wohnte im Herrenhaus und hatte im Grunde nichts mit ihnen zu tun. Außerdem ist sie mittlerweile so lange hier, daß sie beinahe schon als Einheimische zählt. Irgendwie hat das Herrenhaus die letzten 100 Jahre über nie richtig zum Dorf gehört, deshalb spielte es keine große Rolle, wer darin lebte. Der Niedergang begann, als die Mühle ihren Betrieb einstellte, und eine Firma wollte sie als Fabrik kaufen. Ich meine, sie wollte eine Fabrik daraus machen. Marta Hallard hörte davon und kaufte sie als Wohnhaus – sie schnappte sie den Geschäftshaien vor der Nase weg, und jedermann war begeistert und glaubte, sie seien gerettet. Sie sahen es nicht gerade gern, daß eine Schauspielerin in der Mühle wohnte, aber alles war besser als eine Fabrik mitten in ihrem Dorf. Die armen Herzchen, hätten sie nur gewußt, was sie erwartete.«

Sie setzte den Wagen wieder in Gang und fuhr langsam parallel zum Dorf den Hügel entlang.

»Ich nehme an, es dauerte ungefähr ein halbes Jahr, bis ein Trampelpfad von London hierher führte«, sagte Searle.

»Woher wissen Sie das?«

»Ich beobachte so etwas immer wieder an der Westküste. Jemand findet ein hübsches, ruhiges Plätzchen, und bevor noch die Wasserleitung gelegt ist, kann man schon einen Bürgermeister wählen.«

»So ist es. In jedem dritten Haus dort wohnt inzwischen ein Fremder. Wohlstand aller Schattierungen, von Toby Tullis – Sie wissen schon, der Dramatiker –, der ein wunderschönes Haus aus der Zeit Jakobs des Ersten direkt an der Dorfstraße hat, bis hin zu Serge Ratoff, dem Tänzer; der wohnt in einem umgebauten Stall. Sündiges Leben in allen Schattierungen, von Deenie Paddington, der niemals denselben Wochenendgast zweimal beherbergt, bis zur armen alten Atlanta Hope und Bart Hobart, die nun schon fast 30 Jahre in Sünde zusammenleben, die Guten. Talent in allen Schattierungen, von Silas Weekley mit seinen düsteren Romanen vom ländlichen Leben mit dampfenden Misthaufen und dem Regen, der in Sturzbächen fällt, bis hin zu Miss Easton-Dixon, die einmal im Jahr ein Märchenbuch fürs Weihnachtsgeschäft schreibt.«

»Das klingt ja reizend«, meinte Searle.

»Es ist abscheulich«, antwortete Liz erregter, als sie es eigentlich beabsichtigt hatte; und wiederum fragte sie sich, was an diesem Abend mit ihren Nerven los war. »Und wo wir schon von Abscheulichkeiten sprechen«, sagte sie und nahm sich zusammen, »ich fürchte, es ist zu dunkel, um den Anblick von Trimmings noch genießen zu können, aber es wird wohl auch genügen, wenn Sie es am Morgen in seiner ganzen Schönheit sehen. Sie können gerade noch die Umrisse am Abendhimmel erkennen.«

Sie wartete, damit der junge Mann die dunklen Konturen der Türmchen und Zinnen im letzten Tageslicht auf sich wirken lassen konnte. »Das eigentliche Juwel ist das gotische Gewächshaus, aber das sieht man jetzt nicht mehr.«

»Warum hat Miss Fitch sich ausgerechnet so etwas ausgesucht?« fragte Searle verwundert.

»Weil sie dachte, es sei großartig«, antwortete Liz, und ihre Stimme war warm und liebevoll. »Wissen Sie, sie ist in einem Pfarrhaus großgeworden; die Art von Pfarrhaus, die um 1850 erbaut wurde; deshalb ist ihr Geschmack ganz auf viktorianische Gotik eingestellt. Ehrlich gesagt, eigentlich versteht sie bis heute nicht, was damit nicht in Ordnung ist. Sie merkt, daß Leute darüber lachen, und sie nimmt es gelassen auf, aber im Grunde versteht sie nicht, warum sie lachen. Als sie Cormac Ross, ihren Verleger, zum ersten Mal mit hierher brachte, machte er ihr Komplimente, wie angemessen der Name sei, und sie hatte keine Ahnung, wovon er sprach.«

»Na, ich bin nicht in der Stimmung, etwas zu kritisieren«, meinte der junge Mann, »nicht einmal viktorianische Gotik. Es war ausgesprochen freundlich von Miss Fitch, mich hierher einzuladen, ohne daß sie auch nur einen einzigen Blick ins *Who's Who* geworfen hatte. Drüben in den Staaten stellen wir uns die Engländer irgendwie zurückhaltender vor.«

»Eigentlich ist es keine Zurückhaltung, was die Engländer pflegen; es ist eher eine Frage der Haushaltskasse. Tante Lavinia konnte Sie von einem Augenblick auf den anderen einladen, weil sie nicht zu überlegen brauchte, ob sie es sich leisten kann. Sie weiß, daß genug Bettwäsche da ist und ein Gästebett, das man damit beziehen kann, und daß genug Vorräte und genug Arbeitskräfte da sind, um Sie zu versorgen, und deshalb hat sie keinen Grund zu zögern. Macht es Ihnen etwas aus, wenn wir direkt zur Garage fahren und Ihre Sachen durch den Nebeneingang hineinbringen? Es ist eine Tagesreise von der Vordertür zum Dienstbotentrakt, denn die große Halle liegt unglücklicherweise dazwischen.«

»Von wem ist denn dieses Haus erbaut worden, und wofür?« fragte Searle und blickte hinauf zu den hoch aufragenden Mauern, an denen sie nun vorbeifuhren.

»Ein Mann aus Bradford, soviel ich weiß. Früher stand ein sehr schönes klassizistisches Haus an dieser Stelle – im Jagdzimmer kann man noch einen Stich davon sehen –, aber er fand, es mache nicht genug her, und ließ es abreißen.«

Und so kam es, daß Searle seine Koffer durch häßliche, schlecht beleuchtete Gänge trug; Gänge, die Liz, wie sie sagte, immer an ein Internat erinnerten.

»Lassen Sie sie einfach da stehen«, sagte sie und wies auf eine Dienstbotentreppe, »es wird gleich jemand kommen, der sie hinaufträgt. Folgen Sie mir nun in vergleichsweise zivilisierte Bereiche, wärmen Sie sich auf, nehmen Sie sich etwas zu trinken, und lernen Sie Walter kennen.«

Sie stieß eine mit Stoff bezogene Tür auf und führte ihn in die vorderen Räume des Hauses.

»Fahren Sie Rollschuh?« fragte er, als sie die absurde Weite der Halle durchmaßen.

Darauf sei sie, antwortete Liz, noch nicht gekommen, aber der Saal sei gut für Tanzveranstaltungen. »Einmal im Jahr trifft sich die örtliche Jagdgesellschaft hier«, fügte sie hinzu. »Sie werden es nicht glauben, aber es ist weniger zugig als in der Getreidebörse von Wickham.«

Sie öffnete eine Tür, und von den grauen Äckern Orfordshires und den bedrückenden düsteren Korridoren des Hauses traten sie in die Wärme und den Feuerschein und die Freundlichkeit eines Zimmers, das von Leben erfüllt war, voller abgenutzter Möbel und durchdrungen vom Duft der Narzissen und des brennenden Holzes im Kamin. Lavinia war tief in einen Sessel versunken, ihre hübschen kleinen Füße lagen auf der Kante des stählernen Kamingitters, und ihr wirrer, unordentlicher Schopf ergoß sich zwischen den Haarnadeln hindurch in alle Richtungen über die Kissen. Ihr gegenüber stand Walter Whitmore in seiner Lieblingshaltung – einen Ellenbogen auf dem Kaminsims und einen Fuß auf dem Gitter –, und Liebe und Erleichterung durchströmten Liz, als sie ihn sah.

Warum war sie erleichtert? fragte sie sich, während man sich begrüßte. Sie hatte doch gewußt, daß Walter hier sein würde. Warum also diese Erleichterung?

Lag es nur daran, daß sie die Last, sich um ihren Begleiter zu kümmern, nun Walter überlassen konnte?

Aber solche gesellschaftlichen Pflichten waren ihr täglich Brot, und nie hatte es ihr etwas ausgemacht. Und es war auch ungerecht, Searle als eine Last zu bezeichnen. Sie hatte selten jemanden getroffen, der so unkompliziert im Umgang war und so wenige Ansprüche stellte. Warum war sie also so glücklich, Walter zu sehen, warum hatte sie das absurde Gefühl, daß nun alles gut sein würde? Wie ein Kind, das von einem fremden Ort zurück in das Zimmer kommt, das es kennt.

Sie sah die Freude auf Walters Gesicht, als er Searle begrüßte, und liebte ihn dafür. Er war menschlich, er war unvollkommen, sein Gesicht zeigte bereits die ersten Falten, und sein Haar wich an den Schläfen schon ein wenig zurück, aber er war Walter, er war echt – niemand von übermenschlicher Schönheit, der vom Morgen der Welt zu kommen schien, an den sich niemand mehr erinnerte.

Es machte ihr Freude zu sehen, daß neben der Statur Walters der Neuankömmling beinahe schmächtig wirkte. Und seine Schuhe, so teuer sie auch gewesen sein mochten, waren für englische Begriffe geradezu lächerlich.

»Schließlich ist er ja nur ein Fotograf«, sagte sie sich, und gleichzeitig wurde ihr bewußt, wie absurd ihre Gedanken waren.

Hatte Leslie Searle sie so beeindruckt, daß sie Schutz vor ihm brauchte? Doch gewiß nicht.

Diese reine, ursprüngliche Schönheit fand man gar nicht so selten unter den nordischen Völkern; und es war auch nicht weiter verwunderlich, daß man dabei an jene Sagen von den Seehundsjägern denken mußte. Der junge Mann war nichts weiter als ein gutaussehender Amerikaner skandinavischer Herkunft, der einen abscheulichen Geschmack in puncto Schuhen hatte und der wußte, welches Objektiv jeweils das richtige war. Es bestand ganz und gar kein Grund, sich zu bekreuzigen oder ihn mit Zaubersprüchen zu bannen.

Trotzdem verspürte sie, als ihre Mutter ihn beim Abendessen fragte, ob er Familie in England habe, ein vages Erstaunen darüber, daß er etwas so Gewöhnliches wie Verwandtschaft haben sollte.

Er habe eine Cousine, sagte er, sonst niemanden.

»Wir mögen uns nicht. Sie malt.«

»Hängt beides denn ursächlich zusammen?« fragte Walter.

»Oh, ihre Bilder gefallen mir gar nicht so schlecht – was ich davon gesehen habe. Wir gehen uns einfach gegenseitig auf die Nerven, und deshalb kümmern wir uns nicht umeinander.«

Lavinia fragte, was sie male; Porträts vielleicht?

Liz überlegte, während sie weitersprachen, ob sie wohl jemals ihren Vetter gemalt hatte. Es mußte schön sein, die Fähigkeit zu besitzen, einen Pinsel und einen Farbkasten zu nehmen und zum eigenen Vergnügen und zur eigenen Zufriedenheit eine Schönheit festzuhalten, die einem sonst niemals gehören konnte, die man aufheben und ansehen konnte, so oft man wollte, bis man starb.

»Elizabeth Garrowby!« ermahnte sie sich. »Wenn das so weitergeht, wirst du dir bald Fotografien von Schauspielern an die Wände hängen.«

Doch nein; es war etwas ganz anderes. Es war nicht tadelnswerter, als ein Werk von Praxiteles zu lieben – zu bewundern. Wenn Praxiteles jemals auf die Idee gekommen wäre, einem Hürdenläufer Unsterblichkeit zu verleihen, dann hätte dieser Läufer gewißlich ausgesehen wie Leslie Searle. Sie mußte ihn irgendwann fragen, wo er zur Schule gegangen und ob er jemals Hürdenläufer gewesen war.

Sie war ein wenig betrübt, als sie bemerkte, daß ihre Mutter Searle nicht mochte. Natürlich würde das niemand sonst bemerken; aber Liz kannte ihre Mutter ganz genau und konnte deren verborgene Reaktionen mit der Präzision eines Mikrometers in jedweder Situation messen. Sie spürte das Mißtrauen, das hinter der freundlichen Fassade kochte und brodelte, so wie die Lava hinter den schönen Abhängen des Vesuvs brodelt und kocht.

Natürlich hatte sie recht mit ihrer Vermutung. Während Walter mit seinem Gast draußen gewesen war, um ihm das Zimmer zu zeigen, und Liz sich zum Abendessen zurechtmachte, hatte Mrs. Garrowby ihre Schwester zur Rede gestellt, warum sie diesen gefährlichen Fremden ins Haus gebracht habe.

»Woher willst du denn wissen, daß er Cooney Wiggin überhaupt jemals gekannt hat?« fragte sie.

»Wenn er es nicht hat, wird Walter das schnell herausfinden«, entgegnete Lavinia ruhig. »Verschone mich damit. Ich bin müde. Es war eine grauenhafte Party. Alle schrien und kreischten durcheinander.«

»Wenn der Bursche es darauf abgesehen hat, Trimmings auszurauben, dann wird es für Walter morgen früh zu spät sein, um zu bemerken, daß er Cooney überhaupt nicht kannte. Jeder könnte behaupten, er habe Cooney gekannt. Ja, jeder könnte sagen, er sei mit Cooney bekannt gewesen, ohne daß man ihm auf die Schliche käme. Es gab praktisch nichts in Cooney Wiggins Leben, was nicht jeder wußte.«

»Ich verstehe einfach nicht, warum du so mißtrauisch ihm gegenüber bist. Wir haben doch schon oft ganz spontan Leute hierher eingeladen, über die wir überhaupt nichts wußten.«

»Allerdings«, antwortete Emma grimmig.

»Und bisher sind sie immer die gewesen, für die sie sich ausgegeben haben. Warum wirst du also ausgerechnet bei Mr. Searle mißtrauisch?«

»Er hat einfach ein zu gewinnendes Äußeres, das kann nicht gut sein.«

Es war typisch für Emma, daß sie vor dem Wort ›Schönheit‹ zurückschreckte und statt dessen zu einem faulen Kompromiß wie ›gewinnendes Äußeres‹ griff.

Mr. Searle bleibe ja nur bis zum Montag, entgegnete Lavinia, und in dieser kurzen Zeit werde er gar nicht in der Lage sein, allzuviel von seinem schlechten Einfluß auszuüben.

»Und wenn du tatsächlich glaubst, er wolle uns ausrauben, dann wird es eine traurige Überraschung für ihn sein, wenn er sich in Trimmings umsieht. Auf Anhieb fällt mir nichts ein, was wert wäre, daß man es auch nur bis Wickham schleppt.«

»Da wäre das Silber.«

»Irgendwie kann ich mir nicht vorstellen, daß jemand sich die ganze Mühe machen würde, auf Cormacs Party zu kommen und zu behaupten, er habe Cooney gekannt, und sich dann nach Walter zu erkundigen, nur um in den Besitz von ein paar Dutzend Gabeln und ein paar Löffeln und einem Silbertablett zu kommen. Warum hätte er dann nicht einfach in einer finsteren Nacht eine Tür aufbrechen sollen?«

Mrs. Garrowby schien noch immer nicht überzeugt.

»Es muß sehr nützlich sein, einen Toten zu haben, wenn man Zugang zu einer Familie finden will.«

»Ach, Em«, sagte Lavinia und brach angesichts der Formulierung und der Einstellung, die dahintersteckte, in Gelächter aus.

Und so kam es, daß Mrs. Garrowby dasaß und hinter ihrer freundlichen Fassade düsteren Gedanken nachhing. Natürlich war es nicht das Silber von Trimmings, um das sie sich sorgte. Was ihr Sorgen machte, war das, was sie das ›gewinnende Äußere‹ des jungen Mannes nannte. Sie haßte es und mißtraute ihm als solchem, weil es eine potentielle Bedrohung für ihr Haus war.

Kapitel 3

Doch entgegen der Prophezeiung Marta Hallards sorgte Emma nicht dafür, daß der junge Mann sofort am Montagmorgen das Haus verließ. Als es Montagmorgen wurde, konnten alle, die auf Trimmings lebten – alle außer Emma –, kaum glauben, daß sie noch am Freitag zuvor niemals etwas von Leslie Searle gehört hatten. Niemals zuvor hatte es auf Trimmings einen Gast gegeben, der so vollkommen im Haushalt aufging, wie Searle es tat. Und niemals zuvor hatte es jemanden gegeben, der für jeden einzelnen von ihnen das Leben so sehr bereicherte.

Er sah sich mit Walter den Bauernhof an und bewunderte die neuen Plattenwege, den Schweinestall und die Dreschmaschine. Er hatte seine Schulferien auf einer Farm verbracht und erwies sich als ebenso kenntnisreich wie aufgeschlossen für alles Neue. Er blieb geduldig auf einem Feldweg stehen, während Walter sich in seinem Büchlein Notizen über den Austrieb einer Hecke oder über eine Vogelstimme machte, die er vielleicht am kommenden Freitag in seiner Radiosendung gebrauchen konnte. Er fotografierte Trimmings in seiner surrealistischen Belanglosigkeit mit ebensolcher Begeisterung wie das kleine Bauernhaus in seiner schlichten Echtheit des 17. Jahrhunderts, und er verstand es, die Eigenart beider in seinen Bildern zum Ausdruck zu bringen. Ja, sein fotografischer Kommentar zu Trimmings war so geistreich, daß Walter, nachdem er unwillkürlich hatte lachen müssen, einen Augenblick des Unbehagens verspürte. An diesem liebenswürdigen jungen Mann war mehr, als in einer Plauderei über das Leben auf dem Lande zutage kam. Er hatte es für selbstverständlich gehalten, daß der Junge so etwas wie sein Jünger war, so daß ein Blick auf diese Fotos ihn in einem Maße aus der Fassung brachte, als ob sein Schatten plötzlich das Wort an ihn gerichtet hätte.

Doch fast im selben Augenblick vergaß er es wieder. Er war kein nachdenklicher Mensch.

Für die nachdenkliche Liz hingegen war das ganze Leben plötzlich zu einer Art Rummelplatz geworden, einem Kaleidoskop, einem Ort, wo nichts länger als ein paar Sekunden lang stillstand oder in der Horizontalen blieb. Wo man mit einem Male in eine vermeintliche Gefahr gestürzt oder durch bunte Lichter gewirbelt wurde. Seit sie sieben war, hatte Liz sich mehr oder weniger regelmäßig immer wieder neu verliebt, doch außer Walter hatte sie niemals jemanden heiraten wollen. Das war Walter, und das war etwas ganz anderes. Aber niemals in dieser langen Reihe vom Bäckerburschen bis hin zu Walter hatte jemand ihre Gedanken so sehr beherrscht wie Searle. Selbst bei Tino Tresca mit seinen glutvollen Augen und der Tenorstimme, die einem das Herz schmelzen ließ wie Eis, selbst bei Tresca, dem verrücktesten all ihrer Schwärme, hatte sie minutenlang vergessen können, daß sie im selben Zimmer mit ihm war. Bei Walter war natürlich nichts Besonderes daran, daß sie in ein- und demselben Raum waren; er war einfach da, und das war schön. Aber wenn Searle im Zimmer war, konnte sie das keine Sekunde lang vergessen.

Warum? fragte sie sich immer wieder. Oder besser gesagt: warum nicht?

Dieses Interesse, diese Erregung hatte nichts mit Liebe zu tun. Wenn er am Sonntagabend, nach dem zweiten Tag, den sie miteinander verbracht hatten, zu ihr gekommen wäre und gesagt hätte: ›Komm, Liz, wir gehen zusammen fort‹, dann hätte sie laut gelacht über ein so absurdes Ansinnen. Sie dachte nicht daran, mit ihm fortzugehen.

Aber wenn er das Zimmer verließ, wurde es dunkel darin, und die Lampen brannten erst wieder, wenn er zurückkehrte. Keine seiner Bewegungen entging ihr, angefangen bei der Art, wie sein kleiner, kräftiger Zeigefinger den Schalter des Radios drückte, bis hin zu der Weise, wie er mit dem Fuß einen Holzscheit in den Kamin zurückschubste.

Warum?

Sie war mit ihm im Wald spazierengegangen, sie hatte ihm das Dorf und die Kirche gezeigt, und immer war da dieses Gefühl der Erregung gewesen; sie spürte es in seiner sanften, einschmeichelnden Höflichkeit und in seinen irritierenden grauen Augen, die so viel über sie zu wissen schienen. Für Liz ließen sich alle amerikanischen Männer in zwei Klassen unterteilen: in diejenigen, die einen behandelten, als ob man eine gebrechliche alte

Dame sei, und diejenigen, die einen behandelten, als sei man einfach nur gebrechlich. Searle gehörte zur ersten Kategorie. Er half ihr auf den kleinen Treppen, die über Zäune führten, und schützte sie vor den zahlreichen Gefahren der Dorfstraße; er pflichtete ihren Ansichten bei und schmeichelte ihrem Ego; und Liz genoß es, denn es war so ganz anders als bei Walter. Walter ging davon aus, daß sie erwachsen genug war, selbst auf sich achtzugeben, andererseits aber auch nicht so erwachsen, daß Walter Whitmore, berühmt auf den Britischen Inseln und in weiten Teilen der Welt, sie um ihre Meinung fragen würde. In allem war Searle das genaue Gegenteil, und das bezauberte sie.

Was für ein wunderbarer Begleiter er gewesen wäre, dachte sie, als sie zusah, wie er im Inneren der Kirche bedächtig Stück für Stück betrachtete, wenn nicht diese quälende Erregung wäre; dieses Gefühl, daß etwas nicht in Ordnung sei.

Selbst Lavinia, die sonst nichts beeindrucken konnte und die immer halb in Gedanken bei ihrer jeweiligen Heldin war, hatte sich, wie Liz auffiel, dem Bann dieser merkwürdigen Anziehungskraft nicht entziehen können. Am Samstag hatte Searle nach dem Abendessen mit ihr draußen auf der Terrasse gesessen, während Walter und Liz im Garten spazierengingen und Emma mit Haushaltsdingen beschäftigt war. Jedesmal, wenn sie auf ihrer Runde durch den Garten unterhalb der Terrasse vorbeikamen, konnte Liz die hohe, kindliche Stimme ihrer Tante fröhlich vor sich hinplätschern hören wie ein Bächlein im Schimmer des schon aufgehenden Mondes. Und am Sonntagmorgen hatte Lavinia ihr gestanden, daß sie noch niemals so ›hingerissen‹ gewesen sei wie von Mr. Searle. »Ich bin sicher, im alten Griechenland wäre er etwas sehr Unanständiges gewesen«, sagte sie. Und mit einem Kichern fügte sie hinzu: »Aber erzähle deiner Mutter nicht, daß ich das gesagt habe!«

Gegen die geballte Macht ihrer Schwester, ihres Neffen und ihrer Tochter hätte Mrs. Garrowby es wohl schwer gehabt, Trimmings von der Anwesenheit des jungen Mannes zu befreien; doch den letzten Schlag versetzte ihr Miss Easton-Dixon.

Miss Easton-Dixon lebte in einem winzigen Häuschen am Hang hinter der Dorfstraße. Es hatte drei Fenster, jedes für sich ebenso schief wie die drei im Verhältnis zueinander, ein Strohdach und nur einen einzigen Schornstein, und es sah aus, als ob ein kräftiges Niesen ausreichte, daß das ganze Häuschen über dem Kopf des Bewohners zusammenbräche; doch ebenso wie sein windschiefes Aussehen beeindruckte den Beschauer, wie gepflegt alles war. Der cremefarben getünchte Putz, die lindgrün gestrichenen Türen und Fenster, die unglaublich steifen Musselinvorhänge, der gefegte Weg aus roten Ziegelsteinen; dazu der Umstand, daß alles, was normalerweise gerade sein sollte, offenbar mit Absicht schief war. All das ergab ein Bild, das eher aus Miss Easton-Dixons eigenen weihnachtlichen Märchenbüchern zu stammen schien.

In den Zeiträumen zwischen ihren jährlichen Büchern beschäftigte Miss Easton-Dixon sich mit kunsthandwerklichen Arbeiten. In der Schule hatte sie Holz mit glühenden Schüreisen traktiert. Als Federzeichnungen in Mode kamen, hatte sie mit Hingabe Federzeichnungen produziert, um dann zum Kneten emporzusteigen. Nach einer Siegellackphase war sie auf Bast gekommen und von dort zur Handweberei. Sie wob noch dann und wann, doch in ihrem tiefsten Inneren fühlte sie sich nicht zum Schaffen, sondern zum Umgestalten berufen. Keine glatte Oberfläche war vor Miss Easton-Dixon sicher. Sie nahm ein Cremetöpfchen und verwandelte sein einfaches, funktionales Äußeres in einen Alptraum von Pseudo-Meißen. In Zeiten, in denen Dachböden wie auch Rumpelkammern verschwanden, war sie der Schrecken all ihrer Freunde, die sie, das sei hinzugefügt, ansonsten liebten.

Nicht nur war sie die Stütze des Landfrauen-Vereins, nicht nur stiftete sie großzügig Kunstgegenstände für die Basare, nicht nur polierte sie mit Begeisterung das Kirchensilber, nein, Miss Easton-Dixon war auch eine Expertin für Hollywood und für alles, was damit zu tun hatte. Jeden Donnerstag nahm sie den Ein-Uhr-Bus nach Wickham und ließ es sich einen Shilling und neun Pence kosten, den zum Kino umfunktionierten Betsaal der Nachfolger Moses aufzusuchen. Sagte ihr der Film der Woche nicht zu – war es etwa ein Musikfilm oder ging es um die Leiden eines unschuldigen Hausmädchens –, dann steckte sie den Shilling und die neun Pence zusammen mit den acht Pence für den Bus ins Porzellanschwein auf dem Kaminsims, und mit diesem Kapital reiste sie nach Crome, wenn dort, beinahe schon eine Großstadt, ein Film gezeigt wurde, auf den sie sich besonders freute.

Jeden Freitag holte sie sich vom Zeitungsladen des Dorfes ihr Exemplar des *Filmbulletins,* sah die neuen Filme der Woche durch, strich sich diejenigen an, die sie sehen wollte, und legte die Zeitung dann beiseite, um später darin nachzuschlagen. Auf dem ganzen Erdball gab es keinen Nebendarsteller, dessen Werdegang Miss Easton-Dixon nicht hätte herunterbeten können. Sie konnte einem erzählen, warum der Maskenbildner von Grand Continental zu Wilhelm gegangen war und welche Auswirkungen das auf das Linksprofil von Madeleine Rice gehabt hatte.

Und so kam es, daß die arme Emma, als sie auf dem Weg zum Abendgottesdienst den makellosen Ziegelsteinweg hinaufschritt, um einen Korb Eier abzuliefern, ohne es zu ahnen, in ihr Waterloo ging.

Miss Easton-Dixon erkundigte sich, wie die Party gewesen sei, mit der die Geburt von *Maureens Liebhaber* und Lavinia Fitchs literarische Volljährigkeit gefeiert worden waren. War sie ein Erfolg gewesen?

Emma nahm es an. Die Parties bei Ross und Cromarty waren das immer. Das einzige, was man brauchte, um aus einer Party einen Erfolg zu machen, waren Getränke in ausreichenden Mengen.

»Wie ich höre, haben Sie einen sehr gutaussehenden Gast dieses Wochenende?« sagte Miss Easton-Dixon, weniger aus Neugierde, sondern eher, weil es nicht ihren Vorstellungen von gutem Benehmen entsprach, wenn in einem Gespräch Pausen auftraten.

»Ja. Lavinia hat ihn von der Party mitgebracht. Ein gewisser Searle.«

»Oh«, ermunterte Miss Easton-Dixon sie geistesabwesend, weiterzuerzählen, während sie die Eier in eine billige weiße Schüssel legte, die sie mit Mohnblumen und Kornähren bemalt hatte.

»Ein Amerikaner. Sagt, er sei Fotograf. Jeder, der fotografiert, kann behaupten, er sei Fotograf, und niemand kann das bestreiten. Ein sehr nützlicher Beruf. Beinahe so nützlich wie früher Krankenschwester, bevor man eine Lizenz und eine Ausbildung dafür brauchte.«

»Searle?« fragte Miss Easton-Dixon und hielt inne, ein Ei in der Hand. »Doch nicht etwa Leslie Searle?«

»Ja«, antwortete Emma überrascht. »Er heißt Leslie. Sagt er jedenfalls. Wieso?«

»Soll das heißen, Leslie Searle ist hier? In Salcott St. Mary? Das kann ich nicht glauben!«

»Wieso können Sie das nicht glauben?« erwiderte die unsicher gewordene Emma.

»Aber er ist eine Berühmtheit.«

»Die Hälfte der Bewohner von Salcott St. Mary sind Berühmtheiten«, wandte Emma ärgerlich ein.

»Schon, aber da ist niemand dabei, der die Prominenz der Welt fotografiert. Wissen Sie eigentlich, daß Hollywoodstars Leslie Searle auf Knien anflehen, sie zu fotografieren? Das ist etwas, was man nicht kaufen kann. Ein Privileg. Eine Ehre.«

»Und eine gute Reklame, nehme ich an«, erwiderte Emma. »Ob wir wirklich beide denselben Leslie Searle meinen?«

»Aber natürlich! Es wird doch wohl kaum zwei Leslie Searles geben, die beide Amerikaner und Fotografen sind.«

»Ich wüßte nicht, warum das unmöglich sein sollte«, entgegnete Emma, die immer bis zur letzten Patrone kämpfte.

»Aber natürlich muß es der Leslie Searle sein. Wenn Sie deswegen nicht zu spät zum Gottesdienst kommen, kann ich die Sache auf der Stelle klären.«

»Wie das?«

»Ich habe irgendwo ein Foto von ihm.«

»Von Leslie Searle!«

»Ja. In einem Heft des *Filmbulletin.* Lassen Sie mich einmal nachsehen, das habe ich im Handumdrehen.Wie aufregend! Ich könnte mir gar niemanden – niemand Exotischeren vorstellen, und das ausgerechnet in Salcott.« Sie öffnete die Tür eines gelben Schränkchens – in alpenländischer Manier mit Bändern in stilisiertem Blumenmuster dekoriert –, und vor ihr lagen ordentlich aufgestapelt ihre gesammelten *Bulletins.* »Wollen einmal sehen. Es muß ungefähr anderthalb Jahre her sein – zwei Jahre vielleicht.« Mit geübter Hand blätterte sie die Ecken des Stapels auf, so daß die Erscheinungsdaten eine Sekunde lang sichtbar wurden, und zog dann zwei oder drei Hefte heraus. »Jedes Heft hat ein Inhaltsverzeichnis außen drauf«, erklärte sie, während sie sie auf dem Tisch ausbreitete, »und deshalb dauert es nur eine Sekunde, und schon hat man gefunden, was man sucht. Nützliche Sache.« Dann, als das gesuchte Heft doch nicht auf Anhieb zu finden war, fügte sie noch hinzu: »Aber wenn Sie deswegen zu spät kommen, lassen Sie es jetzt, und kommen Sie auf dem Rückweg noch einmal vorbei. Ich werde es heraussuchen, während Sie in der Kirche sind.«

Aber nichts hätte Emma aus dem Haus gebracht, bevor sie nicht dieses Bild gesehen hatte.

»Ah, hier haben wir es!« rief Miss Easton-Dixon endlich. »›Die Schönen und die Linse‹ hieß es. Ich nehme an, für drei Pence die Woche kann man nicht Stil und Information verlangen. Aber der Artikel war, wenn ich mich recht erinnere, vernünftiger, als der Titel vermuten läßt. Hier haben wir es. Da können Sie einige seiner Arbeiten sehen – ist das nicht ein ungeheuer raffiniertes Bild von Lotta Marlow? Und hier, warten Sie, auf der nächsten Seite ist ein Selbstporträt. Ist das Ihr Wochenendgast?«

Die Fotografie war aus einem merkwürdigen Winkel aufgenommen und voller verfremdender Schatten; es war eher eine Komposition als ein Porträt im alten Sinne des Wortes. Aber ohne jeden Zweifel zeigte es Leslie Searle. Den Leslie Searle, der zur Zeit das sogenannte Turmzimmer auf Trimmings bewohnte. Es sei denn natürlich, es gäbe Zwillinge, die beide Leslie hießen, beide Searle, die beide Amerikaner und beide Fotografen wären; doch vor solchen Hypothesen schreckte selbst Emma zurück.

Sie überflog den Artikel, bei dem es sich, wie Miss Easton-Dixon schon angedeutet hatte, um einen durchaus sachlichen Bericht über den jungen Mann und seine Arbeit handelte, der ebensogut in den *Monatsheften für das Theater* hätte erscheinen können. Der Artikel hieß ihn zu seinem jährlichen Besuch an der Westküste willkommen, man beneidete ihn darum, daß er in der Lage war, den Rest des Jahres durch die Welt zu reisen, und lobte seine neuen Starporträts, insbesondere das von Danny Minsky als Hamlet. ›Die Tränen, die uns bei Danny vor Lachen in den Augen stehen, haben uns blind gemacht, so daß wir das Forbes-Robertson-Profil nicht erkannten. Es bedurfte eines Searle, um es uns zu zeigen‹, hieß es da.

»Ja«, sagte Emma, »das ist« – ›der Kerl‹, hätte sie beinahe gesagt, aber sie hatte sich rechtzeitig unter Kontrolle –, »das ist er.«

Nein, antwortete sie zögernd, sie wisse nicht, wie lange er bleibe – er sei Lavinias Gast –, aber Miss Easton-Dixon würde ihn gewiß kennenlernen, bevor er abreise, wenn sich das irgendwie einrichten ließe.

»Wenn nicht«, sagte Miss Easton-Dixon, »sagen Sie ihm bitte, wie sehr ich seine Arbeit bewundere.«

Natürlich verspürte Emma keinerlei Absicht, dergleichen zu tun. Sie würde diesen kleinen Vorfall zu Hause überhaupt nicht erwähnen. Sie ging in die Kirche und setzte sich auf die für Trimmings bestimmte Bank und machte ein friedliches und freundliches Gesicht, obwohl ihr durch und durch elend zumute war. Der Kerl hatte nicht nur ein ›gewinnendes Äußeres‹, er war auch eine Persönlichkeit, und deshalb war er um so gefährlicher. Er genoß eine Anerkennung, die es womöglich mit dem Ansehen, das Walter in der Welt hatte, aufnehmen konnte. Und reich war er zweifellos dazu. Es war schlimm genug gewesen, als sie nur sein ›gewinnendes Äußeres‹ zu fürchten gehabt hatte; nun stellte sich heraus, daß er auch noch eine gute Partie war. Alles sprach für ihn.

Wenn es möglich gewesen wäre, die Mächte der Finsternis gegen ihn anzurufen, dann hätte sie es getan. Aber sie war nun einmal in der Kirche und mußte zusehen, wie sie mit den verfügbaren Mitteln zurechtkam. So rief sie denn Gott und sämtliche Engel an, ihrer Liz gegen die Übel beizustehen, die ihren Weg kreuzten; das heißt, die verhindern mochten, daß sie Lavinias Vermögen erbte, wenn die Zeit gekommen war. »Laß sie Walter treu sein«, betete sie, »und ich –« Sie überlegte, was sie als Bestechung anbieten konnte, aber ihr fiel nichts ein; so beschränkte sie sich darauf, zu wiederholen: »Laß sie Walter treu sein«, ohne ein Versprechen hinzuzufügen, und überließ alles der grenzenlosen Güte Gottes.

Aber es gab ihr nicht gerade neuen Optimismus, geschweige denn, daß es ihr Gottvertrauen gestärkt hätte, als sie ihre Tochter und Mr. Searle an das kleine Seitentor gelehnt vorfand, welches in den Garten von Trimmings führte. Sie lachten miteinander wie zwei Kinder. Beide standen mit dem Rücken zu ihr, als sie den Pfad von der Kirche durch die Felder hinaufkam, und zu ihrer Bestürzung fand sie etwas Charmantes, Jugendliches an dieser Fröhlichkeit. Ein Element, das niemals zu spüren war, wenn Liz und Walter zusammen waren.

»Am besten gefallen mir die anderthalb Meter Renaissance neben dem schottischen Wehrturm«, sagte Liz gerade. Offenbar waren sie wieder bei ihrem Lieblingsspiel, das Schlößchen des Bradforder Magnaten zu verspotten.

»Was meinen Sie«, fragte Searle, »wie kommt es, daß er nicht an einen Burggraben gedacht hat?«

»Vielleicht hat er seine Karriere mit dem Schaufeln von Gräben begonnen und wollte später nicht mehr daran erinnert werden.«

»Ich denke mir eher, daß er es als Verschwendung empfand, ein Loch zu graben und es dann nur mit Wasser zu füllen. Das sind Yankees, nicht wahr, die Leute dort oben im Norden?«

Liz ließ sich dazu herab, zuzugeben, daß die nördliche Rasse wohl vieles mit dem Neuengländer gemeinsam habe. Dann wurde Searle auf Emma aufmerksam und begrüßte sie, und sie gingen gemeinsam zum Haus, ohne daß sie in ihrer Gegenwart befangen gewesen wären oder ihr Spiel unterlassen hätten; nein, sie zogen sie hinein und teilten ihr Vergnügen mit ihr.

Sie blickte in Liz' schmales, blasses Gesicht und überlegte, wann sie es zuletzt so lebendig gesehen hatte; so voller Lebensfreude. Nach einer Weile erinnerte sie sich. Es war an einem Weihnachtsnachmittag vor vielen Jahren gewesen, als Liz innerhalb von nur einer einzigen Stunde zum ersten Mal in ihrem Leben Schnee und einen Weichnachtsbaum gesehen hatte.

Bislang hatte sie nur Leslie Searles Schönheit gehaßt. Nun begann sie allmählich Leslie Searle zu hassen.

Kapitel 4

Emma hegte die Hoffnung, daß Searle sich ohne weiteres Aufsehen verabschieden würde, bevor er der Familie noch weitere Beweise seiner Attraktivität lieferte; doch auch in diesem Punkte sollte sie vergebens hoffen. Searle war, wie er selbst gesagt hatte, nach England gekommen, um Urlaub zu machen, es gab keine Verwandten oder engeren Freunde, die er besuchen konnte, er hatte eine Kamera dabei und die Absicht, sie zu gebrauchen, und es schien keinen Grund zu geben, warum er nicht auf Trimmings bleiben und sie benutzen sollte. Als er erst einmal gesehen hatte, wie unberührt und idyllisch Orfordshire war, verkündete er seine Absicht, sich ein gutes Hotel in Crome zu suchen und von dort Fotoausflüge zu den Cottages und Landhäusern der Umgebung zu machen. Doch das war, wie Lavinia ihm ohne Umschweife erklärte, eine absurde Idee. Er könne doch unter seinen Freunden auf Trimmings bleiben und von dort seine Ausflüge ebenso gut und mit ebenso großem Erfolg machen wie von Crome. Warum wolle er denn jeden Tag in ein Hotelzimmer zurückkommen und den Abend in der Hotelhalle mit Zufallsbekanntschaften verbringen, wenn er auch ein Zuhause und die Bequemlichkeit seines eigenen Turmzimmers haben könne?

Searle hätte die Einladung zweifellos in jedem Falle angenommen, aber was den Ausschlag gab, war der Vorschlag, er und Walter könnten gemeinsam ein Buch produzieren. Niemand konnte später mehr sagen, wer zuerst auf die Idee gekommen war, aber es war eine Idee, die sich beinahe von selbst ergab. Walter war Journalist gewesen, bevor er zur eigenen Radiosendung aufgestiegen war, und aus der Verbindung zwischen einer der bekanntesten Persönlichkeiten des britischen Rundfunks und einem der meistbewunderten Fotografen Amerikas würde mit etwas Glück ein Buch hervorgehen, das die Leser in Blackpool ebenso interessant fänden wie in Lynchburg, Virginia. Gemeinsam könnten sie Gold scheffeln.

Es konnte also gar nicht die Rede davon sein, daß Searle am Montagmorgen abführe, und ebensowenig am Dienstagmorgen, ja überhaupt nicht in absehbarer Zukunft. Er würde, wie es schien, vorerst auf Trimmings bleiben. Und niemand außer Emma fand irgend etwas an dieser Regelung auszusetzen. Lavinia bot ihm an, ihren zweisitzigen Rolls für seine Rundfahrten zu nehmen – er stehe doch nur in der Garage, während sie arbeite, sagte sie –, aber Searle zog es vor, einen kleinen, billigen Wagen von Bill Maddox zu mieten, der die Werkstatt am Dorfeingang betrieb. »Wenn ich die Feldwege auskundschafte«, sagte er, »von denen manche nicht viel besser sind als ein Bachbett, dann brauche ich einen Wagen, um den ich mir nicht dauernd Gedanken machen muß.« Aber Liz hatte den Eindruck, daß es nur einfach eine reizende Art war, Lavinias Angebot abzulehnen, und das gefiel ihr.

Bill Maddox hatte im Dorf nur Gutes über ihn zu erzählen – ›kein bißchen eingebildet und läßt sich auch nichts vormachen; macht die Haube auf und sieht sich um, als ob er in dem Geschäft großgeworden wäre‹ –, so daß an dem Abend, an dem er mit Walter im Swan auftauchte, Salcott St. Mary bereits alles über ihn wußte und bereit war, ihn willkommen zu heißen, auch wenn er unverschämt gut aussah. Die Zugereisten in Salcott hatten natürlich keinerlei Vorurteile gegen gutes Aussehen und zögerten keine Sekunde, ihn in ihre Reihen aufzunehmen. Toby Tullis warf nur einen einzigen Blick auf ihn, um augenblicklich seine Tantiemen, die eine Komödie, die er eben beendet, und die andere, die er gerade begonnen hatte, sowie die Untreue Christopher Hattons zu vergessen – wie hatte er jemals so dumm sein können, jemandem zu vertrauen, dessen Eitelkeit grenzenlos genug war, sich einen solchen Namen zuzulegen! –, und steuerte geradewegs auf die Bank zu, auf der Searle sich niedergelassen hatte, während Walter das Bier holte.

»Ich glaube, ich habe Sie in der Stadt auf Lavinias Party gesehen«, sagte er in seiner besten gespielt zurückhaltenden Art. »Mein Name ist Tullis. Ich schreibe Theaterstücke.« Die Bescheidenheit dieser Wendung bezauberte ihn immer wieder. Es war, als würde der Besitzer einer Supermarktkette sagen: ›Ich habe einen Kaufmannsladen.‹

»Hallo, Mr. Tullis«, sagte Leslie Searle. »Was sind das für Stücke, die Sie schreiben?«

Für einen Augenblick herrschte Schweigen, bis Tullis wieder Luft holen konnte, und während er noch nach Worten suchte, kehrte Walter mit dem Bier zurück.

»Ah«, sagte er, »ich sehe, Ihr habt Euch schon bekannt gemacht.«

»Walter«, sagte Tullis, der sich inzwischen für eine Taktik entschieden hatte und sich nun eindringlich zu Walter hinüberneigte, »ich habe ihn gefunden.«

»Wen gefunden?«

»Den Mann, der noch nie von mir gehört hat. Endlich habe ich ihn gefunden!«

»Und was ist das für ein Gefühl?« fragte Walter und blickte zu Searle hinüber, und wieder einmal überlegte er sich, daß mehr an Leslie Searle war, als einem der erste Blick verriet.

»Wunderbar, mein Junge, wunderbar. Ein unvergleichliches Gefühl.«

»Darf ich vorstellen, sein Name ist Searle. Leslie Searle. Ein Freund von Cooney Wiggin.«

Walter bemerkte, daß der Schatten eines Zweifels über Toby Tullis' steingraue Augen huschte, und er konnte sich genau ausmalen, was ihm durch den Kopf ging. Wenn dieser gutaussehende junge Mann ein Freund des international berühmten Cooney gewesen war, war es dann vorstellbar, daß er noch niemals von dem noch viel berühmteren Toby Tullis gehört hatte? Nahm ihn dieser junge Mann womöglich auf den Arm?

Walter stellte die Bierkrüge auf den Tisch, rutschte neben Searle auf die Bank und stellte sich auf einen unterhaltsamen Abend ein.

Er konnte sehen, wie Serge Ratoff vom anderen Ende des Raumes zu dem Trio, das sich da zusammengefunden hatte, herüberstarrte. Einst war Ratoff Raison d'être und vorgesehener Star eines von Toby Tullis ins Auge gefaßten Stückes gewesen, das *Nachmittag* heißen sollte und in dem es um einen Faun ging. Unglücklicherweise hatte es, bis es endlich auf die Welt kam, eine Reihe von Verwandlungen über sich ergehen lassen müssen, und am Ende war etwas namens *Crépuscule* daraus geworden, das von einem kleinen Kellner im Bois handelte, der von einem Neuling mit österreichischem Namen und griechischem Temperament gespielt wurde. Ratoff hatte sich von diesem ›Verrat‹ niemals erholt. Zunächst hatte er sich in Exzesse des Selbstmitleids hineingetrunken; dann hatte er getrunken, um dem Selbstmitleid zu entgehen, das ihn quälte, wenn er nüchtern war; dann war er gefeuert worden, weil er bei den Proben und auch bei den Aufführungen unzuverlässig wurde; und schließlich hatte er die letzte Stufe im Abstieg eines Ballettänzers erreicht und übte nicht einmal mehr. So kam es, daß nun langsam, aber stetig das Fettgewebe den einst muskulösen Körper zu überziehen begann. Nur aus den flammenden Augen sprühte noch das alte Leben, sie wirkten zielstrebig und energisch.

Als Toby ihn nicht mehr in sein Haus nach Salcott einlud, hatte Ratoff den alten Stall neben dem Dorfladen gekauft – ein winziger Anbau an der Schmalseite des Hauses – und sich darin häuslich eingerichtet. Das erwies sich ganz unerwarteterweise als seine Rettung, denn die vorteilhafte Lage dieser Wohnung neben dem einzigen Laden des Dorfes genügte, aus jemandem, der nichts als ein von Toby Verstoßener gewesen war, eine Instanz zu machen, die als Hauptumschlagplatz von Klatschgeschichten für das ganze Dorf diente und folglich eine angesehene Person war. Die Dörfler, von der kindischen Art seines Verhaltens in die Irre geführt, begegneten ihm nicht mit der Zurückhaltung, die sie den anderen Fremden gegenüber an den Tag legten, sondern gingen mit ihm in der gleichen toleranten Art um, in der sie auch unter ihresgleichen diejenigen behandelten, die ›nicht ganz richtig im Kopf waren‹. So kam es, daß er der einzige im ganzen Dorf war, der gleichermaßen ungezwungen mit beiden Parteien umging. Niemand wußte, wovon er lebte, oder ob er zu dem, was er trank, jemals auch etwas aß. Zu beinahe jeder Tageszeit konnte man ihn stets nonchalant an den Tresen in jenem Teil des Ladens gelehnt finden, der als Postamt diente, und abends trank er im Swan wie alle anderen auch.

In den letzten Monaten hatten er und Toby sich einander wieder angenähert, und es ging das Gerücht, er hätte sogar wieder begonnen zu üben. Nun starrte er diesen Neuankömmling in Salcott an, diesen makellosen, strahlenden Neuankömmling, der Tobys Aufmerksamkeit erlangt hatte. Trotz des ›Verrats‹ und der Ungnade, in die er gefallen war, war Toby doch noch immer sein ein und alles, sein Gott. Mit einer gewissen Erheiterung malte Walter sich aus, wie entrüstet Serge wäre, wenn er wüßte, wie seinem vergötterten Toby hier zugesetzt wurde. Toby hatte inzwischen erfahren, daß Leslie Searle jemand war, der die Berühmtheiten dieser Erde fotografierte, und folglich fühlte er sich in seinem Verdacht bestätigt, daß Searle ganz genau wußte, wer er war. Er war verwirrt, um nicht zu sagen gekränkt. Seit mindestens einem Jahrzehnt war niemand mehr unhöflich zu Toby Tullis gewesen. Doch das ewige Bedürfnis des Schauspielers, geliebt zu werden, war stärker als seine Empörung, und er setzte seinen ganzen Charme ein, diesen unerwarteten Gegner für sich zu gewinnen.

Walter überlegte, während er dasaß und zusah, wie Tullis seinen Charme mobilisierte, wie tief der ›Bauer‹ in der Persönlichkeit eines Menschen verankert war. Als er ein Kind war, hatten seine Schulfreunde mit dem Wort ›Bauer‹ jeden bezeichnet, der die falsche Art von Kragen trug. Aber natürlich war es im Grunde etwas ganz anderes. Was einen Menschen zum ›Bauern‹ machte, war ein Persönlichkeitszug. Ein Element des Groben. Ein Mangel an Sensibilität. Es war etwas, was unteilbar war, ein geistiger Astigmatismus. Und Toby Tullis blieb auch nach so vielen Jahren noch immer unzweifelhaft ein Bauer. Es war schon sehr merkwürdig. Den Königshof vielleicht ausgenommen, gab es auf der ganzen Welt keine Tür, die für Toby Tullis nicht weit offenstand. Er reiste wie ein Fürst, und man räumte ihm beinahe Diplomatenstatus ein; die besten Schneider der Welt kleideten ihn ein, und er hatte sich die Umgangsformen der angesehensten Persönlichkeiten weltweit zu eigen gemacht; in allem – außer im Wesentlichen – war er ein wohlerzogener Mann von Welt. In seinem Innersten blieb er jedoch ein ›Bauer‹. Marta Hallard hatte einmal gesagt: ›Alles, was Toby tut, trifft ein ganz klein wenig daneben‹, und das beschrieb es sehr gut.

Aus den Augenwinkeln verfolgte Walter, wie Searle dieses seltsame Werben aufnahm, und mit Freude sah er, daß dieser irgendwie zerstreut wirkte, während er sein Bier trank. Das Maß an Zerstreutheit war, wie Walter bemerkte, wunderbar dosiert; schon eine Winzigkeit mehr hätte ihm den Vorwurf eingetragen, unfreundlich zu sein, und weniger wäre vielleicht nicht eindeutig genug gewesen, um Tullis einen Stich zu versetzen. Doch das Maß, das er traf, war genau recht, Toby so sehr zu verwirren, daß er sich in seinem Bemühen, ihm zu gefallen, vollends zum Narren machte. Es hätte nicht viel gefehlt, und er hätte mit Tellern zu jonglieren begonnen. Daß irgend jemand von Toby Tullis unbeeindruckt war, das durfte er einfach nicht durchgehen lassen. Der Schweiß brach ihm aus. Und Walter lächelte in seinen Bierkrug hinein, und Leslie war sanft und höflich und ein wenig zerstreut.

Und noch immer starrte Serge Ratoff von der anderen Seite des Raumes herüber.

Zwei Gläser würde er noch brauchen, kalkulierte Walter, bis er ihnen eine Szene machte, und er überlegte, ob sie austrinken und gehen sollten, bevor Serge kommen und sie mit absurden Anschuldigungen in seinem unverständlichen Englisch überschütten würde. Doch wer dann zu ihnen herüberkam, war nicht Serge, sondern Silas Weekley.

Weekley hatte sie schon seit geraumer Zeit von der Bar aus beobachtet, und nun kam er mit seinem Bier herüber an ihren Tisch und begrüßte sie. Er kam, wie Walter wußte, aus zwei Gründen: weil er neugierig wie ein altes Weib war und weil alles Schöne für ihn die Anziehungskraft des Widerwärtigen besaß. Weekley haßte die Schönheit, und man konnte ihm im Grunde keinen Vorwurf machen, daß er mit diesem Haß ein Vermögen verdiente. Es war ein durch und durch aufrichtiger Haß. Seine Welt bestand, wie Liz es ausgedrückt hatte, aus ›dampfenden Misthaufen und Regen, der in Sturzbächen fällt‹. Und nicht einmal witzige Parodien seines markigen Stiles hatten ihn aus der Mode bringen können. Seine Lesungen überall in Amerika waren rauschende Erfolge, nicht so sehr, weil seine wackeren Leser in Peoria und Paduca dampfenden Mist mochten, sondern weil Silas Weekley so hervorragend zu dem, was er schrieb, paßte. Er war leichenblaß, schwarzhaarig, und er sprach stockend und grollend und raunend, und all die Damen der Gesellschaft in Peoria und Paduca träumten davon, ihn mit nach Hause zu nehmen, aufzupäppeln und ihm dabei zu helfen, auch die Sonnenseite des Lebens zu sehen – womit sie sich als weitaus großzügiger erwiesen als seine englischen Kollegen, die ihn für einen hoffnungslosen Langweiler und einen ziemlichen Trottel hielten. Lavinia sprach stets von ihm als ›dieser Langweiler, der einem immer erzählt, daß er nur die Volksschule besucht hat‹, und hielt ihn schlichtweg für ein wenig verrückt. Er für seinen Teil nannte sie stets ›diese Fitch‹, so wie man von einem Ganoven sprechen würde.

Weekley war zu ihnen herübergekommen, weil er es nicht mehr fertigbrachte, sich von der hassenswerten Schönheit Leslie

Searles fernzuhalten, und Walter fragte sich, ob Searle das wohl wußte. Denn Searle, der sich dem eifrigen Toby gegenüber so wohlerzogen gleichgültig verhalten hatte, schickte sich nun an, den feindseligen Silas zu umgarnen. Walter bemerkte beinahe weibliches Raffinement, und er hätte darauf wetten mögen, daß Searle Silas in einer Viertelstunde gefesselt und geknebelt haben würde. Er warf einen Blick auf die große, schmucklose Uhr hinter der Bar und beschloß, die Zeit zu nehmen.

Searle hatte ihn fünf Minuten vor der Zeit soweit. Nach zehn Minuten hatte sich Weekley, auch wenn er sich noch so sehr wehrte und dagegen ankämpfte, in seinen Schlingen verfangen. Und die Verblüffung in Weekleys Augen in ihren tiefen Höhlen war gar noch größer, als es die in den steingrauen Augen Tobys gewesen war. Walter mußte an sich halten, um nicht laut zu lachen.

Und dann setzte Searle seinem Auftritt noch die Krone auf. In dem Augenblick, in dem Silas und Toby wetteiferten, wer von ihnen Searle am besten unterhalten konnte, unterbrach Searle mit seiner leisen, schleppenden Stimme: »Ich bitte um Verzeihung, die Herren, aber ich sehe gerade, da kommt ein Freund von mir«, und ohne weitere Umschweife erhob er sich und ging davon, um sich zu dem Freund an der Bar zu gesellen. Der Freund war Bill Maddox, der Werkstattbesitzer.

Walter steckte die Nase noch tiefer in seinen Bierkrug und genoß die Gesichter, die seine Freunde machten.

Erst später, als er die Szene in Gedanken noch einmal durchspielte, um sich daran zu erfreuen, beschlich ihn ein etwas ungutes Gefühl. Der Spaß war so unaufdringlich gewesen, mit so leichter Hand geführt, daß ihm das Wesentliche daran, das Gnadenlose, gar nicht zu Bewußtsein gekommen war.

Im Augenblick erheiterten ihn einfach die charakteristischen Reaktionen der beiden Opfer Searles. Silas Weekley stürzte den letzten Schluck seines Biers hinunter, schob mit einer Geste der Selbstverachtung den Krug von sich und verließ das Gasthaus ohne ein weiteres Wort. Er wirkte wie ein Mann, der vor der Erinnerung an eine flüchtige Umarmung im Hinterzimmer davonläuft, ein Mann, den sein eigener Augenblick der Schwäche anwidert. Walter durchzuckte kurz der Gedanke, Lavinia habe womöglich recht damit, daß Weekley ein wenig verrückt sei. Toby Tullis hingegen kannte weder Rückzug noch Selbstverachtung. Toby sammelte lediglich seine Kräfte und wartete auf die nächste Runde.

»Ein wenig mürrisch, Ihr junger Freund«, bemerkte er, während er Searle beobachtete, der sich an der Bar mit Bill Maddox unterhielt.

›Mürrisch‹ wäre das letzte Wort gewesen, mit dem Walter Leslie Searle beschrieben hätte, aber er verstand, daß Toby eine Rechtfertigung für seine einstweilige Niederlage brauchte.

»Sie müssen ihn mitbringen, und dann zeige ich ihm Hoo House.«

Hoo war das prächtige Natursteinhaus, das so unerwartet zwischen den Reihen der rosa, cremefarbenen und gelben Fachwerkgiebel Salcotts stand. Früher war es ein Gasthaus gewesen, und seine Steine, so hieß es, stammten aus den Ruinen einer Abtei, die weiter unten am Fluß stand. Nun war es ein Schmuckstück von solch erlesener Pracht, daß Toby, der sonst alle zwei Jahre seinen Aufenthaltsort wechselte – sein Zuhause konnte man es kaum nennen –, schon seit Jahren alle Kaufangebote ausschlug.

»Bleibt er für länger bei Ihnen?«

Walter antwortete, er und Searle planten ein gemeinsames Buch. Genaueres sei noch nicht entschieden.

»Mit dem Pferdewagen durch Orfordshire?«

»So etwas in dieser Art. Ich palavere, und Searle macht die Bilder dazu. Aber ein gutes Thema, das das Ganze zusammenhält, ist uns noch nicht eingefallen.«

»Noch ein wenig früh im Jahr für den Pferdewagen.«

»Aber gut zum Fotografieren. Bevor das Grünzeug alles überwuchert.«

»Vielleicht hat Ihr junger Freund ja Lust, Hoo House zu fotografieren«, sagte Toby, nahm die beiden Bierkrüge und begab sich mit bewundernswerter Nonchalance zur Bar.

Walter blieb sitzen und überlegte, wie viele Gläser Serge Ratoff wohl getrunken haben mochte, seit er ihn zuletzt beobachtet hatte. Er hatte ja kalkuliert, daß nur noch zwei bis zur großen Szene fehlten. Inzwischen mußte er kurz vor der Explosion stehen.

Toby stellte die Krüge auf die Theke und unterhielt sich zunächst ein wenig mit dem Wirt, dann mit Bill Maddox, und so kam er wie von selbst wieder mit Searle ins Gespräch. Es war raffiniert gemacht.

»Sie müssen kommen und sich Hoo House ansehen«, hörte Walter ihn kurz darauf sagen. »Es ist ein Prachtstück. Vielleicht werden Sie es sogar fotografieren wollen.«

»Hat es denn noch niemand fotografiert?« fragte Searle überrascht.

Die Überraschung war durchaus aufrichtig gemeint; es war die Verwunderung darüber, daß etwas, das so schön sein sollte, noch nicht im Bild festgehalten worden war. Aber so, wie er bei seinen Hörern ankam, bedeutete der Satz: »Gibt es denn irgend etwas an Toby Tullis' Leben, das die Öffentlichkeit noch nicht kennt?«

Das war der Funken, der Serge zur Explosion brachte.

»Und ob!« schrie er, schoß wie ein Knallfrosch aus seiner Ecke hervor und kam mit seinem schmalen, wutverzerrten Gesicht bis auf wenige Zentimeter nah an Searle heran. »Und ob es fotografiert worden ist! 10000 Mal haben es die größten Fotografen der Welt fotografiert, und da muß nicht ein blutiger Amateur kommen und es in den Schmutz ziehen, einer aus einem Land, das sie den Indianern gestohlen haben, auch wenn er noch so ein schönes Profil hat und sich die Haare färbt und keinen Anstand hat und ein –«

»Serge!« sagte Toby, »halt den Mund!«

Doch der Schwall von Entrüstungen schoß weiter aus Serges wutverzerrtem Mund.

»Serge! Hörst du! Genug jetzt!« sagte Toby und stieß Ratoff leicht gegen die Schulter, als wolle er ihn von Searle wegschieben.

Das war zuviel für Serge, und er begann, einen einzigen schrillen Strom von Flüchen von sich zu geben, die meisten davon zum Glück in völlig unverständliches Englisch gekleidet, doch großzügig mit französischen und spanischen Fetzen gepfeffert und hier und da mit Ausdrücken und Wendungen von einer Originalität unterlegt, die einfach wunderbar war. »Du Mittelwest-Luzifer!« war einer der gelungeneren darunter.

Als Toby ihn am Kragen packte, um ihn von Searle wegzuziehen, schoß Serges Hand vor zur Theke, wo Tobys neugefüllter Bierkrug stand. Er erreichte ihn, Sekundenbruchteile, bevor Reeve, der Wirt, ihn in Sicherheit bringen konnte, und schüttete den gesamten Inhalt Searle ins Gesicht. Searle hatte instinktiv den Kopf zur Seite gedreht, so daß das Bier ihm über Nacken und Schultern floß. Schreiend vor Wut und Enttäuschung, hob Serge den schweren Krug über den Kopf, um ihn Searle entgegenzuschleudern, doch Reeves kräftige Hand schloß sich um sein Handgelenk, der Krug wurde ihm aus den zuckenden Fingern gewunden, und der Wirt rief: »Arthur!«

Der Swan besaß keinen Rausschmeißer, weil er niemals einen gebraucht hatte. Wenn doch einmal Nachdruck geboten war, dann sorgte Arthur Tebbetts dafür. Arthur war Stallbursche oben auf der Silverlace Farm, ein hünenhafter, gemächlicher, freundlicher Mensch, der lieber einen Schritt zur Seite tat, als auf einen Wurm zu treten.

»Nun kommen Sie schon, Mr. Ratoff«, sagte Arthur, und der kleine, zappelnde Kosmopolit verschwand fast vor dem baumlangen Angelsachsen. »Ist doch nicht nötig, sich über 'ne Kleinigkeit so aufzuregen. Das kommt von diesem Gin, Mr. Ratoff. Hab' ich Ihnen ja schon mal gesagt. Das ist doch nichts für 'n richtigen Mann, Mr. Ratoff. Nun kommen Sie mal mit nach draußen, und schauen Sie, ob Ihnen nicht 'ne Prise frische Luft guttut. Warten Sie mal ab, wie die wirkt.«

Serge hatte nicht die geringste Absicht, mit irgend jemandem irgendwohin zu gehen. Er wollte dableiben und diesem Burschen den Hals umdrehen, der sich plötzlich in Salcott breitmachte. Aber noch niemals hatte jemand erfolgreich gegen Arthurs Methoden protestiert. Er legte einfach freundlich den Arm um einen und lehnte sich dann darauf. Der Arm war wie ein Buchenast, und der Druck glich dem eines Erdrutsches. Serge mußte, ob er wollte oder nicht, mit ihm zur Tür gehen, und sie verließen gemeinsam das Lokal. Keine Sekunde lang hatte Serge in seinem Strom von Beschuldigungen und Beleidigungen innegehalten, und nicht ein einziges Mal hatte er sich, soweit irgend jemand das beurteilen konnte, dabei wiederholt.

Als die schnatternde hohe Stimme allmählich in der Ferne verstummte, atmeten die Zuschauer erleichtert auf, und die Konversation kam wieder in Gang.

»Meine Herren«, erhob Toby Tullis die Stimme, »im Namen des Theaters möchte ich um Verzeihung bitten.«

Aber er sagte es nicht locker genug. Statt wie ein Schauspieler, der schwungvoll einen peinlichen Augenblick überspielt, klang er wie Toby Tullis, der sie daran erinnerte, daß er im Namen des englischen Theaters sprach. Wie Marta gesagt hatte: Alles, was Toby tat, traf ein klein wenig daneben. Seine Bemerkung wurde mit einiger Heiterkeit aufgenommen, aber sie machte die Dorfbewohner eher noch verlegener, als sie ohnehin waren.

Der Wirt tupfte Searle die Schulter mit einem Gläsertuch ab und bat ihn, mit nach hinten zu kommen, wo seine Frau den Anzug mit klarem Wasser ausbürsten würde, bevor der Biergeruch einzog. Aber Searle lehnte ab. Er tat es in aller Freundlichkeit, aber offenbar hatte er es eilig, das Lokal zu verlassen. Walter fand, er sah aus, als ob ihm ein wenig übel sei.

Sie verabschiedeten sich von Toby, der immer noch dabei war, Serges Benehmen mit Vergleichen aus der Theaterwelt zu erklären, und gingen hinaus in die laue Abendluft.

»Kommt es oft vor, daß er so durchdreht?« fragte Searle.

»Ratoff? Schon, er macht immer wieder einmal eine Szene, aber so heftig wie heute war es noch nie. Das war das erste Mal, daß ich ihn habe gewalttätig werden sehen.«

Sie begegneten Arthur, der sich auf dem Weg zurück zu dem Bier befand, das er hatte stehenlassen, und Walter erkundigte sich, was aus dem Randalierer geworden sei.

»Der ist nach Hause«, antwortete Arthur mit einem breiten Grinsen. »Ab wie der Blitz. Da hätte kein Hase mithalten können.« Und damit ging er zurück ins Wirtshaus.

»Es ist noch ein wenig früh fürs Abendessen«, meinte Walter. »Lassen Sie uns am Fluß entlang und durch die Felder zurückgehen. Tut mir leid wegen dieser Streiterei, aber ich nehme an, in Ihrem Beruf sind Sie stürmische Temperamente gewöhnt.«

»Natürlich bin ich schon beschimpft worden, das ja, aber noch nie hat mir jemand etwas übergeschüttet.«

»Und ich wette, noch niemals hat jemand Sie einen Mittelwest-Luzifer genannt. Der arme Serge!« Walter blieb stehen, lehnte sich auf die Brücke unterhalb der Mühle und betrachtete den Widerschein des Abendrots in den Wassern des Rushmere. »Vielleicht stimmt das alte Sprichwort tatsächlich, daß die Liebe blind macht. Wenn man jemandem so ergeben ist wie Serge Toby Tullis, dann kann man diese Dinge wohl nicht mehr mit klarem Verstand sehen.«

»Mit klarem Verstand!« sagte Searle scharf.

»Ja; die Dinge verlieren die Proportionen, die ihnen zukommen. Und das kann man doch wohl als ›den Verstand verlieren‹ bezeichnen.«

Searle stand lange Zeit schweigend da und starrte hinunter auf das ruhige Wasser, das so gemächlich dahinfloß, bis es dann an der Brücke, wo es auf Hindernisse stieß, mit einem plötzlichen hysterischen Aufbrausen hin- und hergeworfen wurde.

»›Den Verstand verlieren‹«, wiederholte er und betrachtete die Stelle, an der das Wasser außer Kontrolle geriet und in den Mühlgraben hineingesogen wurde.

»Ich will damit nicht sagen, daß der Bursche wahnsinnig ist«, erklärte Walter. »Er hat nur einfach seinen gesunden Menschenverstand verloren.«

»Und der gesunde Menschenverstand ist so erstrebenswert?«

»Er ist bewundernswert.«

»Niemals hat der gesunde Menschenverstand etwas Bedeutendes hervorgebracht«, entgegnete Searle.

»Im Gegenteil. Mangel an gesundem Menschenverstand ist für praktisch jedes Übel verantwortlich, das es im Leben gibt. Für jedes – angefangen bei Kriegen bis hin zu Leuten, die im Bus in der Tür stehen bleiben. Wie ich sehe, brennt in der Mühle Licht. Marta muß zurück sein.«

Sie blickten auf zu den Umrissen des Hauses, die im Halbdunkel noch schimmerten, wie eine helle Blume schimmert. Eine einzelne Lampe schien gelb im letzten Tageslicht, leuchtete wie ein Stern über der Seite, die zum Fluß herüberblickte.

»Das ist die Art von Licht, wie Liz sie mag«, sagte Searle.

»Liz?«

»Sie mag es, wenn die Lampen im Tageslicht golden glänzen wie diese hier. Bevor ihr Licht dann in der Dunkelheit weiß wird.«

Zum ersten Mal war Walter gezwungen, sich seine Gedanken über das Verhältnis zwischen Searle und Liz zu machen. Bisher war er überhaupt nicht auf die Idee gekommen, eine Beziehung der beiden zueinander zu sehen, denn Besitzansprüche auf Liz waren nicht seine Art. Diese großzügige Einstellung hätte ihm zur Ehre gereichen können, hätte sie sich nicht daraus erklärt, daß er Liz' Gegenwart für selbstverständlich nahm. Wenn durch irgendein hypnotisches Verfahren die tiefsten Tiefen von Walters Unterbewußtsein hätten an die Oberfläche gebracht werden können, so hätte sich ergeben, daß er überzeugt war, Liz habe das große Los gezogen. Natürlich hätte Walter diesen Gedanken entrüstet von sich gewiesen, wenn ihm auch nur ein Hauch davon wirklich zu Bewußtsein gekommen wäre, doch da er keinerlei Talent zur Selbstanalyse hatte und sich selten klarmachte, was er tat – ein

Charakterzug, der ihn erst in die Lage versetzte, die Radiosendungen zu verbrechen, die Marta so in Rage brachten und die ihn beim britischen Publikum so beliebt machten –, war das Äußerste, dessen sein Bewußtsein fähig war, ein Gefühl, daß es schön sei und es sich so gehöre, daß Liz ihn liebte.

Er kannte Liz schon so lange, daß sie ihn nicht mehr überraschen konnte. Er hatte es für selbstverständlich gehalten, daß er alles über Liz wußte. Aber er hatte nichts von einer einfachen Kleinigkeit wie ihrer Freude an Lampen kurz vor Sonnenuntergang gewußt.

Und Searle, der Neuankömmling, hatte es erfahren.

Und mehr noch, er hatte es im Gedächtnis behalten.

Das ruhige Wasser von Walters Selbstzufriedenheit kräuselte sich ein wenig.

»Haben Sie Marta Hallard schon kennengelernt?« fragte er.

»Nein.«

»Dagegen müssen wir etwas tun.«

»Natürlich habe ich sie schon auf der Bühne gesehen.«

»Oh. In welchem Stück?«

»In etwas, das *Spaziergang im Dunkeln* hieß.«

»Oh ja«, sagte Walter, »da war sie gut. Eine ihrer besten Rollen, finde ich.« Mehr sagte er nicht. Er wollte nicht über *Spaziergang im Dunkeln* sprechen. Bei *Spaziergang im Dunkeln* mochte man an Marta Hallard denken, aber für ihn war es ein Stück, in dem Marguerite Merriam gespielt hatte.

»Wir können nicht jetzt gleich vorbeischauen?« fragte Searle und blickte hinauf zu dem erleuchteten Fenster.

»Ich glaube, es ist zu kurz vor dem Abendessen. Marta ist keine von denen, bei denen man einfach so hereinspaziert kommt. Das ist auch der Grund, nehme ich an, weshalb sie sich in der abgelegenen Mühle niedergelassen hat.«

»Vielleicht kann Liz morgen mit mir hinübergehen und mich mit ihr bekanntmachen.«

Walter hätte beinahe gefragt: ›Wieso Liz?‹, aber dann fiel ihm ein, daß es Freitag war und er den ganzen Tag in der Stadt sein würde.

Freitag war der Tag, an dem er seine Sendung machte. Searle hatte daran gedacht, daß er nicht da sein würde, obwohl er selbst es vergessen hatte. Wiederum kräuselten sich Wellen in seinem Inneren.

»Stimmt. Oder wir könnten sie zum Essen einladen. Für gutes Essen ist sie immer zu haben. Na, wir sollten wohl weitergehen.«

Aber Searle rührte sich nicht. Er blickte die lange Reihe von Weiden entlang, die die ruhige, bleigraue Oberfläche des immer dunkler werdenden Wassers säumte.

»Ich hab's!« rief er.

»Was haben Sie?«

»Das Thema. Das Bindeglied. Das Motiv.«

»Für das Buch, meinen Sie?«

»Genau. Der Fluß. Der Rushmere. Warum haben wir daran nicht vorher gedacht?«

»Der Fluß! Natürlich! Daß wir darauf nicht gekommen sind! Wahrscheinlich, weil er noch durch andere Grafschaften als Orfordshire fließt. Aber natürlich, das ist die perfekte Lösung. Solche Bücher hat es schon mehrfach über die Themse gegeben und über den Severn. Ich wüßte nicht, warum man so etwas nicht auch mit dem Rushmere machen sollte, auch wenn er kleiner ist.«

»Böte das Abwechslung genug für ein ganzes Buch?«

»Aber ja«, antwortete Walter. »Es könnte gar nicht besser sein. Er entspringt in den Hügeln dort hinten, nichts als Schafe und steinerne Mauern und klare Linien; dann kommt das idyllische Stück mit wunderschönen Bauernhäusern, gewaltigen Scheunen, englischen Bäumen, wie man sie sich schöner gar nicht wünschen könnte, und Dorfkirchen wie Kathedralen; dann Wickham, der Inbegriff des englischen Marktstädtchens – wo der Dörfler, der vom Marktkreuz bis nach London marschierte, um König Richard eine Petition zu überbringen, vom selben Schlage war wie derjenige, der heutzutage die Färsen in den Bahnwaggon treibt und nach Argentinien versendet.« Walters Hand näherte sich verstohlen der Brusttasche, wo er das Notizbuch stecken hatte, doch dann ließ er sie wieder sinken. »Dann die Sumpfwiesen. Sie wissen schon: Schwärme von Wildgänsen, die sich gegen den Abendhimmel abheben. Wallende Wolken, wogende Wiesen. Und dann Mere Harbour, der Hafen. Beinahe holländisch. Welch ein Kontrast zur Landschaft im Hinterland. Eine Stadt voller hübscher, unverwechselbarer Bauten und der Hafen voll von Fischerbooten und Küstenschiffen. Die Möwen, die Spiegelbilder im Wasser, die Giebel. Searle, es ist vollkommen!«

»Wann fangen wir an?«

»Zunächst sollten wir überlegen, wie wir es anfangen.«

»Kann man auf dem Ding mit dem Boot fahren?«

»Nur mit dem Stechkahn. Von unterhalb der Brücke an, wo es tiefer wird, auch mit dem Skiff.«

»Ein Stechkahn«, sagte Searle mißtrauisch. »Das sind diese flachen, kastenförmigen Dinger, von denen aus man Enten schießt.«

»So ungefähr.«

»Das klingt nicht allzu praktisch. Wir sollten lieber Kanus nehmen.«

»Kanus!«

»Ja. Können Sie damit umgehen?«

»Als Kind bin ich einmal in einem auf einem Teich im Park gepaddelt. Das ist alles.«

»Na, dann wissen Sie ja wenigstens, wie es geht. Sie kommen schon schnell wieder in Übung. Wie weit oben könnten wir anfangen, mit Kanus? Mann, das ist eine wunderbare Idee. Damit haben wir sogar schon unseren Titel. *Mit dem Kanu auf dem Rushmere.* Ein Titel mit Rhythmus. So etwas wie *Trommeln entlang des Mohawk.* Oder *Öl für die Lampen Chinas.*«

»Den ersten Teil werden wir zu Fuß gehen müssen. Den über die Schafsweiden. Bis etwa hinunter nach Otley. Ich nehme an, von Otley an wird man mit einem Kanu auf dem Bach fahren können. Aber, gütiger Himmel, ich glaube nicht, daß ich mich in einem Kanu allzu geschickt anstellen werde. Wir brechen mit einem kleinen Rucksack an der Quelle auf – er entspringt mitten auf einer Wiese, heißt es immer – und wandern hinunter bis nach Otley oder Capel, und von dort geht es dann im Kanu bis zur Mündung. *Mit dem Kanu auf dem Rushmere.* Ja, das klingt nicht schlecht. Wenn ich morgen in der Stadt bin, werde ich bei Cormac Ross vorbeischauen und ihm die Sache unterbreiten, und dann werden wir sehen, wieviel er bietet. Wenn er es nicht will, habe ich noch ein halbes Dutzend anderer Verleger, die begeistert sein werden. Aber Lavinia hat Ross in der Tasche, und wenn er bereit ist mitzuspielen, sollten wir das ruhig ausnützen.«

»Natürlich wird er mitspielen«, sagte Searle. »Sie gehören doch in dem Land hier praktisch zum Königshaus, was?«

Wenn irgendeine Gehässigkeit in dieser Bemerkung steckte, dann war sie nicht spürbar.

»Eigentlich sollte ich es Debham's anbieten«, sagte Walter. »Sie haben mein Buch über das Leben auf dem Lande verlegt.

Aber ich habe mich wegen der Illustrationen mit ihnen gestritten. Sie waren fürchterlich, und das Buch war ein Reinfall.«

»Das war, bevor Sie zum Radio gingen, nehme ich an.«

»Oh ja.« Walter löste sich vom Brückengeländer und bewegte sich in Richtung Feldweg und Abendessen. »Später, nach dem Buch über das Landleben, haben sie meine Gedichte abgelehnt; das kann mir als Entschuldigung dienen.«

»Gedichte schreiben Sie auch?«

»Wer tut das nicht?«

»Ich zum Beispiel.«

»Wie barbarisch!« meinte Walter gutgelaunt.

Und dann wandten sie sich wieder den Plänen für ihre Reise auf dem Rushmere zu.

Kapitel 5

»Kommen Sie mit in die Stadt, und wir gehen gemeinsam zu Ross«, schlug Walter am nächsten Morgen beim Frühstück vor.

Aber Searle wollte auf dem Land bleiben. Es sei eine Schande, sagte er, gerade in der Zeit einen ganzen Tag in London zuzubringen, in der auf dem Lande die ersten Knospen aufbrächen. Außerdem kenne er Ross ja nicht. Es sei besser, wenn Walter Ross den Vorschlag zunächst einmal allein unterbreite und ihn erst später in die Verhandlungen einschalte.

Und Walter nahm sich, obwohl er enttäuscht war, nicht die Zeit, darüber nachzudenken, was genau es war, was ihn enttäuschte.

Doch während der Fahrt in die Stadt war er in seinen Gedanken weit weniger als sonst mit seiner Sendung beschäftigt, und weitaus häufiger wanderten sie zurück in Richtung Trimmings.

Er suchte Ross auf und legte ihm die Pläne für *Mit dem Kanu auf dem Rushmere* vor. Ross zeigte sich begeistert und ließ sich gar überreden, ihm in einer vorläufigen Vereinbarung zusätzliche zweieinhalb Prozent zuzugestehen. Aber natürlich könne nichts beschlossen werden, fügte er hinzu, bevor er mit Cromarty gesprochen habe.

Allgemein hieß es, Ross habe Cromarty nur aus einer Laune heraus zum Partner genommen; es sei eine Frage des Wohlklangs. Die Geschäfte waren, soweit sich das beurteilen ließ, ausgezeichnet gegangen, als er noch allein als Cormac Ross firmierte, und es schien keinen Grund zu geben, sich an einen Partner zu binden – schon gar nicht an einen so farblosen Partner wie Cromarty. Aber Cormac Ross hatte doch noch so viel Highlandblut in sich, daß es ihm schwerfiel, nein zu sagen. Er mochte es, gemocht zu werden. Und deshalb hatte er Cromarty als Schutzschild angestellt. Wenn ein Autor kam, den man mit offenen Armen empfangen konnte, dann waren die offenen Arme diejenigen von Cormac Ross. Wenn aber das Angebot eines Autors mit Bedauern abgelehnt werden mußte, dann war Cromartys Einspruch dafür verantwortlich. Einmal, als er wütend war, hatte Cromarty zu Ross gesagt: »Sie könnten mir die Bücher ja wenigstens zeigen, die ich ablehne!« Aber das war ein Extremfall. Normalerweise bekam Cromarty die Bücher zu lesen, deren Ablehnung er veranlassen würde.

Nun, wo ihm ein Buch des gegenwärtigen britischen Publikumslieblings angeboten wurde, war es lediglich Gewohnheit, daß Ross die Wendung über die Rücksprache mit seinem Partner einflocht; denn sein rundes rosiges Gesicht strahlte vor Zufriedenheit. Er lud Walter zum Essen ein und spendierte eine Flasche Romanée-Conti; auch wenn das in Walters Fall eine Verschwendung war, denn der liebte Bier.

Und so, voll vom guten Burgunder und der Aussicht auf die Schecks, die da kommen sollten, begab sich Walter dann ins Studio, und wiederum begannen seine Gedanken ihm Streiche zu spielen und nach Salcott davonzulaufen, statt begeistert am Mikrofon zu bleiben, wie es sonst seine Art war.

Für die Hälfte seiner wöchentlichen Sendezeit hatte Walter jeweils einen Gast im Studio. Jemanden, der etwas mit dem Leben im Freien zu tun hatte – womit sich Walter in letzter Zeit so intensiv beschäftigt hatte, daß es beinahe so etwas wie ein Whitmore-Monopol geworden war. Walter fand das Leben im Freien bei einem Wilddieb, bei einem Schaffarmer aus dem australischen Busch, einem Vogelfreund, einem Wildhüter aus Sutherland, einer ernsthaften Dame, die die Landstraßen entlangzog und Eicheln einpflanzte, einem jungen Amateur, der mit einem Habicht jagte, und überhaupt bei allen nur möglichen Leuten, die gerade zur Hand und bereit waren aufzutreten. In der zweiten Hälfte seiner Sendung plauderte Walter allein.

Heute war sein Gast ein Junge, der einen zahmen Fuchs hielt, und zu seinem Entsetzen mußte Walter feststellen, daß er den Bengel nicht ausstehen konnte. Walter liebte seine Gäste. Er war warm und großherzig zu ihnen wie ein Bruder; niemals liebte er die Menschheit so sehr und so ausnahmslos wie in jenem Teil der halben Stunde, in dem er sich mit seinen Gästen unterhielt. Er liebte sie dermaßen, daß ihm fast die Tränen kamen. Und nun brachte es ihn aus der Fassung, daß Harold Dibbs und sein blöder Fuchs ihn kaltließen, ja, daß sie ihm lästig waren. Harold hatte einen jämmerlich schwach ausgeprägten Unterkiefer, so daß er bedauerlicherweise selbst fast wie ein Fuchs aussah. Vielleicht war der Fuchs bei ihm geblieben, weil er sich dort gleich zu Hause gefühlt hatte. Walter hatte ein schlechtes Gewissen, daß ihm solche Gedanken durch den Kopf gingen, und wollte es wiedergutmachen, indem er seiner Stimme mehr Wärme zu geben versuchte, als sie vermitteln konnte, so daß sein Wohlwollen irgendwie gezwungen klang. Harold und sein Fuchs waren Walters erster Mißerfolg.

Auch im zweiten Teil gelang es ihm nicht, die Erinnerung an Harold zu vertreiben. Er sprach über die Frage: ›Was tun die Regenwürmer für England?‹ Das ›für England‹ war eine typische Whitmore-Idee. Andere hätten vielleicht über die Rolle des Regenwurms in der Natur gesprochen, und keiner hätte sich einen Dreck um die Natur oder um Regenwürmer geschert. Aber Walter fand für seinen Wurm einen Haken, der eines Shakespeare würdig war, und warf ganz sanft die Angel aus, so daß seine Zuhörer begriffen, wie Legionen jenes blinden Gewimmels einen grauen Felsen im westlichen Meer in jenes grüne Paradies verwandelten, das England war. Morgen, mit der ersten Post, die aus dem Norden eintraf, würde er 75 Briefe erhalten, die ihn darauf hinwiesen, daß es auch in Schottland Regenwürmer gebe. Aber Walter würde darin nichts als eine Bestätigung sehen, wie publikumswirksam er war.

Insgeheim hatte Walter die Angewohnheit, sich jeweils eine bestimmte Person vorzustellen, an die er seine Rede richtete; ein Trick, der ihm half, jenen ungezwungen freundlichen Ton zu treffen, der sein Markenzeichen war. Niemals war es eine wirkliche Person, und er malte sich seinen imaginären Zuhörer auch nicht näher aus. Er beschloß einfach nur, sich an einem bestimmten Tag an ›eine alte Dame in Leeds‹ zu wenden oder an ›ein kleines Mädchen in einem Krankenhaus in Bridgwater‹ oder ›einen Leuchtturmwärter in Schottland‹. Heute kam es ihm zum ersten Mal in den Sinn, zu Liz zu sprechen. Liz versäumte keine seiner Sendungen, und er fand es selbstverständlich, daß sie zuhörte, doch es gehörte so sehr zu seiner Routine, sich einen fiktiven Zuhörer vorzustellen, daß er bisher noch nie auf die Idee gekommen war, statt dessen zu Liz zu sprechen. Aber heute hatte er irgendwie das Bedürfnis, Liz nahe an sich zu binden, sich zu vergewissern, daß sie da war, und statt zu einem imaginären Zuhörer sprach er zu Liz.

Aber es war nicht der Erfolg, den er sich erhofft hatte. Je mehr die Erinnerung an Liz seine Gedanken von seinem Text fortlockte, desto mehr dachte er zurück an den vorigen Abend am Fluß, an die Weiden in der Abenddämmerung, an den einzelnen goldenen Stern in der Giebelwand der alten Mühle. Ein narzissengelbes Licht, ›so wie Liz es mag‹. Und seine Aufmerksamkeit wanderte fort von den Würmern und von England, und er verhaspelte sich in seinem Text, so daß die Illusion von Spontaneität verlorenging.

Erstaunt und ein wenig ärgerlich, aber doch nicht allzusehr aus der Ruhe gebracht, signierte er die Autogrammbücher, die zu diesem Zweck im Studio eingegangen waren, und überlegte, was er antworten sollte auf (a) eine Bitte, an einer Taufe teilzunehmen, (b) eine Bitte um eine seiner Krawatten, (c) 19 Bitten darum, in seinem Programm auftreten zu dürfen, und (d) sieben Bitten um finanzielle Unterstützung. Dann machte er sich auf in Richtung Heimat. Ihm fiel jedoch etwas ein, und er kehrte noch einmal um, um eine große Schachtel Schokoladendragees für Liz zu kaufen. Während er sie ins Handschuhfach steckte, überlegte er, wie lange es her sein mußte, daß er zuletzt Liz etwas mitgebracht hatte. Es war eine schöne Sitte; er mußte es öfter tun.

Erst als er den Stadtverkehr hinter sich ließ und sich die Hauptstraße, schnurgerade, wie die Römer sie einmal abgesteckt hatten, vor ihm erstreckte, wanderten seine Gedanken weg von Liz zu dem, was ihr Bild verdeckt hatte: zu Searle. Searle. Serges ›Mittelwest-Luzifer‹. Wie er wohl auf Luzifer gekommen war? fragte er sich. Luzifer, der Fürst der Frühe. Er hatte sich Luzifer immer als eine prächtige, strahlende Gestalt vorgestellt, fast zwei Meter groß. Ganz und gar nicht wie Searle. Was gab es an Searle, was Ratoff, der nach Vorwürfen gesucht hatte, an Luzifer denken ließ?

Luzifer. Der gefallene Engel. Die Schönheit, die sich zum Bösen gewandt hatte.

Vor seinem inneren Auge tauchte Searle auf, wie er seinen Rundgang über den Bauernhof mit ihm machte; das blonde Haar vom Wind zerzaust, die Hände tief in den Taschen seiner sehr englischen Flanellhose vergraben. Luzifer. Er hätte beinahe laut gelacht.

Natürlich gab es irgend etwas Befremdliches an Searles gutem Aussehen. Etwas – wie sollte man sagen –, etwas, das man nicht zuordnen konnte. Etwas nicht ganz Menschliches.

Vielleicht war es das, was Serges blühende Phantasie auf den gefallenen Engel gebracht hatte.

Jedenfalls schien Searle ein anständiger Bursche zu sein, und sie würden gemeinsam ein Buch herausbringen; und Searle wußte, daß er mit Liz verlobt war, und da würde er doch nicht – Walter führte den Gedanken nicht zu Ende, nicht einmal insgeheim. Und er kam auch nicht auf die Idee, sich Gedanken zu machen, wie eine Schönheit, die an gefallene Engel denken ließ, wohl auf eine junge Frau wirken würde, die mit einem Journalisten bei der BBC verlobt war.

Er legte die Strecke nach Hause in kürzerer Zeit als üblich zurück, fuhr den Wagen in die Garage, holte Liz' Lieblingssüßigkeiten aus dem Handschuhfach und ging hinein, um sie zu überreichen und als Lohn für seine Aufmerksamkeit einen Kuß zu empfangen. Außerdem hatte er noch die gute Nachricht zu überbringen, daß Cormac Ross vom Plan ihres Buches angetan und bereit war, sie gut dafür zu bezahlen. Er konnte es kaum erwarten, das Wohnzimmer zu erreichen.

Die große Halle, die er durchquerte, war totenstill und kalt, und es roch darin trotz der altertümlich bespannten Türen nach Rosenkohl und Rhabarberkompott. Im Wohnzimmer, das wie immer warm und gemütlich war, fand er nur Lavinia, die Füße auf das Kamingitter gelegt, im Schoß die intellektuellen Wochenblätter, die an jenem Tage erschienen waren.

»Es ist schon merkwürdig«, sagte sie und blickte aus dem *Beobachter* auf, »was für eine unmoralische Sache es doch ist, sein Geld mit Schreiben zu verdienen.«

»Hallo, Tante Vin. Wo sind die anderen?«

»Dieses Blatt hat Silas Weekley vergöttert, bis er anfing, mit seinen Büchern Geld zu verdienen. Em ist oben, glaube ich. Die beiden anderen sind noch nicht zurück.«

»Zurück? Von wo zurück?«

»Das weiß ich nicht. Sie sind mit diesem schrecklichen kleinen Wagen von Bill Maddox spazierengefahren, nach dem Mittagessen.«

»Nach dem Mittagessen!«

»›Die platte Wiederholung einer Technik, die über so wenig Subtilität verfügt wie ein Plakat.‹ Kann einem das nicht den Magen umdrehen? Ja; ich brauchte Liz heute nachmittag nicht, und da haben sie einen Ausflug gemacht. Ein wunderbarer Tag, nicht wahr?«

»Aber es sind nur noch zehn Minuten bis zum Abendessen!«

»Allerdings. Sieht aus, als ob die beiden zu spät kommen«, sagte Lavinia, die sich weiter mit Silas' ›Hinrichtung‹ beschäftigte.

Liz hatte die Sendung also gar nicht gehört! Er hatte zu ihr gesprochen, und sie hatte gar nicht zugehört. Er war wie vor den Kopf gestoßen. Daß die alte Dame in Leeds und das Kind im Krankenhaus in Bridgwater und der schottische Leuchtturmwärter ebenfalls nicht zugehört hatten, spielte dabei keine Rolle. Liz hörte sich die Sendung immer an. Sie war geradezu dazu verpflichtet, das zu tun. Er war Walter, ihr Verlobter, und wenn er zur Öffentlichkeit sprach, dann konnte er doch wohl erwarten, daß sie zuhörte. Und nun war sie fröhlich mit Leslie Searle ausgegangen und hatte ihn einfach in die Luft reden lassen. Sie fuhr in der Gegend herum, ohne mit der Wimper zu zucken, an einem Freitag, an dem Nachmittag seiner Sendung, sie war wer weiß wohin gefahren, mit Searle, einem Burschen, den sie gerade mal sieben Tage kannte, und sie blieben fort bis zur allerletzten Minute. Sie war nicht einmal da, um sich Schokolade überreichen zu lassen, obwohl er sich eigens die Mühe gemacht hatte, sie für sie zu besorgen. Es war unerhört.

Dann traf der Pfarrer ein. Niemand hatte sich daran erinnert, daß er zum Abendessen eingeladen war. Er war einer von jenen Leuten, bei denen so etwas vorkam. Und Walter mußte noch einmal eine Viertelstunde mit Regenwürmern verbringen, obwohl er mehr als genug von ihnen hatte. Der Pfarrer hatte seine Sendung nämlich gehört und war begeistert; er war gar nicht von dem Thema abzubringen.

Mrs. Garrowby trat ein, begrüßte den Pfarrer mit bemerkenswerter Geistesgegenwart und entfernte sich dann, um dafür zu sorgen, daß noch eine Dose Erbsen untergerührt wurde, die Zahl der Vorspeisen stimmte und das Rhabarberkompott mit einer Teighaube überbacken wurde.

Als die beiden 20 Minuten überfällig waren und Mrs. Garrowby beschloß, nicht mehr länger auf sie zu warten, begann Walters

Meinung sich zu ändern, und er kam zu dem Schluß, daß Liz tot war. Es war noch niemals vorgekommen, daß sie zu spät zum Abendessen kam. Sie lag irgendwo tot in einem Straßengraben. Womöglich zerquetscht unter dem umgestürzten Wagen. Searle war Amerikaner, und jedermann wußte, daß alle Amerikaner verantwortungslose Autofahrer waren und nicht die Ruhe aufbrachten, die man für englische Landstraßen brauchte. Wahrscheinlich waren sie in einer Kurve in irgend etwas hineingerast.

Er spielte mit seiner Suppe, sein Herz zusammengeschnürt vor Furcht, und hörte zu, was der Pfarrer zur Frage der Dämonen zu sagen hatte. Alles, was der Pfarrer zu diesem Thema vorbrachte, hatte er irgendwann schon einmal gehört, aber immerhin war es erfreulich, nicht mehr über die Würmer sprechen zu müssen.

Gerade als sein Herz zur Größe eines uralten Champignons zusammengeschrumpelt war, vernahm er aus dem Saal die fröhlichen Stimmen von Liz und Searle. Strahlend und außer Atem traten sie ein – voller leichtfertiger Entschuldigungen dafür, daß sie zu spät gekommen waren, und voller Lob für die Familie, daß sie nicht auf sie gewartet hatte. Liz stellte Searle dem Pfarrer vor, aber sie kam nicht auf die Idee, Walter mit einem persönlichen Wort zu bedenken, bevor sie sich wie ein ausgehungerter Flüchtling über ihre Suppe hermachte. Sie seien überall gewesen, sagte sie; zuerst hatten sie die Abtei von Twells besichtigt und die Dörfer in ihrer Umgebung; dann hatten sie Peter Massie getroffen und sich seine Pferde angesehen und ihn nach Crome mitgenommen; und in Crome hatten sie im Star and Garter ihren Tee getrunken und waren auf dem Rückweg von dort gewesen, als ihnen ein Kino auffiel, in dem *Der große Eisenbahnraub* lief, und natürlich hätte es niemand übers Herz gebracht, eine Gelegenheit auszulassen, den *Großen Eisenbahnraub* noch einmal zu sehen. Sie hatten zuerst mehrere moderne Kurzfilme über sich ergehen lassen müssen, bevor *Der große Eisenbahnraub* kam – das war der Grund, weshalb sie zu spät gekommen waren –, aber das Warten hatte sich gelohnt.

Eine Nacherzählung des *Großen Eisenbahnraubs* nahm den größten Teil des Fischgangs in Anspruch.

»Wie war die Sendung, Walter?« fragte Liz, während sie nach einem Stück Brot langte.

Es war schlimm genug, daß sie nicht sagte: »Es tut mir so leid, daß ich deine Sendung verpaßt habe, Walter«, aber daß sie für diese Frage nicht mehr übrig hatte als jenen Teil ihrer Aufmerksamkeit, den sie nicht darauf verwandte, ihren Teller wieder zu füllen, das war für Walter der Tropfen, der das Faß zum Überlaufen brachte.

»Der Herr Pfarrer wird es dir erzählen«, antwortete er. »Er hat sie gehört.«

Der Pfarrer gab eine Zusammenfassung, con amore. Weder Liz noch Leslie Searle hörten ihm, wie Walter auffiel, wirklich zu. Einmal, während der Pfarrer rezitierte, trafen sich Liz' und Searles Blicke, als sie ihm etwas reichte, und sie bedachte ihn mit einem kurzen, freundlichen Lächeln. Sie waren sehr zufrieden mit sich, miteinander und mit dem zurückliegenden Tag.

»Was hat Ross zu dem Buch gesagt?« fragte Searle, als der Pfarrer endlich zu Ende gekommen war.

»Er war begeistert von der Idee«, antwortete Walter und wünschte zutiefst, er wäre niemals auf diese Partnerschaft mit Searle eingegangen.

»Haben Sie von ihren gemeinsamen Plänen gehört, Herr Pfarrer?« fragte Mrs. Garrowby. »Sie wollen ein Buch über den Rushmere schreiben. Von der Quelle bis zur Mündung. Walter schreibt es, und Mr. Searle macht die Bilder dazu.«

Der Pfarrer lobte die Idee und betonte, daß es sich um eine klassische Konzeption handle. Ob sie auf Schusters Rappen gingen oder ob sie einen Esel nähmen, fragte er.

»Wir gehen bis ungefähr Otley zu Fuß«, erklärte ihm Walter, »und von da geht es per Boot weiter.«

»Per Boot? Aber der Oberlauf des Rushmere ist voller Wirbel«, wandte der Pfarrer ein.

Sie erzählten ihm von ihrem Plan, Kanus zu benutzen. Der Pfarrer fand, Kanus seien für einen Fluß wie den Rushmere durchaus eine vernünftige Lösung – bliebe die Frage, wo man die wohl bekomme?

»Das haben Cormac Ross und ich heute morgen auch überlegt«, antwortete Walter, »und er meinte, bei Kilner's, der kleinen Bootswerft in Mere Harbour, könnten wir vielleicht fündig werden. Die bauen dort Boote für die ganze Welt. Von Joe Kilner stammt jene zusammenfaltbare Mischung aus Floß, Boot und Zelt, die Mansell auf seiner letzten Fahrt auf dem Orinoko dabeihatte, und später soll Kilner gesagt haben, wenn er rechtzeitig daran gedacht hätte, hätte er es so gebaut, daß es auch als Segelflugzeug hätte dienen können. Ich wollte vorschlagen, daß Searle und ich morgen nach Mere Harbour fahren und mit Kilner sprechen – sofern er nichts anderes vorhat.«

»Schön«, sagte Searle. »Schön.«

Dann erkundigte sich der Pfarrer bei Searle, ob er angle. Searle war kein Angler, wohl aber der Pfarrer. Die zweite Leidenschaft des Pfarrers, gleich nach der Dämonologie, war die Trockenfliege. So hörten sie denn für den Rest des Abendessens zu, was der Pfarrer über Fliegen zu erzählen hatte, mit jenem vagen Interesse, das sie auch gegenüber Fragen der Betonherstellung oder der Kunst des Kaugummikauens oder des Ausbesserns von Sockenfersen gehabt hätten; durchweg Themen von rein akademischem Interesse.

Und jeder von ihnen hing mit der anderen Hälfte seines Verstandes seinen eigenen Gedanken nach.

Walter beschloß, daß er das kleine, weiß eingeschlagene Päckchen Schokolade so lange auf dem Tischchen im Saal, wo er es abgelegt hatte, als er zum Abendessen ging, liegen lassen würde, bis Liz danach fragte; dann würde er ihr beiläufig eröffnen, was es war. Sie würde, malte er sich aus, vor schlechtem Gewissen vergehen, daß er ihr etwas mitgebracht hatte, während sie völlig vergessen hatte, daß es ihn gab.

Als sie das Eßzimmer verließen, warf er einen verstohlenen Blick hinüber, um sich zu vergewissern, daß das Päckchen noch da war. Das war es zweifellos. Aber auch Liz hatte, wie es schien, beim Hereinkommen etwas auf dem Tisch abgelegt. Es war eine große, flache Schachtel kandierter Früchte vom teuersten Konditor in Crome. Vier Pfund mußte sie mindestens wiegen. ›Confits‹ stand in mattgoldener Schreibschrift auf dem cremefarbenen Deckel, und sie war mit Metern von breitem Band umschlungen, das zu einer höchst extravaganten Schleife gebunden war. Das ›Confits‹ fand Walter affektiert und die Schleife entsetzlich aufdringlich. Das ganze Ding war durch und durch geschmacklos. Typisch für einen Amerikaner, das Größte und Auffälligste zu kaufen. Es drehte ihm den Magen um, die Schachtel nur anzusehen.

Was ihm den Magen umdrehte, war natürlich nicht die Schachtel Konfekt.

Ihm war übel von einem Gefühl, das schon uralt war, als Konfekt noch gar nicht erfunden war.

Während er für Searle und den Pfarrer und sich Kognak eingoß, den sie zu ihrem Kaffee tranken, zermarterte er sich das Hirn nach etwas, das ihm Trost spenden konnte, und er fand es.

Searle konnte ihr eine Schachtel teuren Konfekts verehren, aber nur er, Walter, wußte, welches ihre Lieblingsschokolade war.

Oder – hatte Searle auch das schon herausgefunden? Aber vielleicht gab es bei dem Konditor in Crome ja keine Schokoladendragees.

Er neigte die Kognakflasche noch einmal. Heute brauchte er einen extragroßen Schluck.

Kapitel 6

Wenn man jemals sagen konnte, daß Emma Garrowby froh über etwas war, das Leslie Searle und Trimmings miteinander in Verbindung brachte, dann war sie froh über den Plan zu diesem Buch. Das würde ihn für den Rest seiner Zeit in Orfordshire vom Hause fernhalten; und wenn die Reise den Rushmere hinunter erst einmal vorüber war, würde er fortgehen und sich nie wieder bei ihnen blicken lassen. Bisher war, soweit sie sehen konnte, noch kein Schaden angerichtet worden. Liz war natürlich gern mit diesem Burschen zusammen, denn sie waren beide jung, und sie schienen sich beide über die gleichen Dinge zu amüsieren, und er war, kein Zweifel, ein attraktiver Mann. Aber nichts deutete darauf hin, daß sie sich ernsthaft zu ihm hingezogen fühlte. Sie blickte niemals zu Searle hinüber, wenn sie nicht gerade mit ihm sprach; niemals folgte sie ihm mit den Augen, wie ein verliebtes Mädchen das tat, niemals setzte sie sich in einem Zimmer neben ihn.

Aber trotz ihrer Befürchtungen war Emma Garrowby doch nicht scharfsichtig genug.

Merkwürdigerweise war es die immer ein wenig abwesende Lavinia, die besser auf der Hut war und die sich Sorgen machte. Diese Sorgen flossen über und ergossen sich, beinahe gegen ihren Willen, etwa eine Woche später in einem Strom von Worten. Sie diktierte Liz wie üblich, doch diesmal bereitete ihr dies Mühe. Das kam so selten vor, daß Liz überrascht war. Lavinia verfaßte ihre Bücher mühelos, denn sie hatte ein ehrliches Interesse am Schicksal ihrer jeweiligen Heldin. Später erinnerte sie sich vielleicht nicht mehr, ob es Daphne oder Valerie gewesen war, die ihrem Geliebten zum ersten Mal begegnet war, als sie gerade Veilchen im ersten Morgenlicht auf Capri pflückte, doch solange Daphne – oder Valerie – pflückte und jenem Mann begegnete, hatte Lavinia Fitch über sie gewacht wie eine Patin. Doch nun, was noch niemals vorgekommen war, war sie abgelenkt, und es fiel ihr schwer, sich auch nur zu erinnern, wie Sylvia überhaupt aussah.

»Wo war ich, Liz, wo war ich?« fragte sie und ging dabei mit großen Schritten im Zimmer auf und ab; einen Bleistift hatte sie in das wirre Vogelnest ihres rötlichen Haars gesteckt, an einem zweiten knabberte sie mit ihren scharfen kleinen Zähnen.

»Sylvia kommt vom Garten herein. Durch die Balkontür.«

»Ah ja. ›Sylvia blieb an der Tür stehen, ihre schlanke Gestalt hob sich gegen das Sonnenlicht ab, ihre großen blauen Augen waren aufmerksam und nachdenklich.‹«

»Braun«, sagte Liz.

»Was?«

»Ihre Augen.« Liz blätterte einige Seiten zurück. »Seite 59. ›Ihre braunen Augen, klar wie die Regentropfen auf dem Herbstlaub –‹«

»Schon gut, schon gut. ›Ihre großen braunen Augen waren aufmerksam und nachdenklich. Mit einer eleganten und doch energischen Bewegung betrat sie das Zimmer, wobei ihre spitzen Absätze leise auf dem Parkettfußboden klackten –‹«

»Keine Absätze.«

»Wie bitte?«

»Keine Absätze.«

»Warum nicht?«

»Sie hat gerade Tennis gespielt.«

»Sie könnte sich ja wohl umgezogen haben, oder?« entgegnete Lavinia mit einer Schärfe im Tonfall, die man sonst nicht von ihr kannte.

»Das glaube ich nicht«, antwortete Liz geduldig. »Sie hat noch ihren Schläger in der Hand. Sie kam die Terrasse entlang, ›ihren Schläger leicht in der Hand wiegend‹.«

»Oh. Tatsächlich!« schnaubte Lavinia. »Ich wette, sie kann überhaupt nicht spielen! Wo war ich? ›Sie betrat das Zimmer – sie betrat das Zimmer, und ihr weißer Rock wehte‹ – nein; nein, nein, warte – ›sie betrat das Zimmer‹ – zum Teufel mit Sylvia!« brüllte sie und warf ihren zerkauten Bleistift auf den Tisch. »Wen interessiert denn, wo diese dumme Gans hingeht! Meinetwegen kann sie an der verfluchten Tür stehenbleiben und da verhungern!«

»Was ist denn los, Tante Vin?«

»Ich kann mich nicht konzentrieren.«

»Gibt es irgend etwas, was dir Sorgen macht?«

»Nein. Doch. Nein. Zumindest, ja, ich glaube, in gewisser Weise schon.«

»Kann ich dir helfen?«

Lavinia fuhr mit den Fingern durch das Vogelnest, fand den Bleistift und betrachtete ihn erfreut. »Ach, da ist mein gelber Bleistift.« Sie steckte ihn zurück ins Haar. »Liz, meine Liebe, du sollst nicht glauben, daß ich mich einmischen will oder so etwas, aber du hast nicht zufällig eine kleine – eine kleine Neigung zu Leslie Searle entwickelt, oder?«

Wie gut es zu ihrer Tante paßte, dachte Liz, einen so altmodischen Ausdruck wie ›Neigung‹ zu verwenden. Stets mußte sie Lavinias Altertümchen in ihren Texten durch zeitgemäße Ausdrücke ersetzen.

»Wenn du mit ›Neigung‹ meinst, ob ich in ihn verliebt bin, dann kann ich dich beruhigen. Das bin ich nicht.«

»Ich glaube nicht, daß es das ist, was ich meine. Man ist ja – wenn du so willst – auch nicht in einen Magneten verliebt.«

»Einen was? Wovon sprichst du überhaupt?«

»Es geht nicht so sehr darum, daß du dich in ihn verliebt hast. Eher, ob du dich zu ihm hingezogen fühlst. Er fasziniert dich, nicht wahr?« Es war eine Feststellung, keine Frage.

Liz blickte auf zu den besorgten kindlichen Augen und erschrak. »Warum meinst du das?« fragte sie.

»Ich glaube, weil es mir genauso geht«, antwortete Lavinia.

Das kam so unerwartet, daß Liz nicht wußte, was sie darauf sagen sollte.

»Mittlerweile wünsche ich mir, ich hätte ihn niemals nach Trimmings eingeladen«, jammerte Lavinia. »Ich weiß, daß es nicht seine Schuld ist – es ist ja nicht das, was er tut –, aber Tatsache ist, daß er alles durcheinanderbringt. Serge und Toby Tullis zum Beispiel, die sprechen nicht mehr miteinander.«

»Das ist doch nichts Neues!«

»Schon, aber sie hatten sich wieder vertragen, und Serge benahm sich recht anständig und fing wieder an zu arbeiten, und nun –«

»Dafür kannst du doch Leslie Searle nicht verantwortlich machen. Das mußte unweigerlich passieren. Du wußtest, daß es passieren würde.«

»Und es war schon seltsam, wie Marta ihn neulich abends nach dem Essen mit nach Hause nahm und wer weiß wie lange dortbehielt. Ich meine, die Art, wie sie ihn als Begleiter vereinnahmte, ohne abzuwarten, was die anderen taten.«

»Aber der Pfarrer war doch da und konnte Miss Easton-Dixon nach Hause bringen. Marta wußte das. Es war doch nur natürlich, daß sie zusammen gehen würden; sie wohnen beide in derselben Richtung.«

»Es geht ja nicht darum, *was* sie getan hat, sondern darum, *wie* sie es getan hat. Sie – sie hat ihn sich einfach geschnappt.«

»Ach, das ist doch nur Martas gebieterische Art.«

»Unsinn. Sie hat es ebenso gespürt. Diese – diese Faszination.«

»Er ist natürlich ausgesprochen attraktiv«, sagte Liz; und dabei ging ihr durch den Kopf, wie gänzlich ungeeignet dieser abgedroschene Begriff war, Leslie Searle auch nur annähernd zu beschreiben.

»Er ist – unheimlich«, sagte Lavinia unglücklich. »Es gibt kein anderes Wort. Man sitzt da und wartet nur, was er als nächstes tun wird, als ob – als ob es ein Zeichen wäre, ein Vorzeichen, eine Enthüllung oder so etwas.« Sie sah den Blick, den Liz ihr zuwarf, und herausfordernd fügte sie hinzu: »Na, zumindest *du* machst das, nicht wahr!«

»Ja«, antwortete Liz. »Ja, das stimmt wohl. Als ob – als ob auch die kleinste Kleinigkeit, die er tut, etwas bedeute.«

Lavinia nahm den zerkauten Bleistift wieder vom Tisch und malte damit auf die Schreibunterlage. Liz fiel auf, daß es Achterfiguren waren. Lavinia mußte sich wirklich große Sorgen machen. Wenn sie glücklich war, malte sie Fischgrätmuster.

»Weißt du, es ist wirklich seltsam«, sagte Lavinia versonnen. »Diese Spannung, die ich spüre, wenn ich mit ihm in einem Zimmer bin, das ist, als ob ich mit einem berühmten Verbrecher zusammen wäre. Nur angenehmer natürlich. Aber das gleiche Gefühl, daß da – daß da etwas nicht stimmt.« Sie malte mehrere energische Achten hin. »Wenn er heute nacht verschwände und mir jemand sagte, daß er nur ein wunderschöner Dämon gewesen sei und überhaupt kein Mensch aus Fleisch und Blut, dann würde ich das glauben. Bei Gott, das würde ich.«

Gleich darauf warf sie den Bleistift wieder hin und meinte mit einem leichten Lachen: »Und dabei ist das alles so absurd. Man betrachtet ihn und versucht herauszufinden, was so außergewöhnlich an ihm ist – und was findet man? Nichts. Nichts, was man nicht auch anderswo finden könnte, oder? Dieses strahlendblonde Haar und die Babyhaut; der norwegische Korrespondent der *Trompete,* den Walter ein paarmal mit hergebracht hat, hatte sie genauso. Er ist außerordentlich grazil für einen Mann; aber das ist Serge Ratoff auch. Er hat eine hübsche, sanfte Stimme und einen sympathischen Akzent; aber das haben die halbe Einwohnerschaft von Texas und die meisten Iren. Man zählt seine attraktiven Seiten zusammen, und was kommt dabei heraus? Ich kann dir sagen, es kommt nichts dabei heraus. Es kommt kein Leslie Searle dabei heraus.«

»Nein«, bestätigte Liz nüchtern. »Nein. Wirklich nicht.«

»Das – das Aufregende an ihm fehlt. Was ist es, was ihn von anderen unterscheidet? Weißt du, sogar Emma spürt es.«

»Mutter?«

»Nur mit umgekehrten Vorzeichen. Sie haßt es. Es kommt ja oft vor, daß sie Leute nicht mag, die ich mit herbringe; manchmal ist es sogar regelrechte Antipathie. Aber Leslie Searle, den verabscheut sie.«

»Hat sie dir das gesagt?«

»Nein. Das braucht sie nicht.«

Nein, dachte Liz. Das brauchte sie wirklich nicht. Lavinia Fitch, die liebe, freundliche, geistesabwesende Lavinia, die Verfasserin von Lesefutter für Menschen, die niemals erwachsen wurden, verfügte schließlich über die Intuition einer Schriftstellerin.

»Eine Zeitlang habe ich überlegt, ob er nicht ein bißchen verrückt ist«, sagte Lavinia.

»Verrückt!«

»Nur so ein wenig überkandidelt, meine ich natürlich. Sie haben eine unheilige Anziehungskraft, diese Leute, die in einem bestimmten Punkt völlig übergeschnappt und in allen anderen ganz normal sind.«

»Aber das gilt nur, wenn man von ihrer Verrücktheit weiß«, erinnerte Liz sie. »Du müßtest also etwas von der Verrücktheit wissen, bevor du die unheilige Anziehungskraft spüren würdest.«

Lavinia überlegte. »Ja, da hast du wohl recht. Aber es spielt auch keine Rolle; ich bin ohnehin zu dem Schluß gekommen, daß die Idee vom Verrückten nicht funktioniert. Mir ist niemals ein rationalerer Mensch begegnet als Leslie Searle. Dir etwa?«

Auch Liz nicht.

»Du glaubst doch nicht, oder«, fragte Lavinia, wobei sie wieder zu malen begann und dem Blick ihrer Nichte auswich, »daß Walter allmählich eine Abneigung gegen Leslie entwickelt?«

»Walter!« rief Liz verblüfft. »Nein, natürlich nicht. Die beiden verstehen sich doch prächtig.«

Lavinia hatte mit sieben ordentlichen Strichen ein Haus errichtet und fügte die Tür hinzu.

»Wie kommst du auf eine solche Idee?« hakte Liz nach.

Lavinia fügte vier Fenster und einen Schornstein hinzu und betrachtete ihr Werk.

»Weil er soviel Rücksicht auf ihn nimmt.«

»Rücksicht! Aber Walter ist doch immer –«

»Wenn Walter Leute mag, dann nimmt er sie für selbstverständlich«, sagte Lavinia und fügte Rauch hinzu. »Je mehr er sie mag, desto selbstverständlicher sind sie ihm. Selbst dich nimmt er für selbstverständlich – was dir zweifellos schon früher aufgefallen ist. Bis vor kurzem verhielt er sich so auch Leslie Searle gegenüber. Inzwischen tut er es nicht mehr.«

Liz dachte schweigend nach.

»Wenn er ihn nicht mögen würde«, sagte sie schließlich, »dann würde er nicht mit ihm den Rushmere hinunterfahren und dieses Buch schreiben. Oder?« fügte sie hinzu, denn Lavinia schien voll und ganz damit beschäftigt, die richtige Stelle für die Türklinke zu suchen.

»Es wird ein sehr einträgliches Buch werden«, entgegnete Lavinia, und ihre Stimme klang ein wenig spröde.

»Walter würde niemals mit jemandem zusammenarbeiten, den er nicht mag«, beharrte Liz.

»Und es würde Walter auch nicht leichtfallen zu erklären, warum er das Buch nun doch nicht schreiben möchte«, fuhr Lavinia fort, als habe sie nichts gehört.

»Warum erzählst du mir das?« fragte Liz ein wenig ärgerlich.

Lavinia hörte auf zu malen. »Liz, meine Liebe«, antwortete sie mit entwaffnender Ehrlichkeit, »ich weiß es nicht recht. Ich hatte wohl gehofft, daß dir etwas einfallen würde, um Walter aufzumuntern. Auf deine eigene kluge Art. Das heißt, ohne Umschweife und ohne großes Getue.« Sie sah den Blick, den Liz ihr zuwarf, und beteuerte: »Oh ja, du bist klug. Viel, viel klüger, als Walter jemals sein wird. Er ist alles andere als klug, der arme Walter. Das Beste, was ihm jemals passiert ist, ist, daß du ihn liebst.« Sie schob die verunzierte Schreibunterlage fort und lächelte plötzlich. »Weißt du, eigentlich finde ich es gar nicht so schlecht, daß er nun einen Rivalen hat, gegen den er sich durchsetzen muß. Solange nicht die Gefahr besteht, daß es ernst wird mit dieser Konkurrenz.«

»Natürlich ist es nicht ernst«, beteuerte Liz.

»Ich glaube, dann sollten wir zusehen, daß wir diese dumme Gans nicht zu lange an der Tür stehen lassen und das Kapitel noch bis zum Mittagessen fertigbekommen«, sagte Lavinia, ergriff den Bleistift und begann wieder daran zu kauen.

Doch ein gewisses Gefühl der Beunruhigung blieb bei Liz zurück, während sie zum zukünftigen Wohle der Leihbibliotheken und des Finanzamtes die Taten der dummen Gans Sylvia zu Papier brachte. Sie hatte niemals gedacht, daß jemand außer ihr selbst die Aufmerksamkeit, die sie Searle entgegenbrachte, hätte bemerken können. Nun schien es, daß Lavinia nicht nur genau wußte, was sie für ihn empfand, sondern daß Walter, wie sie andeutete, es vielleicht ebenfalls erkannt hatte. Aber das war doch gewiß unmöglich. Wie konnte er das wissen? Lavinia wußte es natürlich, weil sie, wie sie so offen eingestanden hatte, selbst dem Charme Searles erlegen war. Aber bei Walter gab es nichts, was ihn auf ihre Emotionen hätte aufmerksam machen können.

Und doch hatte Lavinia so recht gehabt. Walters ursprüngliche, unkomplizierte Einstellung, in der er den Besuch für selbstverständlich genommen hatte, war tatsächlich einer formellen Beziehung zwischen Gastgeber und Gast gewichen. Seine Haltung hatte sich unmerklich und doch beinahe über Nacht geändert. Wann und warum hatte sie sich verändert? Da war das unglückliche Zusammentreffen dieser beiden so verschiedenartigen Schachteln Süßigkeiten – aber das konnte doch keinen reifen, erwachsenen Menschen wurmen. Für einen Amerikaner war es ein automatischer Reflex, einem Mädchen Zuckerzeug zu kaufen; das bedeutete nicht mehr, als wenn er ihr an einer Tür den Vortritt ließ. Dagegen konnte Walter ja wohl kaum etwas haben. Wie hatte Walter also das Geheimnis erraten, das sie nur mit ihrer Leidensgenossin teilte, mit Lavinia?

Von da wanderten ihre Gedanken wieder zu Lavinia und zu den Dingen, die diese wahrnahm. Sie dachte an den einen Punkt der Anklage, den Lavinia ausgelassen hatte – die Abfuhr, die Toby Tullis erfahren hatte –, und fragte sich, ob Lavinia nicht darauf zu sprechen gekommen war, weil sie nichts davon wußte oder weil es ihr einfach gleichgültig war, ob Toby litt oder nicht. Das ganze Dorf wußte, daß Toby unter den erlesensten Qualen enttäuschter Hoffnung seit Tantalus litt. Searle hatte es mit unvorstellbar freundlicher Gleichgültigkeit abgelehnt, ihn in Hoo House zu besuchen oder an irgendeiner der zahlreichen Aktivitäten teilzunehmen, die Toby eifrig für ihn arrangierte. Er hatte nicht einmal Interesse gezeigt, als Toby anbot, ihn mit nach Stanworth zu nehmen und dort vorzustellen. So etwas war Toby noch nie vorgekommen. Das Privileg, im prächtigen Hause des Herzogs von Stanworth ein- und auszugehen, war seine Trumpfkarte. Nie zuvor hatte er sie vergebens ausgespielt. Gerade bei Amerikanern verfehlte sie niemals ihre Wirkung. Doch bei diesem Amerikaner stach sie nicht. Searle wollte mit Toby Tullis nichts zu tun haben, und dies machte er mit charmantester Wohlerzogenheit klar. Er ließ ihn mit einer Anmut abprallen, die bei all ihrer unerbittlichen Härte doch eine Augenweide war, der die Intelligenzija von Salcott mit unverhohlener Begeisterung zusah.

Und genau das peinigte Toby.

Es war schlimm genug, von Leslie Searle brüskiert zu werden; aber daß alle Welt zusah, wie er so von oben herab behandelt wurde, das war eine Folter.

Wahrlich, dachte Liz, die Ankunft von Leslie Searle war für Salcott St. Mary alles andere als ein Segen gewesen. Von all denen, mit denen er zusammengekommen war, war Miss Easton-Dixon vielleicht die einzige, die ganz und gar froh darüber war. Er war reizend zu Miss Dixon gewesen; so freundlich und geduldig bei ihren endlosen Erkundigungen, als sei er selbst eine Frau, die sich für den Klatsch der Filmwelt begeistert. Er hatte für sie alles ausgeplaudert, was er über das Leben hinter den Kulissen der großen Studios wußte, und hatte mit ihr in Erinnerungen an gute Filme geschwelgt, bis Lavinia gemeint hatte, sie seien wie zwei Hausfrauen, die Rezepte austauschten.

Das war an jenem Abend gewesen, als Marta zum Essen gekommen war; und es war der Abend, an dem Liz, als sie ihn mit Miss Dixon zusammensah, von dem fürchterlichen Schrecken befallen worden war, daß sie womöglich doch dabei war, sich in Leslie Searle zu verlieben. Sie war Marta noch immer dankbar, daß sie ihr geholfen hatte, diese Furcht zu vertreiben. Denn als Marta ihn aufforderte, sie zu begleiten, und mit ihm in der Nacht verschwand, empfand sie nicht den geringsten Schmerz, ihn so gehen zu sehen. Da wußte sie, daß sie, auch wenn sie sich von Searle noch so sehr angezogen fühlte, ihm nicht erlegen war.

Nun, wo sie dasaß und die Taten der dummen Gans Sylvia aufzeichnete, beschloß sie, daß sie Lavinias Rat beherzigen und sich etwas einfallen lassen würde, um Walter zu beruhigen, so daß er froh und ohne jedes Ressentiment gegenüber Searle auf seine Fahrt gehen konnte. Sie würde irgend etwas Hübsches mit Walter allein unternehmen, wenn er aus Mere Harbour zurück war, wo die beiden sich im Augenblick aufhielten, um ihre Kanus zu übernehmen und deren Transport nach Otley zu arrangieren, wo sie dann für sie bereitliegen sollten; irgendein trautes Tête-à-tête, sie beide. In letzter Zeit waren sie zu oft zu dritt gewesen.

Oder war es vielleicht sogar zu oft das falsche Tête-à-tête gewesen?

Kapitel 7

Walter hatte die Idee, mit dem Kanu zu fahren, begrüßt, nicht weil er sich darauf freute, sich in ein viel zu kleines Boot zu zwängen, sondern weil dieses Boot ihm seine ›Geschichte‹ lieferte. Wenn das Buch ein Erfolg werden sollte, dann mußten ›Abenteuer‹ darin vorkommen, und eine ausgefallene Art der Fortbewegung war das einfachste Mittel, sie zu beschaffen. Es ist nicht leicht, an kuriose Erlebnisse zu gelangen, wenn man bequem mit dem Auto fährt. Und zu Fuß unterwegs zu sein, gilt nichts mehr, seit alle Welt es tut und es Wandern nennt. Walter, der auf Schusters Rappen mit nichts als einer Zahnbürste und einem Hemd zum Wechseln in der Manteltasche halb Europa durchquert hatte, wäre mit Freuden dem Rushmere zu Fuß von der Quelle bis zur Mündung gefolgt, aber er wußte, daß er keinen Anhänger des zeitgemäßen Wandersportes würde zufriedenstellen können. Seine Zahnbürsten-und-Hemd-zum-Wechseln-Technik würde dem masochistischen Enthusiasten nur befremdlich vorkommen, der mit Rucksack und Nagelschuhen dahintrottete, dem Horizont entgegen, auf den seine glasigen Augen geheftet waren, ein Atlas eher denn ein Odysseus. Und das Tal als zufälliger Begleiter eines Puppen- oder Kasperletheaters zu bereisen, mochte zwar gutes Material liefern, war aber doch nicht ganz comme il faut für jemanden, der auf die frische Luft praktisch Exklusivrechte hatte.

Deshalb begrüßte Walter die Idee, mit dem Kanu zu fahren. Und seit etwa einer Woche hatte er begonnen, sie auch noch aus einem ganz anderen Grunde zu begrüßen.

In einem Wagen oder zu Fuß wäre er tagaus, tagein an Leslie Searles Seite gewesen; in einem Kanu hatte er im Grunde nichts mit ihm zu tun. Walter hatte den Punkt erreicht, wo schon allein der Klang von Searles sanfter Stimme mit ihrem Singsang ihn dermaßen in Wut brachte, daß er sich schwer zusammennehmen mußte. Und das dumpfe Gefühl, daß er sich dabei ein wenig lächerlich machte, half nicht, seine Wut zu vertreiben. Das Faß war übergelaufen, als Liz auch noch begonnen hatte, nett zu ihm zu sein. Er hatte niemals über Liz' Einstellung ihm gegenüber nachgedacht – sie war ihm immer angemessen erschienen. Das hieß, daß Liz ihn verehrt hatte, ohne Anforderungen zu stellen, was sie für ihn – nach acht Monaten mit Marguerite Merriam – zum Ideal einer Frau machte. Und nun war Liz plötzlich nett zu ihm. ›Herablassend‹, wie er es insgeheim nannte. Hätte er nicht neuerdings so viel auf Liz geachtet, wäre ihm die Veränderung vielleicht gar nicht aufgefallen, doch mittlerweile war Liz Mittelpunkt seiner Gedanken geworden, und er analysierte jedes Wort, jede noch so kleine Geste. Und so ertappte er sie dabei, wie sie nett zu ihm war. Nett! Zu ihm. Zu Walter Whitmore.

Etwas dermaßen Unerhörtes und Unerträgliches hätte niemals geschehen können, wäre nicht Leslie Searle in ihr Leben getreten. Walter brauchte schon ein gehöriges Maß an Selbstbeherrschung, dachte er an Leslie Searle.

Wenn das Wetter mitspielte, wollten sie nachts draußen kampieren; und auch darüber war Walter froh. Das würde ihm nicht nur Gelegenheit geben, durch die Äste mancher Eiche hindurch den Großen Bären wandern zu sehen und das nächtliche Leben von Feld und Bach zu beschreiben, sondern es würde ihm auch den vertraulichen Umgang ersparen, den das Übernachten in einem engen Landgasthaus zwangsläufig mit sich gebracht hätte. Von einem Biwak kann man schon einmal allein und ohne etwas zu sagen davonschlendern, nicht aber aus einem Gasthaus.

Die Kanus wurden auf die Namen Pip und Emma getauft, und Mrs. Garrowby ärgerte sich, als sie hörte, daß Searle in Emma fahren würde. Doch noch wütender wurde sie, als ihr allmählich dämmerte, daß sie Searle wohl doch noch nicht loswerden würde. In einer Hinsicht wurde bei dem Reisebericht ein wenig geschummelt. Um die großen Landschaftsaufnahmen zu machen, brauchte man mehr Gerätschaften, als sich in einem Kanu problemlos befördern ließen, in dem bereits ein Schlafsack Platz finden mußte, und so wollte Searle später an die attraktivsten Stellen zurückkehren und sie in Ruhe fotografieren.

Doch so sehr Trimmings auch im Untergrund erzittern mochte – vor Lavinias bösen Ahnungen, vor Walters Wut, vor Liz'

Schuldgefühlen und Emmas Haß –, so ging das Leben an der Oberfläche doch reibungslos weiter. Die Sonne strahlte mit jener unerwarteten Helligkeit, die man so oft in England findet, bevor die Bäume grün geworden sind; die Nächte waren windstill und warm wie im Sommer. In der Tat hatte Searle, als sie eines Abends nach dem Essen auf der Terrasse standen, behauptet, man könne meinen, man sei nicht in England, sondern in Frankreich.

»Wie in Villefranche an einem Sommerabend«, sagte er, »das war bisher für mich der Inbegriff des Zauberhaften. Die Lichter, die sich im Wasser spiegeln, die warme Luft mit ihrem Duft nach Geranien und das letzte Boot zurück zum Schiff zwischen ein und zwei Uhr morgens.«

»Zu welchem Schiff?« fragte jemand.

»Irgendein Schiff«, antwortete Searle träge. »Ich hatte keine Ahnung, daß auch das perfide Albion etwas so Zauberhaftes zu bieten hat.«

»Das Zauberhafte!« hatte Lavinia geantwortet. »Aber das Zauberhafte hat doch hier seinen Ursprung.«

Und sie lachten ein wenig, und alle waren sie freundlich zueinander.

Und nichts störte diese freundliche Atmosphäre, die unverändert anhielt, bis Walter und Searle am späten Freitagabend zu ihrer Fahrt durch die englische Landschaft aufbrachen. Walter hatte seinen üblichen Radiovortrag gehalten, war zum Abendessen nach Hause gekommen – welches an den Tagen, an denen er auf Sendung war, immer anderthalb Stunden später serviert wurde –, und sie hatten alle auf den Erfolg von *Mit dem Kanu auf dem Rushmere* getrunken. Dann fuhr Liz sie durch den lieblichen Frühlingsabend an die 30 Kilometer das Tal des Rushmere aufwärts bis zu ihrem Startpunkt. Sie wollten die Nacht im Grim's House verbringen, einer Höhle, von wo aus man auf die Bergwiesen hinunterblicken konnte, aus denen der Fluß entsprang. Walter fand, daß es ein guter Aufhänger war, ihre Geschichte im prähistorischen England beginnen zu lassen, und Searle stichelte, er habe seine Zweifel, ob die Unterkünfte prähistorischer sein würden als manche, die er bereits kennengelernt habe. Vieles an England, meinte er, habe sich wohl nicht viel weiterentwickelt seit den Tagen Grims, wer immer das gewesen sei. Andererseits war er begeistert von der Idee, in einer Höhle zu schlafen. In seiner

Jugend hatte er auf der Ladefläche eines Lastwagens geschlafen, in der Wüste, in einer Badewanne, auf einem Billardtisch, in einer Hängematte und auf dem Jahrmarkt in der Kabine eines Riesenrads, aber in einer Höhle hatte er es bisher noch niemals versucht. Die Höhle, das war genau seine Sache.

Liz brachte sie bis ans Ende des Feldweges und ging noch mit ihnen die 100 Meter den Pfad hinauf, um ihr Nachtquartier zu inspizieren. Sie waren allesamt ausgesprochen gut gelaunt, voll vom guten Essen und vom guten Wein und ein wenig berauscht vom Zauber der Nacht. Die beiden warfen ihren Proviant und ihre Schlafsäcke ab und eskortierten Liz dann zurück zum Wagen. Als einen Moment lang keiner sprach, bemerkten sie, wie still es war, so daß sie stehenblieben, um auf ein Geräusch zu warten.

»Ich wünschte, ich führe nicht zurück, um unter einem Dach zu schlafen«, sprach Liz in die Stille hinein. »Die Nacht ist wie geschaffen, um das Prähistorische zu spüren.«

Doch dann fuhr sie den Feldweg mit seinen Furchen wieder hinunter. Das Licht ihrer Scheinwerfer huschte in metallisch grünen Flächen über das Gras, und sie überließ die beiden dem Schweigen und der Urgeschichte.

Danach waren die beiden Forschungsreisenden nur noch Stimmen, die sie am Telefon vernahmen.

Jeden Abend riefen sie von einem Gasthaus oder einer Telefonzelle aus in Trimmings an und berichteten, wie sie vorankamen. Sie waren erfolgreich zu Fuß hinunter nach Otley gelangt und hatten dort ihre Kanus vorgefunden. Sie ließen sie zu Wasser, und die Boote erwiesen sich als ausgezeichnet. Walter hatte sein erstes Notizbuch bereits gefüllt, und Searle schwärmte in höchsten Tönen von der Schönheit Englands, das von den ersten hellen Baumblüten wie von einer Puderschicht überzogen wurde. Als er von Capel aus anrief, ließ er sich ausdrücklich Lavinia geben, um ihr zu sagen, wie recht sie gehabt habe mit ihrer Bemerkung über das Zauberhafte; unzweifelhaft sei England tatsächlich das Ursprungsland.

»Es klingt, als ob sie sehr glücklich seien«, sagte Lavinia, als sie einhängte, halb zweifelnd, halb erleichtert. Sie wäre gern hingefahren und hätte sie besucht, aber es war abgemacht, daß die beiden reisen sollten wie Fremde in einem fremden Land; sie sollten den Fluß hinunter- und durch Salcott St. Mary hindurchfahren, als hätten sie es nie zuvor gesehen.

»Ihr verderbt mir meine Perspektive, wenn ihr Trimmings mit hineinbringt«, hatte Walter gesagt. »Ich muß sie sehen, als hätte ich sie nie zuvor erblickt – die Landschaft, meine ich; alles muß frisch und neu sein.«

So erwartete denn Trimmings jeden Abend ein wenig amüsiert über diese künstliche Trennung ihren telefonischen Bericht.

Und dann, am Mittwochabend, fünf Tage nach ihrem Aufbruch, kamen sie in den Swan marschiert, wurden begrüßt als die Stanleys des Rushmere, und jeder wollte ihnen ein Glas ausgeben. Sie hätten in Pett's Hatch festgemacht, erklärten sie, und schliefen dort; aber sie hätten der Versuchung nicht widerstehen können, über die Felder nach Salcott zu kommen. Mit dem Boot lag Salcott von Pett's Hatch drei Kilometer den Fluß hinunter, aber da der Rushmere eine Schleife machte, war es über die Felder nur gut eineinhalb Kilometer zwischen den beiden Orten. In Pett's Hatch gab es kein Gasthaus, und so waren sie durch die Felder spaziert, um Salcott und den vertrauten Hafen des Swan anzusteuern.

Zunächst war es ein großes Hallo, denn jeder Neuankömmling wollte wissen, wie es ihnen ging. Doch schon bald nahm Walter sein Bier und ging zu seinem Lieblingstisch in der Ecke, und nach einer Weile folgte Searle ihm. Von da an machte immer wieder einmal einer der Gäste, die an der Bar standen, Anstalten, zu ihnen hinüberzugehen und sie von neuem ins Gespräch zu verwikkeln, doch sie alle zögerten und änderten dann ihre Meinung, denn irgend etwas an dem Verhalten der beiden Männer kam ihnen seltsam vor. Sie stritten sich nicht, doch schienen sie über etwas Persönliches und Dringliches zu sprechen, so daß die anderen beinahe unbewußt davor zurückschreckten, sich zu ihnen zu gesellen.

Und dann war Walter mit einem Male verschwunden.

Er ging still und ohne ihnen eine gute Nacht zu sagen. Nur das Zuschlagen der Tür machte sie darauf aufmerksam, daß er gegangen war; es war ein beredter Schlag, wütend und endgültig; ein sehr pointierter Abgang.

Man warf erstaunte Blicke auf die Tür und auf den nur halb ausgetrunkenen Bierkrug an Walters Platz und kam trotz dieses wütenden Knalls zu dem Schluß, daß Walter sicher gleich zurück sein werde. Searle saß da, als ob nichts gewesen sei, lässig an die Wand gelehnt und mit dem Anflug eines Lächelns. Bill Maddox, ermutigt vom Nachlassen der Spannung, die wie eine Wolke in der Ecke gehangen hatte, ging hinüber und setzte sich zu ihm. Sie unterhielten sich über Außenbordmotoren und debattierten, ob klinker- oder glattgebaute Boote vorzuziehen seien, bis ihre Krüge leer waren. Als Maddox aufstand, um sie neu zu füllen, fiel sein Blick auf die trübe Brühe in Walters Krug, und er sagte: »Für Mr. Whitmore hole ich lieber auch noch einen; das ist ja ganz abgestanden.«

»Oh, Walter ist zu Bett gegangen«, sagte Searle.

»Aber es ist doch erst –«, hob Maddox an, aber dann erkannte er, daß er im Begriff war, taktlos zu werden.

»Ja, ich weiß, aber er hielt es wohl für besser.«

»Fühlt er sich nicht wohl oder so was?«

»Das nicht, aber wenn er noch länger hiergeblieben wäre, dann hätte er mich vielleicht erwürgt«, antwortete Searle liebenswürdig. »Und in der Schule, die Walter besucht hat, hält man nicht viel vom Erwürgen. Also mußte er davon Abstand nehmen – im wahrsten Sinne des Wortes.«

»Sie haben den armen Mr. Whitmore verärgert?« fragte Bill, der überzeugt war, daß er diesen jungen Amerikaner weit besser kannte, als er Walter Whitmore kannte.

»Das kann man wohl sagen«, antwortete Searle leichthin und erwiderte Bills Lächeln. Maddox schnalzte mit der Zunge und ging dann, um das Bier zu holen.

Danach kamen sie alle miteinander ins Gespräch. Searle blieb bis zur Sperrstunde, wünschte Reeve, dem Wirt, der die Tür hinter ihm abschloß, eine gute Nacht und ging mit den anderen die Dorfstraße hinunter. An der Gasse, die zwischen den Häusern hinaus auf die Felder führte, bog er ab, nachdem man ihn noch im Scherz wegen seines harten Bettes bedauert und er ihnen mit Vorhaltungen über muffige Stuben und verkalkte Arterien geantwortet hatte.

»Gute Nacht!« rief er ihnen noch einmal von weit draußen nach.

Und das war das letzte Mal, daß irgend jemand in Salcott St. Mary Leslie Searle sah.

48 Stunden später nahm Alan Grant seine Beschäftigung mit dem Haushalt von Trimmings wieder auf.

Kapitel 8

Grant war eben aus Hampshire zurückgekehrt, wo ein Fall zu seinem Bedauern mit Selbstmord geendet hatte. Seine Gedanken hingen der Sache noch nach, und er überlegte, wie er sich hätte verhalten müssen, damit sie einen besseren Ausgang genommen hätte. So hörte er nur mit halbem Ohr zu, was sein Vorgesetzter ihm erzählte, bis ein bekannter Name fiel, der ihn aufhorchen ließ.

»Salcott St. Mary!« rief Grant.

»Wieso?« entgegnete Bryce und hielt in seinem Bericht inne. »Kennen Sie das?«

»Ich bin noch nie dort gewesen, aber ich kenne es, natürlich.«

»Wieso natürlich?«

»Es ist so eine Art Räuberhöhle für Künstler. Die Intelligenzija ist in Strömen dorthin ausgewandert. Silas Weekley lebt dort und Marta Hallard und Lavinia Fitch. Und auch Tullis hat ein Haus dort. Es ist doch nicht etwa Toby Tullis, der vermißt wird, oder?« fragte er hoffnungsvoll.

»Nein, leider nicht. Ein Bursche namens Searle. Leslie Searle. Ein junger Amerikaner offenbar.«

Einen Augenblick lang dachte Grant zurück an die menschenumlagerte Eingangstüre bei Cormac Ross, und er hörte eine Stimme sagen: »Ich habe mein Megaphon vergessen.« Der gutaussehende junge Mann war also verschwunden.

»Die Kollegen in Orfordshire wollen, daß wir die Sache in die Hand nehmen, nicht, weil sie es nicht selber lösen könnten, sondern weil es etwas ist, das Fingerspitzengefühl erfordert. Sie meinen, für uns sei es einfacher als für sie, Nachforschungen bei der örtlichen Prominenz anzustellen, und falls jemand verhaftet werden muß, wäre es ihnen lieber, wenn wir das täten.«

»Verhaften? Soll das heißen, daß es sich um Mord handelt?«

»Sie neigen sehr zu dieser Annahme, soviel ich weiß. Aber wie der dortige Inspector schon zu mir sagte, es klingt so absurd, wenn man es laut ausspricht, daß sie davor zurückschrekken, den Namen zu nennen.«

»Welchen Namen?«

»Walter Whitmore.«

»Walter Whitmore!« Grant stieß einen lautlosen Pfiff aus. »Kein Wunder, daß sie Angst haben, das laut zu sagen. Walter Whitmore! Was soll er denn mit Searle angestellt haben?«

»Das weiß keiner. Alles, was sie haben, ist die Andeutung, daß es einen Streit zwischen den beiden gegeben habe, bevor Searle verschwand. Offenbar waren Walter Whitmore und Searle gemeinsam auf dem Rushmere unterwegs, in Kanus, und –«

»Kanus?«

»Ja, es war so eine Art Gag. Whitmore wollte darüber einen Bericht schreiben, und dieser Searle sollte die Bilder dazu liefern.«

»Das heißt, er ist Illustrator?«

»Nein. Fotograf. Sie kampierten im Freien, und am Mittwochabend schliefen sie am Flußufer, ungefähr eineinhalb Kilometer von Salcott entfernt. Am Abend kamen sie dann zusammen ins Gasthaus von Salcott, um einen zu trinken. Whitmore ging früh – wie es heißt, irgendwie schlecht gelaunt. Searle blieb, bis das Lokal schloß, und es gibt Zeugen, die ihn sahen, wie er den Pfad zum Fluß nahm. Danach hat ihn niemand mehr gesehen.«

»Wer hat das Verschwinden gemeldet?«

»Das war Whitmore, am folgenden Morgen. Er wachte auf und stellte fest, daß Searles Schlafsack unberührt war.«

»Er hat also Searle am Mittwochabend nicht mehr gesehen, nachdem er das Gasthaus verließ?«

»Nein, er sagt, er habe geschlafen, und in der Nacht sei er zwar aufgewacht, sei aber davon ausgegangen, daß Searle zurückgekommen sei und in seinem Schlafsack liege; es sei zu dunkel gewesen, um irgend etwas zu sehen. Erst als es hell wurde, habe er bemerkt, daß Searle gar nicht zurückgekommen sei.«

»Ich nehme an, die offizielle Version lautet, er sei in den Fluß gefallen.«

»Stimmt. Die Leute in Wickham haben sich der Sache angenommen und das Wasser nach einer Leiche abgesucht. Aber der Fluß, sagen die Leute aus Wickham, ist zwischen Capel und Salcott St. Mary trübe und voller Strudel, und deshalb waren sie nicht allzu überrascht, als sie nichts fanden.«

»Kein Wunder, daß sie da am liebsten ihre Finger von lassen«, meinte Grant trocken.

»Allerdings. Es ist eine delikate Angelegenheit. Nichts Konkretes, was darauf hinwiese, daß es sich um etwas anderes handelt als um einen Unfall. Und doch – ein großes Fragezeichen.«

»Aber – aber Walter Whitmore!« wandte Grant ein. »Das ist wirklich durch und durch absurd, das müssen Sie zugeben. Was sollte denn dieser Liebling der Häschen im Grase mit einem Mord zu schaffen haben?«

»Sie sind lange genug bei der Truppe, um zu wissen, daß es genau diese Art von Lieblingen der Häschen im Grase ist, die die Morde begehen«, entgegnete sein Chef ungeduldig. »Jedenfalls ist es nun Ihre Aufgabe, sich in dieser Räuberhöhle von Künstlerkolonie, wie Sie das nennen, umzusehen, sie durchzukämmen mit einem so feinen Kamm, bis Sie etwas finden, was drin hängenbleibt. Sie nehmen wohl besser einen Wagen. Aus Wickham heißt es, es seien sechs Kilometer vom Bahnhof, und obendrein müßten Sie in Crome umsteigen.«

»In Ordnung. Kann ich Sergeant Williams mitnehmen?«

»Als Chauffeur, oder was?«

»Nein«, antwortete Grant freundlich. »Nur, damit er sich mit allem vertraut machen kann. Wenn Sie mich dann für etwas Dringenderes abziehen – und damit muß ich ja jeden Augenblick rechnen –, dann kann Williams allein weitermachen.«

»Sie denken sich aber auch die feinsten Ausreden aus, um ein Nickerchen im Wagen zu halten.«

Grant verstand dies zu Recht als Kapitulation und ging, um Williams zu holen. Er mochte Williams und arbeitete gern mit ihm. Williams war das genaue Gegenstück zu ihm, und so ergänzten sie sich ideal. Er war groß und rotgesichtig und behäbig, und er las selten etwas anderes als die Abendzeitung; aber er hatte die guten Eigenschaften eines Terriers, die bei einer Jagd unschätzbar waren. Kein Terrier vor einem Rattenloch hatte jemals mehr Geduld und mehr Ausdauer an den Tag gelegt als Williams, wenn man ihn auf eine Spur ansetzte. »Ich möchte nicht mit dem tauschen, der Sie auf seiner Fährte hat«, hatte Grant in den Jahren, die sie nun zusammenarbeiteten, mehr als einmal zu ihm gesagt.

Grant hingegen stand in Williams' Augen für alles, was brillant und spontan war. Er bewunderte Grant geradezu leidenschaftlich, er beneidete ihn, doch ohne eine Spur von Mißgunst; Williams kannte keinerlei Ehrgeiz und hatte es auf niemandes Platz abgesehen. »Sie wissen ja gar nicht, was für ein Glück Sie haben, Sir«, sagte Williams zum Beispiel, »daß Sie nicht wie ein Polizist aussehen. Wenn ich in ein Gasthaus gehe, dann werfen sie mir nur einen einzigen Blick zu und wissen, das ist ein Bulle! Aber bei Ihnen – die Leute sehen Sie an und denken: Soldat in Zivil; und dann machen sie sich weiter keine Gedanken um Sie. Das ist ein Riesenvorteil in unserem Beruf, Sir.«

»Aber auch Sie haben Vorzüge, die mir fehlen, Williams.« Einmal hatte Grant ihn darauf hingewiesen.

»Und was zum Beispiel?« hatte Williams ungläubig gefragt.

»Sie sagen ›Platz da!‹, und die Leute verschwinden einfach. Wenn ich zu jemandem ›Platz da!‹ sage, dann wird er mich wahrscheinlich fragen: ›Was glauben Sie denn, wen Sie vor sich haben?‹«

»Aber lieber Himmel, Sir«, hatte Williams eingewandt. »Sie brauchen doch überhaupt nicht ›Platz da!‹ zu sagen. Sie blicken ihnen einfach ins Gesicht, und dann fällt ihnen ein, daß sie noch eine Verabredung haben.«

»Das muß ich irgendwann versuchen!« hatte Grant lachend geantwortet. Aber Williams' milde Form von Heldenverehrung machte ihm Spaß; und mehr noch wußte er seine Verläßlichkeit und Hartnäckigkeit zu schätzen.

»Hören Sie sich eigentlich Walter Whitmore im Radio an, Williams?« fragte er, als Williams ihn über die schnurgerade Straße fuhr, die die Legionen 2000 Jahre zuvor vermessen hatten.

»Eigentlich nicht, Sir. Ich mach' mir nicht viel aus dem Landleben. Ist wohl mein Pech, daß ich da geboren und aufgewachsen bin.«

»Ihr Pech?«

»Ja. Da weiß man, wie wenig Besonderes in Wirklichkeit dran ist.«

»Eher Silas Weekley als Walter Whitmore.«

»Von diesem Silas weiß ich nichts, aber es ist mit Sicherheit nicht so, wie Walter Whitmore es einem verkauft.« Er dachte kurz darüber nach. »Das ist alles nur Schau«, sagte er. »Sehen Sie sich nur diese Fahrt auf dem Rushmere an.«

»Und?«

»Ich meine, es gab doch nichts, was dagegen gesprochen hätte, zu Hause bei seiner Tante zu bleiben und sich das Tal wie jeder vernünftige Mensch anzusehen – mit dem Auto. So lang ist der Rushmere ja nun nicht. Aber nein, er muß es mit einem Kanu und mit diesem ganzen Kram aufputzen.«

Die Erwähnung von Walters Tante brachte Grant auf eine weitere Frage.

»Und Lavinia Fitch, die lesen Sie wohl auch nicht?«

»Ich nicht, aber Nora schon.«

Nora war Mrs. Williams, und der Nachwuchs hieß Angela und Leonard.

»Mag sie ihre Bücher?«

»Ist ganz begeistert davon. Sie sagt, es gibt drei Dinge, bei denen sie sich schon wohl fühlt, wenn sie nur dran denkt. Eine heiße Wärmflasche, eine Schachtel Pralinen und ein neuer Roman von Lavinia Fitch.«

»Ich habe den Eindruck«, meinte Grant, »wenn es Lavinia Fitch nicht gäbe, dann müßte man sie erfinden.«

»Die muß ein Vermögen verdienen«, überlegte Williams. »Ist Whitmore ihr Erbe?«

»Das ist zumindest anzunehmen. Aber es ist ja nicht Lavinia, die verschwunden ist.«

»Stimmt. Was könnte Whitmore gegen diesen Burschen Searle gehabt haben?«

»Vielleicht mag er einfach ganz allgemein keine Faune.«

»Keine was, Sir?«

»Ich kenne Searle flüchtig.«

»Tatsächlich!«

»Vor einem Monat habe ich auf einer Party ein paar Worte mit ihm gewechselt.«

»Und was war er für einer, Sir?«

»Ein außerordentlich gutaussehender junger Mann.«

»Oh«, sagte Williams nachdenklich.

»Nein, das nicht.«

»Nicht?«

»Amerikaner«, fügte Grant hinzu, obwohl das nichts zur Sache tat. Und dann, als er an die Party zurückdachte, fügte er noch hinzu: »Er schien sich für Liz Garrowby zu interessieren, fällt mir jetzt wieder ein.«

»Und wer ist Liz Garrowby?«

»Walter Whitmores Verlobte.«

»Na, da haben wir's doch!«

»Keine voreiligen Schlüsse, bis wir irgendwelche Anhaltspunkte haben. Ich kann mir einfach nicht vorstellen, daß Walter Whitmore Mumm genug hätte, jemandem eins über die Rübe zu geben und ihn ins Wasser zu stoßen.«

»Nein«, meinte Williams nachdenklich. »Ich glaube, der wäre eher einer, der gestoßen wird.«

Womit Grants gute Laune für den Rest der Fahrt gesichert war.

In Wickham wurden sie von Rodgers begrüßt, dem örtlichen Inspector, einem dünnen, eifrigen Menschen, der aussah, als ob er schlecht schliefe. Allerdings war er hellwach, gut informiert und sehr vorausschauend. Er hatte sogar zwei Zimmer im Swan in Salcott und zwei im White Hart in Wickham reserviert, so daß Grant wählen konnte. Er führte sie in den White Hart zum Mittagessen, und Grant bestätigte die Buchung dort und ließ diejenige in Salcott stornieren. Es durfte sich noch nicht herumsprechen, daß Scotland Yard sich für das Verschwinden Leslie Searles interessierte; und es war unmöglich, die Ermittlungen vom Swan aus durchzuführen, ohne daß es in ganz Salcott wie ein Lauffeuer herumginge.

»Mit Whitmore möchte ich allerdings sprechen«, sagte Grant. »Ich nehme an, er ist wieder auf – wie heißt er doch gleich, der Landsitz von Miss Fitch?«

»Trimmings. Aber im Augenblick ist er in London, um seine Sendung zu machen.«

»In London?« fragte Grant, ein wenig überrascht.

»Das war schon abgemacht, bevor er auf diese Flußfahrt ging. Mr. Whitmores Vertrag sieht einen Monat Urlaub im August vor, wenn beim Radio Sauregurkenzeit ist; und offenbar stand es nie zur Diskussion, die dieswöchige Sendung ausfallen zu lassen, nur weil er mit dem Kanu auf dem Rushmere unterwegs war. Sie hatten geplant, heute in Wickham zu sein und hier zu übernachten. Sie hatten zwei Zimmer im Angel gebucht. Das ist das altenglische Prachtstück von Wickham. Sehr fotogen. Und dann passierte das. Aber da Mr. Whitmore hier nichts tun konnte, ist er trotzdem in die Stadt gefahren, um seine halbe Stunde zu absolvieren, genau wie er's getan hätte, wenn sie Wickham erreicht hätten.«

»Verstehe. Und kommt er heute abend zurück?«

»Wenn er sich nicht in Luft auflöst.«

»Was dieses Sich-in-Luft-Auflösen angeht: Hat Mr. Whitmore zugegeben, daß es einen Streit zwischen den beiden gab?«

»Ich habe ihn nicht gefragt. Dafür –« Der Inspector stockte.

»Dafür bin ich hier«, brachte Grant den Satz für ihn zu Ende.

»So ungefähr, Sir.«

»Wo ist denn diese Geschichte vom Streit aufgekommen?«

»Im Swan. Alle, die am Mittwochabend da waren, hatten den Eindruck, daß es irgendwelche Spannungen zwischen den beiden gab.«

»Kein offener Streit?«

»Nein, nichts dergleichen. Wenn es den gegeben hätte, dann hätte ich ihn deswegen zur Rede stellen können. Es geschah nichts weiter, als daß Mr. Whitmore früh aufbrach, ohne eine gute Nacht zu wünschen, und Searle daraufhin sagte, er habe sich über etwas geärgert.«

»Searle hat das gesagt! Zu wem?«

»Zum Besitzer der örtlichen Autowerkstatt. Ein Bursche namens Maddox. Bill Maddox.«

»Haben Sie mit Maddox gesprochen?«

»Ich habe mit allen gesprochen. Gestern abend war ich im Swan. Wir hatten den Tag damit verbracht, den Fluß abzusuchen, für den Fall, daß er hineingefallen war, und wir hatten uns in der Umgebung erkundigt, weil er ja das Gedächtnis verloren haben und irgendwo umherirren konnte. Wir fanden nichts, und niemand hatte ihn oder irgend jemanden, auf den seine Beschreibung paßte, gesehen. So endete ich denn im Swan und fand den größten Teil der Leute dort vor, die auch am Mittwochabend dagewesen waren. Es ist der einzige Gasthof am Orte und ein sehr hübsches, respektables kleines Haus; ein ehemaliger Sergeant von der Marine betreibt es. Das ganze Dorf trifft sich dort. Keiner der Leute hatte große Lust, Mr. Whitmore mit hineinzuziehen –«

»Beliebt, was?«

»Na, jedenfalls beliebt genug. Wahrscheinlich läßt der Kontrast zu den anderen ihn angenehmer erscheinen. Ein ziemlich merkwürdiges Völkchen lebt in diesem Dorf; ich weiß nicht, ob Sie das wissen.«

»Ja, ich habe davon gehört.«

»Sie wollten also Walter Whitmore keine Schwierigkeiten machen, aber andererseits mußten sie erklären, warum die beiden Freunde getrennt zu ihrem Nachtlager zurückgekehrt waren. Und als das Eis erst einmal gebrochen war und sie zu reden begannen, da waren sie sich allesamt einig, daß es irgendeine Unstimmigkeit zwischen den beiden gegeben hatte.«

»Hat dieser Maddox seine Geschichte von sich aus erzählt?«

»Nein, ich habe sie vom Metzger. Maddox hatte es ihm am Mittwoch auf dem Heimweg erzählt. Nachdem sie gesehen hatten, wie er allein den Feldweg zum Fluß hinunterging. Maddox hat allerdings alles bestätigt.«

»Nun, ich werde zu Whitmore fahren und mit ihm sprechen, wenn er heute abend zurück ist, und mir seine Version erzählen lassen. Bis dahin sehen wir uns erst einmal die Stelle an, wo sie am Mittwochabend kampiert haben.«

Kapitel 9

»Ich möchte mich im Augenblick noch nicht in Salcott sehen lassen«, sagte Grant, als sie wieder im Wagen saßen. »Kennen Sie eine andere Möglichkeit, an den Fluß zu kommen?«

»Im Grunde gibt es überhaupt keinen Weg zum Ufer hinunter. Ein Pfad führt etwa eineinhalb Kilometer von Salcott zu der Stelle, an der sie kampierten. Aber wir könnten auch über die Hauptstraße Wickham–Crome und von da aus über die Felder dorthin gelangen. Oder wir könnten ein Sträßchen nehmen, das nach Pett's Hatch führt, und von dort am Fluß entlanggehen. Sie hatten etwa einen halben Kilometer unterhalb von Pett's Hatch festgemacht.«

»Ich glaube, ich würde am liebsten von der Hauptstraße aus über die Felder gehen. Es würde mich interessieren, wie lang der Weg ist. Was ist das für ein Dorf, Pett's Hatch?«

»Es ist überhaupt kein Dorf. Nur eine verfallene Mühle und ein paar Cottages, in denen früher die Arbeiter wohnten. Deshalb mußten Whitmore und Searle für ihren Schlummertrunk nach Salcott gehen.«

»Verstehe.«

Der stets auf alles vorbereitete Rodgers zog ein Meßtischblatt aus der Kartentasche seines Wagens und studierte es. Das Feld, gegenüber dem sie gehalten hatten, sah für den Stadtmenschen Grant genauso aus wie jedes andere Feld, an dem sie vorbeigekommen waren, seit sie Wickham verlassen hatten, doch der Inspector sagte: »Hier drüben muß es sein. Ja, da hinten hatten sie ihr Lager; und hier sind wir.«

Er erklärte Grant die Lage. In nordsüdlicher Richtung verlief die Straße von Wickham hinunter nach Crome. Westlich davon floß der Rushmere – von ihrem Standpunkt aus nicht zu sehen, denn das Tal, durch das er floß, lag ein wenig tiefer – in Richtung

Nordosten auf Wickham zu, wo die Straße ihn überquerte. In Höhe ihres Standortes verlief der Fluß in einer großen Schleife durch eine Niederung. An der Stelle, wo er die erste Biegung machte, hatten Whitmore und Searle ihr Lager aufgeschlagen. An der anderen Seite des Tales, wo der Fluß wieder ihre Höhe erreichte, lag Salcott St. Mary. Ihr Lagerplatz und das Dorf Salcott befanden sich also beide am rechten Flußufer, so daß nur etwa eineinhalb Kilometer Schwemmland zwischen Lager und Dorf zu überqueren war.

Als die drei Männer das dritte Feld von der Straße aus erreicht hatten, öffnete sich die Landschaft vor ihnen, und sie konnten in das Tal des Rushmere hinabblicken, so wie Rodgers es ihnen auf der Karte gezeigt hatte: der flache grüne Grund mit dem dunkelgrünen Band des Rushmere in seiner langgezogenen Schleife, am anderen Ende die aneinandergedrängten Dächer und Gärten, wo Salcott St. Mary zwischen den Bäumen lag, und zurück im Süden, oberhalb der Schleife, der einsame Weiler Pett's Hatch.

»Wo liegt die Eisenbahn von hier?« fragte Grant.

»Man muß bis nach Wickham. Zum nächsten Bahnhof, meine ich. Die Schienen verlaufen oberhalb des Tals auf der anderen Seite der Straße nach Crome.«

»Gibt es viele Busse auf der Straße Wickham–Crome?«

»Oh ja. Aber Sie wollen doch nicht andeuten, daß der Bursche vielleicht einfach nur untergetaucht ist, oder?«

»Ich behalte diese Möglichkeit im Auge. Schließlich wissen wir nichts über ihn. Aber ich gebe zu, daß andere Erklärungen wahrscheinlicher sind.«

Rodgers führte sie den sanften Hügel hinunter zum Flußufer. Wo der Fluß seine Biegung nach Südwesten machte, wurde die lange Reihe beschnittener Weiden von zwei großen Bäumen unterbrochen: einer ausgewachsenen Weide und einer Esche. Unter der Esche waren zwei Kanus festgemacht. Das Gras machte noch immer einen zertretenen Eindruck.

»Hier ist es«, sagte Rodgers. »Mr. Whitmore hatte seinen Schlafsack unter der großen Weide dort ausgerollt, und Searle hatte seinen auf der anderen Seite der Esche, wo es zwischen den Wurzeln eine Mulde gibt, wie geschaffen für ein Lager. Es ist also durchaus glaubwürdig, daß Mr. Whitmore nicht bemerkte, daß er nicht da war.«

Grant ging zu der Stelle, an der Searles Lager gewesen war, und besah sich das Wasser.

»Wie stark ist die Strömung hier? Wenn er im Dunkeln über diese Wurzeln gestolpert und kopfüber ins Wasser gefallen wäre, was wäre dann passiert?«

»Ich gebe zu, es ist ein scheußlicher Fluß, der Rushmere. Strudel und Strömungen, wohin man sieht. Und am Boden das, was der Chief Constable ›Schlamm aus uralten Zeiten‹ nennt. Aber Searle konnte schwimmen. Sagt Whitmore.«

»War er nüchtern?«

»Absolut stocknüchtern.«

»Wenn er also bewußtlos war, als er ins Wasser fiel, wo hätte man dann die Leiche zu suchen?«

»Zwischen hier und Salcott. Hängt davon ab, wieviel es geregnet hat. Wir hatten so wenig Regen in letzter Zeit, daß der Wasserstand eigentlich niedrig sein sollte, aber in Tunstall gab es am Dienstag ein Unwetter – in der guten alten englischen Art aus heiterem Himmel –, und der Rushmere schoß dahin wie ein Mühlbach.«

»Verstehe. Was ist aus ihrem Gepäck geworden?«

»Walter Whitmore hat es nach Trimmings bringen lassen.«

»Searles übrige Sachen sind nach wie vor auf Trimmings, nehme ich an?«

»Ich vermute es.«

»Die sollte ich mir wohl besser heute abend ansehen. Wenn irgend etwas dabei war, was für uns von Interesse gewesen wäre, wird es zwar inzwischen verschwunden sein, aber vielleicht liefern seine Besitztümer doch irgendwelche Hinweise. Wissen Sie, ob Searle sich mit den anderen Einwohnern von Salcott verstand?«

»Wie ich höre, gab es vor etwa 14 Tagen eine Szene. Irgendein Tänzer schüttete ihm einen Krug Bier über.«

»Warum?« fragte Grant, der keine Mühe hatte, den Tänzer zu identifizieren. Marta war eine verläßliche Informantin für alles, was mit Salcott zu tun hatte.

»Es gefiel ihm nicht, daß Toby Tullis ihm so viel Aufmerksamkeit widmete, sagt man.«

»Gefiel es Searle?«

»Wenn es stimmt, was so erzählt wird«, sagte Rodgers, und seine eifrigen Züge entspannten sich einen Augenblick lang zu einem Lächeln, »dann ganz und gar nicht.«

»Tullis wäre also ebenfalls jemand, der Searle nicht allzusehr gemocht haben dürfte.«

»Das ist gut möglich.«

»Sie hatten wohl noch keine Zeit, sich um Alibis zu kümmern?«

»Nein. Es war schon früher Abend, als wir darauf kamen, daß wir es womöglich mit mehr zu tun hatten als nur einer Vermißtenanzeige. Bis dahin war es nur darum gegangen, den Fluß abzusuchen und sich umzuhören. Als wir begriffen, was sich da zusammenbraute, wollten wir von außen Hilfe hinzuziehen und wandten uns an Sie.«

»Ich bin froh, daß Sie nicht gezögert und sich so schnell an uns gewandt haben. Es ist eine große Hilfe, wenn man schon dabei ist, wenn die Ermittlungen ins Rollen kommen. Na, ich glaube nicht, daß wir hier noch irgend etwas tun können. Wir fahren besser zurück nach Wickham, und dann übernehme ich die Sache.«

Rodgers setzte sie am White Hart ab und versicherte ihnen zum Abschied noch einmal, daß er alles in seinen Kräften Stehende tun werde, um ihnen zu helfen.

»Guter Mann«, sagte Grant, als sie die Treppen hinaufstiegen, um ihre Zimmer im Dachgeschoß zu inspizieren – Zimmer mit Blumentapete und gestickten Bibelsprüchen –, »er sollte beim Yard sein.«

»Das ist schon eine merkwürdige Geschichte, was?« meinte Williams und bestand darauf, das schäbigere der beiden Zimmer zu nehmen. »Der Seiltrick auf einer englischen Wiese. Was meinen Sie, was ist aus ihm geworden, Sir?«

»Ich kenne den Seiltrick nicht, aber es riecht nach Taschenspielerei. Gerade sah man ihn noch, nun ist er fort. Es kommt nur darauf an, die Aufmerksamkeit abzulenken – der alte Taschenspielertrick. Haben Sie jemals gesehen, wie eine Dame zersägt wird, Williams?«

»Aber klar, schon oft.«

»Die Sache riecht sehr nach zersägter Dame, finde ich. Riechen Sie's nicht auch?«

»Ich habe nicht Ihre Nase, Sir. Alles, was ich sehe, ist eine ziemlich merkwürdige Geschichte. Eine Frühlingsnacht in England, und ein junger Amerikaner verschwindet auf anderthalb Kilometern Weg zwischen Dorf und Fluß. Meinen Sie wirklich, er ist untergetaucht, Sir?«

»Ich wüßte nicht, welchen Grund er dazu haben sollte, aber vielleicht kann Whitmore uns da weiterhelfen.«

»Ich vermute, das wird er nur zu gern tun«, meinte Williams sarkastisch.

Doch so seltsam es war, Walter Whitmore zeigte keinerlei Interesse daran, eine solche Theorie vorzubringen. Im Gegenteil, er wies sie verächtlich ab. Es sei absurd, sagte er, durch und durch absurd, wollte man andeuten, daß Searle aus freien Stücken fortgegangen sei. Ganz abgesehen davon, daß er sehr heiter gewesen sei, habe er sich über die Aussicht auf ein sehr einträgliches Geschäft freuen können. Er sei von dem Buch, das sie gemeinsam veröffentlichen wollten, ganz begeistert gewesen, und es sei eine völlig abwegige Idee, er könne sich einfach so davongemacht haben.

Grant war nach dem Abendessen nach Trimmings hinausgefahren, wobei er taktvollerweise bedacht hatte, daß das Abendessen an den Tagen, an denen Walter seine Sendung hatte, sehr spät serviert werden mußte. Er hatte nachfragen lassen, ob Mr. Whitmore bereit sei, Alan Grant zu empfangen, und war auf den Grund seines Besuches erst zu sprechen gekommen, als er mit Walter allein war.

Der erste Gedanke, der ihm durch den Kopf ging, als er Walter leibhaftig vor sich sah, war, wieviel älter als erwartet dieser aussah; doch dann hatte er sich gefragt, ob Walter vielleicht noch am Mittwoch um einiges jünger ausgesehen hatte. Er wirkte orientierungslos, dachte Grant, als habe er den Boden unter den Füßen verloren. Etwas war ihm zugestoßen, das außerhalb der Welt lag, die er kannte und in der er sich zurechtfand.

Trotzdem behielt er die Fassung, als Grant ihm eröffnete, wer er war.

»Ich habe Sie eigentlich schon erwartet«, sagte er und bot ihm Zigaretten an. »Nicht Sie speziell natürlich. Aber jemanden von denen, die man gemeinhin als die höheren Chargen bezeichnet.«

Grant hatte sich von ihrer Fahrt den Rushmere hinunter berichten lassen, um ihn ans Reden zu bringen; wenn man jemanden erst einmal dazu brachte zu reden, dann verlor er seinen Argwohn. Whitmore sog zwar angespannt an seiner Zigarette, doch was er erzählte, klang offen. Grant unterbrach ihn, bevor er bei dem Besuch im Swan am Mittwochabend angelangt war. Es war noch zu früh, ihn nach diesem Abend zu fragen.

»Im Grunde wissen Sie kaum etwas über Searle, nicht wahr?« fragte er. »Hatten Sie überhaupt schon einmal von ihm gehört, bevor er auf dieser Party bei Ross auftauchte?«

»Nein, das hatte ich nicht. Aber daran ist nichts Besonderes. Fotografen gibt es wie Sand am Meer. Beinahe so viele wie Journalisten. Es gab keinen Grund, warum ich jemals von ihm gehört haben sollte.«

»Ihnen ist nie der Verdacht gekommen, daß er vielleicht nicht derjenige war, für den er sich ausgab?«

»Nein, gewiß nicht. Ich selbst mochte niemals von ihm gehört haben, aber Miss Easton-Dixon hatte es ohne Zweifel.«

»Miss Easton-Dixon?«

»Eine unserer hiesigen Schriftstellerinnen. Sie verfaßt Märchenbücher und ist eine begeisterte Filmliebhaberin. Sie wußte nicht nur alles über Searle, sie hat sogar ein Foto von ihm.«

»Ein Foto?« fragte Grant, ebenso überrascht wie erfreut.

»In einer dieser Filmzeitschriften. Ich selbst habe es nicht gesehen. Sie sprach neulich abends davon, als sie zum Essen zu Gast war.«

»Und als sie zum Abendessen kam, da traf sie mit Searle zusammen? Sie identifizierte ihn?«

»Allerdings. Die beiden verstanden sich prächtig. Searle hatte einige ihrer Lieblingsschauspieler porträtiert, und auch davon hatte sie Abbildungen.«

»Für Sie gibt es also nicht die Spur eines Zweifels, daß Searle tatsächlich derjenige ist, für den er sich ausgibt?«

»Mir fällt auf, daß Sie im Präsens von ihm sprechen, Inspector. Das freut mich.« Doch er klang dabei eher ironisch als erfreut.

»Haben Sie selbst irgendeine Theorie, was ihm zugestoßen sein könnte, Mr. Whitmore?«

»Keine, wenn wir den feurigen Götterwagen und die Hexe mit ihrem Besenstiel einmal ausschließen. Es ist mir ganz und gar unverständlich.«

Zu seiner Überraschung stellte Grant fest, daß auch Walter Whitmore offenbar einen Taschenspielertrick vermutete.

»Die vernünftigste Erklärung«, fuhr Walter fort, »wäre wohl, daß er sich im Dunkeln verirrte und an irgendeiner anderen Stelle, wo niemand ihn hören konnte, in den Fluß fiel.«

»Und warum halten Sie nichts von dieser Erklärung?« fragte Grant im selben Ton, in dem auch Whitmore gesprochen hatte.

»Nun, zum einen hatte Searle Augen wie eine Katze. Das weiß ich, denn ich habe vier Nächte draußen mit ihm zusammen kampiert. Es war unglaublich, wie er im Dunkeln zurechtkam. Zum zweiten hatte er einen überdurchschnittlichen Orientierungssinn. Drittens war er, wie alle sagen, stocknüchtern, als er den Swan verließ. Viertens ist der Weg von Salcott zu der Stelle, an der wir unser Lager hatten, schnurgerade und führt immer an Hecken entlang. Man kann gar nicht vom Wege abkommen, denn jenseits der Hecke kommt man überall auf Ackerland, das gepflügt oder auf dem irgend etwas angebaut ist. Und zum letzten, obwohl ich das nur aus seinen Erzählungen weiß, war Searle ein ausgezeichneter Schwimmer.«

»Es ist die Rede davon, Mr. Whitmore, daß es zwischen Ihnen und Searle am Mittwochabend einen Mißklang gegeben habe. Ist da etwas Wahres dran?«

»Ich dachte mir schon, daß wir früher oder später darauf zu sprechen kommen würden«, sagte Walter. Er drückte seine halbgerauchte Zigarette im Aschenbecher aus, bis sie völlig zerfleddert war.

»Nun?« ermunterte Grant ihn, denn es schien, als ob Walter nichts weiter sagen wollte.

»Nun, wir hatten das, was man, glaube ich, eine – eine Reiberei nennen könnte. Ich war – verärgert. Nicht mehr als das.«

»Er verärgerte Sie so sehr, daß Sie ihn im Wirtshaus sitzen ließen und allein zurückgingen.«

»Ich bin gern allein.«

»Und Sie gingen schlafen, ohne auf seine Rückkehr zu warten.«

»Ja. Ich wollte an jenem Abend nicht mehr mit ihm sprechen. Wie gesagt, ich war über ihn verärgert. Ich dachte mir, daß ich am Morgen vielleicht in besserer und er in weniger provozierender Stimmung sein würde.«

»Er provozierte Sie.«

»Ich glaube, das ist der richtige Ausdruck.«

»Worum ging es?«

»Das brauche ich Ihnen nicht zu sagen.«

»Sie brauchen mir überhaupt nichts zu sagen, Mr. Whitmore.«

»Ja, ich weiß, daß ich das nicht brauche. Aber ich möchte Ihnen helfen, so gut ich kann. Weiß Gott, mir liegt nun wirklich daran, daß die Sache so schnell wie nur irgend möglich aufgeklärt wird. Es ist nur, daß das, worüber wir ... uns uneins waren, etwas

Persönliches war, das nichts zur Sache tut. Es hat auf keinen Fall etwas mit dem zu tun, was Searle Mittwochnacht zugestoßen sein mag. Ich habe ihm bestimmt nicht auf dem Heimweg aufgelauert, und ich habe ihn nicht in den Fluß geworfen oder ihm sonst Gewalt angetan.«

»Kennen Sie irgend jemanden, dem Sie so etwas zutrauen würden?«

Whitmore zögerte; vermutlich dachte er an Serge Ratoff.

»Nicht diese Art von Gewalt«, sagte er schließlich.

»Welche Art?«

»Der Betreffende würde niemandem im Dunkeln auflauern.«

»Verstehe, er ist eher der Typ, der jemandem nur ordentlich eins auf die Nase haut. Es gab einen Streit mit Serge Ratoff, wie ich höre.«

»Jeder, der so nahe an Serge Ratoff herankommt und nicht in einen Streit mit ihm verwickelt wird, wäre nicht normal«, erwiderte Walter.

»Sie kennen niemanden, der etwas gegen Searle haben könnte?«

»Nicht hier in Salcott. Über seine Freunde oder Feinde anderswo weiß ich nichts.«

»Haben Sie etwas dagegen, wenn ich mir mal Searles Sachen anschaue?«

»Ich nicht, aber Searle vielleicht. Was hoffen Sie denn zu finden, Inspector?«

»Ich weiß es nicht. Aber ich bin immer der Meinung, die Besitztümer eines Menschen verraten viel. Ich hoffe einfach auf eine Anregung; irgend etwas, was mir in dieser verwirrenden Sache weiterhilft.«

»Dann will ich Sie hinaufführen – es sei denn, es gäbe noch etwas, was Sie mich fragen wollten?«

»Nein, danke. Sie waren mir eine große Hilfe. Ich wünschte, Sie hätten Vertrauen genug zu mir gehabt, um mir zu sagen, worum es sich bei diesem Streit –«

»Es war kein Streit!« unterbrach Whitmore ihn scharf.

»Ich bitte um Verzeihung. Ich meine, wenn Sie mir anvertraut hätten, was es war, womit Searle Sie reizte. Ich würde daraus eher etwas über Searle als über Sie erfahren; aber vielleicht wäre es zuviel zu erwarten, daß Sie in dieser Situation dafür Verständnis haben.«

Whitmore stand an der Türe und dachte darüber nach. »Doch«, sagte er zögernd. »Doch, ich verstehe schon, was Sie meinen. Aber wenn ich es Ihnen erzähle, dann würde ich jemanden hereinziehen, der ... Nein, ich kann es Ihnen nicht sagen.«

»Gut. Lassen Sie uns nach oben gehen.«

Als sie aus der Bibliothek, wo die Unterredung stattgefunden hatte, hinaus in die herrschaftliche Halle traten, war Liz eben aus dem Wohnzimmer gekommen. Als sie Grant sah, hielt sie inne, und ihr Gesicht strahlte vor Freude.

»Oh!« rief sie. »Sie kommen mit Nachrichten von ihm!«

Grant verneinte, und sie schien verwirrt.

»Aber Sie waren es doch, der uns mit ihm bekannt gemacht hat«, beharrte sie. »Auf dieser Party.«

Davon hatte Walter nichts gewußt, und Grant spürte, wie überrascht er war. Grant spürte auch Walters Ärger darüber, daß sich eine so überwältigende Freude auf Liz' Zügen gezeigt hatte.

»Dies, meine Liebe«, sagte er in kühlem, ein wenig maliziösem Tonfall, »ist Detective-Inspector Grant von Scotland Yard.«

»Vom Yard! Aber ... aber Sie waren doch auf dieser Party!«

»Es kommt vor, daß selbst Polizisten ein Interesse an der Kunst verspüren«, meinte Grant amüsiert.

»Oh, bitte! Das habe ich nicht so gemeint.«

»Ich hatte bei dieser Party eigentlich nur kurz hereingeschaut, um eine Freundin abzuholen. Searle stand an der Tür und machte einen verlorenen Eindruck, denn er wußte nicht, wie Miss Fitch aussah. Deshalb habe ich ihn zu ihr geführt und die beiden miteinander bekannt gemacht. Das ist alles.«

»Und nun sind Sie hergekommen, um – um Nachforschungen –«

»Nachforschungen über sein Verschwinden anzustellen. Haben Sie eine Erklärung dafür, Miss Garrowby?«

»Ich? Nein. Nicht einmal den Ansatz einer Erklärung habe ich. Es ist alles so sinnlos. Von einer grotesken Sinnlosigkeit.«

»Wenn es Ihnen nicht zu spät ist, dürfte ich mich dann wohl ein Weilchen mit Ihnen unterhalten, nachdem ich mir Searles Sachen durchgesehen habe?«

»Aber nein, natürlich ist es nicht zu spät. Es ist ja noch nicht einmal zehn Uhr.« Sie klang erschöpft. »Seit das passiert ist, zieht und zieht die Zeit sich in die Länge. Es ist, als ob man Haschisch – heißt das nicht so? – nimmt. Ist es etwas Bestimmtes, das Sie suchen, Inspector?«

»Ja«, antwortete Grant. »Inspiration. Aber ich bezweifle, daß ich sie finden werde.«

»Ich warte in der Bibliothek auf Sie. Ich hoffe, Sie finden etwas, das Ihnen weiterhilft. Es ist entsetzlich, wenn man hilflos wie in einem Spinnennetz gefangen ist.«

Während er Searles Sachen durchschaute, dachte Grant über Liz Garrowby nach – Martas ›liebe, gute Liz‹ – und über ihr Verhältnis zu, wie Williams es ausgedrückt hatte, ›einem, der geschubst wird‹. Man konnte ja niemals sagen, was eine Frau an einem Mann fand, und Whitmore war natürlich eine Berühmtheit, und wahrscheinlich gäbe er auch einen guten Ehemann ab. Das war ungefähr das, was er schon damals zu Marta gesagt hatte, als er sie von der Party abgeholt hatte. Aber hatte Marta denn nun recht gehabt, daß Searle alles durcheinanderbringen würde? Wie sehr hatte er Liz Garrowby mit seinem Charme beeindruckt? Wieviel an der begeisterten Begrüßung vorhin war der Freude zuzuschreiben, daß Searle, wie sie geglaubt hatte, in Sicherheit sei, und wieviel lediglich der Erleichterung, daß eine Bürde von ihr genommen schien?

Während seine Hände damit beschäftigt waren, routiniert Searles Sachen zu durchsuchen, überlegte er sich, wieviel oder wie wenig er Liz Garrowby fragen sollte, wenn er wieder herunterkam.

Searle hatte ein Zimmer im ersten Stock des zinnenbewehrten Turmes bewohnt, der links von der Eingangstür im Tudor-Stil vorsprang, so daß er nach drei Seiten Fenster hatte. Es war ein großer und hoher Raum, ausgestattet mit erlesenen Tottenham-Court-Road-Möbeln, die vielleicht ein wenig zu rokokohaft für die viktorianische Weitläufigkeit waren. Es war ein unpersönliches Zimmer, und Searle hatte offenbar nichts getan, ihm den Stempel seiner eigenen Persönlichkeit aufzudrücken. Das kam Grant seltsam vor. Er hatte selten ein Zimmer gesehen, welches so lange bewohnt worden war und dem es doch so völlig an Atmosphäre fehlte. Es lagen Haarbürsten auf der Kommode und Bücher auf dem Nachttisch, doch von dem Bewohner fehlte jede Spur. Es hätte ein Zimmer in einem Schaufenster sein können.

Natürlich war saubergemacht und aufgeräumt worden, seit Searle es vor sechs Tagen zum letzten Mal bewohnt hatte. Aber trotzdem...

Dieser Eindruck beschäftigte Grant so sehr, daß er mit seiner Suche innehielt, um darüber nachzudenken. Er ließ die vielen

Zimmer, die er im Laufe der Zeit durchsucht hatte, Revue passieren. Aus allen – selbst den Hotelzimmern – hatte stets die Persönlichkeit des letzten Bewohners gesprochen. Aber hier gab es nichts als Leere. Eine unpersönliche Leere. Searle hatte seine Persönlichkeit für sich behalten.

Grant fiel auf – ebenso wie Liz an jenem ersten Tage –, wie teuer Searles Kleidung und Gepäckstücke waren. Als er die Taschentücher in der obersten Schublade durchsah, bemerkte er, daß sie kein Wäschezeichen hatten, und das verwunderte ihn ein wenig. Aber sie waren vielleicht zu Hause gewaschen worden. Hemden und Unterwäsche waren markiert, aber die Zeichen waren alt, vielleicht noch aus Amerika.

Außer den beiden Lederkoffern gab es eine metallene Box, die mit Japanlack bemalt war, in der Art eines großen Malkastens; ›L. Searle‹ stand in weißen Buchstaben auf dem Deckel. Sie war mit einem Schloß versehen, das jedoch offenstand, und Grant hob nicht ohne Neugierde den Deckel, mußte aber feststellen, daß es sich lediglich um Searles Fotoausrüstung handelte. Die Box war in der Art eines Malkastens gebaut, mit einem oberen Tablett, das sich herausnehmen ließ. Grant hakte dieses Tablett mit den Zeigefingern aus und besah sich dann die untere Etage. Sie war ausgefüllt bis auf eine längliche leere Stelle, wo jemand etwas herausgenommen hatte. Grant steckte das Tablett, das er noch in der Hand hielt, wieder zurück und ging dann zu dem Schlafsack und den Dingen, die vom Lager am Flußufer zurückgebracht worden waren, und breitete sie aus. Er wollte wissen, was in diese längliche Lücke hineinpaßte.

Aber er fand nichts, was in Frage kam.

Zwei kleine Kameras und einige Filme steckten in dem Bündel. Weder einzeln noch gemeinsam paßten sie in die Aussparung in der Kiste – und auch sonst nichts, was er dabeigehabt hatte.

Grant ging zur Box zurück, stand eine Zeitlang da und betrachtete die Lücke. Etwas, das ungefähr 25 mal 8 mal 10 Zentimeter groß war, war herausgenommen worden. Und es war erst herausgenommen worden, als die Box bereits an ihrem gegenwärtigen Platze stand. Der übrige Inhalt war dichtgepackt, und jede Bewegung hätte die anderen Sachen durcheinandergeworfen, so daß die Lücke verschwunden wäre.

Danach mußte er sich erkundigen, wenn er wieder nach unten ging.

Währenddessen begann er, nachdem er das Zimmer einmal kurz gemustert hatte, mit einer eingehenderen Untersuchung. Und dennoch hätte er das Entscheidende beinahe übersehen. Er hatte die recht unordentliche Schublade mit Taschentüchern und Krawatten durchgesehen und wollte sie eben schließen, als etwas zwischen den Krawatten seine Aufmerksamkeit erregte, und er zog es hervor.

Es war ein Frauenhandschuh. Ein sehr kleiner Frauenhandschuh.

Ein Handschuh, der ungefähr Liz Garrowbys Handschuhgröße haben mußte.

Grant suchte nach dem zweiten, aber er fand ihn nicht. Es handelte sich also um die klassische Trophäe eines Verehrers.

Der gutaussehende junge Mann war also verliebt genug gewesen, seiner Angebeteten einen Handschuh zu stehlen. Grant war überrascht. Eine rührende Geste aus Großvaters Zeiten. Heutzutage nahm die Fetischverehrung sinistrere Formen an.

Nun, was immer der Handschuh ihm sonst noch für Aufschlüsse geben mochte, er bewies, daß Searle vorgehabt hatte zurückzukommen. Man läßt keine stibitzten Liebespfänder in der Krawattenschublade zurück, wo sie dem feindseligen Blick eines Fremden ausgesetzt sind.

Die Frage, die es nun zu klären galt, lautete: Wessen Handschuh war es, und wieviel oder wie wenig bedeutete er?

Grant steckte ihn in die Tasche und begab sich nach unten. Wie versprochen, wartete Liz in der Bibliothek auf ihn, aber er stellte fest, daß sie nicht allein gewesen war. Kein einzelner Mensch konnte so viele Zigaretten geraucht haben, wie Stummel im Aschenbecher lagen. Grants Schlußfolgerung war, daß Walter Whitmore sich mit ihr über diese polizeiliche Befragung beraten hatte.

Liz hatte nicht vergessen, daß sie auch Sekretärin und offizielle Empfangsdame auf Trimmings war, und sie hatte dafür gesorgt, daß Getränke bereitstanden. Grant lehnte ab, weil er im Dienst war, doch wußte er die Mühe, die sie sich gemacht hatte, zu schätzen.

»Ich fürchte, das wird wohl nur der Anfang sein«, meinte Liz und wies auf die einmal wöchentlich am Freitag erscheinende *Wickham Times*, die auf dem Tisch lag. ›JUNGER MANN VERMISST‹, lautete eine zurückhaltende Schlagzeile an unauffälliger Stelle.

Auch Mr. Walter Whitmore aus Trimmings, Salcott St. Mary, der bekannte Radiokommentator, wurde erwähnt.

»Ja«, bestätigte Grant. »Die Tageszeitungen werden es morgen bringen.«

›WHITMORES BEGLEITER ERTRUNKEN‹ würde dort morgen auf der Titelseite stehen. ›GEHEIMNIS UM WHITMORE. WHITMORES FREUND VERSCHWUNDEN.‹

»Das wird sehr schlimm für Walter werden.«

»Ja. Die Presse leidet an einer Art Inflation. Ihre Macht steht in keinem Verhältnis zu ihrem Wert.«

»Was meinen Sie, was mit ihm geschehen ist, Inspector? Mit Leslie?«

»Nun, eine Zeitlang hatte ich die Theorie, daß er vielleicht einfach aus freien Stücken verschwunden ist.«

»Aus freien Stücken! Aber warum?«

»Das könnte ich erst sagen, wenn ich mehr über Leslie Searle wüßte. Halten Sie ihn zum Beispiel für jemanden, der auf die Idee kommen könnte, Ihnen einen Streich zu spielen?«

»Oh nein. Ganz und gar nicht. So eine Art von Mensch war er ganz gewiß nicht. Er war sehr ruhig und ... und von ausgezeichnetem Geschmack. An einem solchen Scherz hätte er nichts Lustiges finden können. Und außerdem, wohin sollte er verschwinden, wo er sein gesamtes Gepäck hiergelassen hat? Er hatte ja nichts außer den Kleidern am Leibe.«

»Was sein Gepäck angeht – haben Sie jemals in diese metallene Japanlack-Box gesehen, die er hat?«

»Seine Fotoutensilien. Ich glaube, ja. Ich weiß noch, daß mir auffiel, wie ordentlich alles eingepackt war.«

»Irgend etwas ist aus dem unteren Teil herausgenommen worden, und ich finde nichts, was in den Leerraum hineinpaßt. Meinen Sie, Sie könnten sich erinnern, was an dieser Stelle lag?«

»Nein, gewiß nicht. Ich erinnere mich an nichts Genaues mehr. Nur noch, wie ordentlich alles aussah. Es waren Chemikalien und Diarahmen und solche Dinge.«

»Hielt er die Box verschlossen?«

»Sie hatte ein Schloß, das weiß ich noch. Einige dieser Sachen waren giftig. Aber ich glaube nicht, daß er sie stets verschlossen hatte. Ist sie abgeschlossen?«

»Nein. Sonst wüßte ich ja nicht, daß etwas fehlt.«

»Ich dachte, Polizisten könnten alles öffnen.«

»Sie können, aber sie dürfen es nicht.«

Sie lächelte ein wenig. »Damit habe ich schon in der Schule immer meine Schwierigkeiten gehabt«, sagte sie.

»Übrigens, kennen Sie diesen Handschuh?« fragte er und zog ihn aus der Tasche.

»Ja«, antwortete sie, ohne besonderes Interesse zu zeigen. »Es scheint einer von meinen zu sein. Wo haben Sie ihn gefunden?«

»In Searles Wäscheschublade.«

Es war, als hätte er eine Schnecke berührt, dachte er. Auf der Stelle verschloß sie sich und zog sich zusammen. Vor einer Sekunde noch war sie offen und unbefangen gewesen. Im nächsten Augenblick war sie verwirrt und in der Defensive.

»Wie merkwürdig«, meinte sie, doch die Kehle schien ihr zugeschnürt. »Wahrscheinlich hat er ihn aufgehoben und wollte ihn mir zurückgeben. Ich habe immer ein Reservepaar in der Ablage im Wagen, ein gutes Paar, und fahre mit alten. Vielleicht ist einer meiner guten irgendwann herausgefallen.«

»Verstehe.«

»Solche wie dieser hier sind es jedenfalls, die ich in der Wagenablage habe. Gut genug, um damit jemanden zu besuchen oder einkaufen zu gehen, aber nicht zu protzig für alltägliche Anlässe.«

»Macht es Ihnen etwas aus, wenn ich ihn noch eine Weile behalte?«

»Nein, natürlich nicht. Wird das ein Beweisstück?« Es war ein tapferer Versuch, es harmlos klingen zu lassen.

»Das nicht. Aber im Augenblick ist alles, was in Searles Zimmer gefunden wird, potentiell von Bedeutung.«

»Ich glaube, dieser Handschuh wird Sie eher in die Irre führen, als daß er Ihnen hilft, Inspector. Aber selbstverständlich können Sie ihn behalten.«

Ihre Bravour gefiel ihm, und er war froh, daß sie sich so schnell wieder gefaßt hatte. Es hatte ihm noch niemals Freude gemacht, Schnecken zu ärgern.

»Ob Mr. Whitmore in der Lage wäre, mir zu sagen, was aus dieser Box fehlt?«

»Ich bezweifle es, aber wir können ihn ja fragen.« Sie ging zur Tür, um Walter zu rufen.

»Oder sonst jemand im Hause?«

»Nun, Tante Lavinia sicher nicht. Die weiß nicht einmal, was in ihren eigenen Schubladen ist. Und Mutter auch nicht; sie würde nicht einmal in die Nähe des Turmzimmers gehen, höchstens den Kopf zur Türe hineinstecken und sich vergewissern, daß das Bett gemacht und Staub gewischt worden ist. Aber wir können das Personal befragen.«

Grant führte sie hinauf in das Turmzimmer und zeigte ihnen, um welche Stelle es ging. Was hatte in dieser länglichen Lücke gelegen?

»Vielleicht eine Chemikalie, die er schon aufgebraucht hat?« schlug Walter vor.

»Daran habe ich auch schon gedacht, aber alle erforderlichen Chemikalien sind noch vorhanden und kaum benutzt worden. Niemand kann sich an irgend etwas erinnern, was in diese Lücke passen würde?«

Die beiden konnten es nicht und Alice, das Hausmädchen, auch nicht.

Mr. Searles Zimmer werde stets von ihr persönlich gemacht, erklärte sie. Eine gewisse Mrs. Clamp komme täglich aus dem Dorf zur Aushilfe, aber die sei nicht für die Schlafzimmer, sondern nur für das Treppenhaus, die Arbeitszimmer und so weiter zuständig.

Grant beobachtete ihre Gesichter und machte sich seine Gedanken. Whitmores Züge waren unbewegt; Liz war einerseits interessiert an dem Rätsel, das es zu lösen galt, andererseits besorgt; Alice hatte offenbar Angst, daß man sie dafür verantwortlich machen würde, daß etwas aus der Kiste fehlte.

Das alles führte zu nichts.

Whitmore begleitete ihn zur Haustüre, spähte hinaus in die Dunkelheit und fragte: »Wo haben Sie denn Ihren Wagen?«

»Den habe ich in der Einfahrt stehenlassen«, antwortete Grant. »Gute Nacht, und haben Sie vielen Dank für Ihre Hilfe.«

Er ging in die Dunkelheit davon und wartete, bis Walter die Tür geschlossen hatte. Dann ging er um das Haus zur Garage. Sie war noch offen, und drei Wagen standen darin. Er suchte die Ablagen von allen dreien ab, aber in keiner fand sich ein einzelner Handschuh. In keinem der Wagen gab es auch nur einen einzigen Handschuh.

Kapitel 10

Williams saß in der Ecke der Gaststube des White Hart und verzehrte ein spätes Abendessen; der Wirt begrüßte Grant und ging dann, um auch für ihn das Essen zu holen. Williams hatte in Zusammenarbeit mit der örtlichen Polizei einen langen, anstrengenden und erfolglosen Nachmittag und Abend damit verbracht, Grants Theorie zu überprüfen, daß Searle aus ihnen unbekannten Gründen untergetaucht sein könnte. Um zehn Uhr, nachdem er seinen 23. Busschaffner und den letzten noch aufzutreibenden Gepäckträger im Bahnhof befragt hatte, beschloß er, Feierabend zu machen, und entspannte sich nun bei einem Bier und Würstchen mit Püree.

»Nicht das geringste«, antwortete er auf Grants Frage. »Niemand, der ihm auch nur im entferntesten ähnlich gesehen hätte. Haben Sie mehr Glück gehabt, Sir?«

»Nichts, was die Lage eindeutiger machen würde.«

»Keine Briefe bei seinen Sachen?«

»Kein einziger. Sie müssen alle in der Brieftasche sein, wenn er überhaupt welche hat. Nichts außer Stapeln von Fotografien.«

»Fotografien?« Williams spitzte die Ohren.

»Aufnahmen von hier, die er gemacht hat, seit er ankam.«

»Oh. Vielleicht zufällig welche von Walter Whitmores Mädchen?«

»Allerdings. Massenhaft.«

»Tatsächlich? Unanständige?«

»Aber nein, Williams, nein. Romantische Bilder. Ihr Profil vor dem sonnigen Himmel mit einem Mandelzweig dazu. Diese Art von Bildern.«

»Würden Sie sagen, sie ist fotogen? Eine Blondine?«

»Nein, sie ist ein kleines, dunkles, unauffälliges Geschöpf mit freundlichem Gesicht.«

»Oh. Wieso fotografiert er sie dann dauernd? Er muß in sie verliebt sein.«

»Darüber mache ich mir auch so meine Gedanken«, antwortete Grant; dann schwieg er, denn sein Essen wurde aufgetragen.

»Sie sollten wirklich die eingelegten Zwiebeln probieren, Sir«, sagte Williams, »nur dieses eine Mal. Sie sind vorzüglich.«

»Zum 507. Mal, ich esse keine eingelegten Zwiebeln. Ich habe einen feinen Gaumen, Williams. Das ist ein Geschenk Gottes. Und ich habe nicht vor, ihn mit eingelegten Zwiebeln zu verderben. Etwas gab es unter Searles Sachen, das sehr viel mehr sagte als jedes Foto.«

»Und was war das, Sir?«

»Einer der Handschuhe des Mädchens«, antwortete Grant und erklärte ihm, wo er ihn gefunden hatte.

»Meine Güte«, war Williams' Kommentar, und er mußte diese Neuigkeit erst einmal ein Weilchen schweigend verdauen. »Klingt nicht, als ob er weit gekommen wäre.«

»Womit?«

»Mit der Affäre. Wenn er noch in dem Stadium war, in dem man einen Handschuh stibitzt. Ehrlich, Sir, ich hätte nicht gedacht, daß es hier und heute tatsächlich noch Leute gibt, die sich mit einem Handschuh begnügen müssen.«

Grant lachte. »Ich habe es Ihnen doch gesagt. Sie ist ein anständiges Mädchen. Sagen Sie mir, Williams, welches Objekt würde in eine Lücke von 25 mal 8 mal 10 Zentimeter passen?«

»Ein Stück Kernseife«, antwortete Williams, ohne zu zögern.

»Unwahrscheinlich. Was sonst noch?«

»Zigarettenschachteln?«

»Nein. Er war Nichtraucher.«

»Irgend etwas zu essen vielleicht? Schmelzkäse bekommt man in solchen Stücken.«

»Nein.«

»Ein Revolver? Revolver in einem Etui, meine ich.«

»Habe ich auch schon dran gedacht. Aber warum sollte er einen Revolver dabeihaben?«

»Was ist das für eine Lücke, die Sie da füllen wollen, Sir?« fragte Williams. Grant beschrieb ihm die Box mit den Fotoutensilien und das Loch in dem sonst dicht gepackten Behälter.

»Es muß etwas Massives gewesen sein, sonst wären die Konturen der Lücke nicht so ausgeprägt. Nichts unter den Sachen, die noch da waren, paßte hinein. Er muß es also herausgenommen und beiseitegebracht haben, oder es wurde aus irgendeinem Grunde entfernt, nachdem er verschwunden war.«

»Das würde bedeuten, daß jemand auf Trimmings Beweismaterial unterschlägt. Meinen Sie immer noch, Whitmore ist nicht der Typ, Sir?«

»Welcher Typ?«

»Der Typ, der jemanden um die Ecke bringt?«

»Ich glaube, Whitmore ist eher jemand, der sauer wird, als daß er rot sieht.«

»Aber er müßte ja nicht rot sehen, um Searle zu ersäufen. Er wird sauer und versetzt ihm einen Stoß, und das reicht schon; im Dunkeln ist er dann vielleicht nicht mehr in der Lage, ihn herauszuziehen. Er verliert den Kopf und tut, als wisse er von nichts. So etwas kommt weiß Gott oft genug vor.«

»Sie tippen also auf Whitmore, und im Grunde wäre es eher ein halber Unfall gewesen.«

»Wer es war, das kann ich nicht sagen. Aber es ist meine feste Überzeugung, daß Searle noch immer im Fluß liegt, Sir.«

»Obwohl Inspector Rodgers sagt, er habe ihn gründlich abgesucht.«

»Der Sergeant auf der Wickhamer Wache, der dafür verantwortlich war, sagt, der Schlamm auf dem Grund des Rushmere ginge bis fast nach Australien.«

»Ja. Ich weiß. Der Chief Constable hat genau die gleiche Bemerkung gemacht, nur entschieden weniger eindrucksvoll formuliert.«

»Was soll denn schließlich auch aus ihm geworden sein«, räsonierte Williams weiter, ohne zuzuhören, »wenn er nicht ertrunken ist? Nach allem, was ich höre, war er ja keiner von denen, die jemand sieht und an die er sich dann später nicht mehr erinnert.«

Nein. Da hatte er recht. Grant sah den jungen Mann wieder vor sich, wie er bei Cormac Ross an der Türe gestanden hatte, und überlegte, wie wenig die offizielle Vermißtenbeschreibung, die sie herausgegeben hatten, das Bild jenes Menschen vermittelte, den sie suchten.

»Ein Mann Anfang 20, circa 175 cm groß, sehr schlank, hellblond, graue Augen, gerade Nase, relativ hohe Backenknochen, großer Mund; kein Hut; trägt einen Regenmantel mit Gürtel, darunter graues Tweedjackett, grauen Pullover, blaues Sporthemd und graue Flanellhose, braune amerikanische Schuhe mit Schnallenverschluß; spricht leise und mit amerikanischem Akzent.«

Niemand, der diese Beschreibung las, würde sich jemanden vorstellen, der dem wirklichen Leslie Searle entsprach. Andererseits würde niemand, wie Williams sehr richtig betonte, der Searle zu Gesicht bekam, nicht einen zweiten Blick auf ihn werfen. Niemand würde ihm begegnen und sich dann nicht mehr erinnern.

»Und außerdem, weswegen sollte er verschwinden wollen?« bohrte Williams weiter.

»Darüber kann ich erst Vermutungen anstellen, wenn ich weitaus mehr über ihn weiß. Das ist das erste, worauf ich den Yard morgen früh ansetze. Er hat eine Cousine irgendwo in England, aber es sind eher seine Lebensverhältnisse in Amerika, die mich interessieren. Ich kann mir nicht helfen, aber ich finde immer noch, daß es eher nach Kalifornien paßt, jemanden um die Ecke zu bringen, als zur BBC.«

»Aber es war kein Kalifornier, der das, was fehlt, aus Searles Kiste genommen hat«, erinnerte Williams ihn.

»Nein«, gab Grant nachdenklich zu und ließ die Bewohner von Trimmings vor seinem geistigen Auge noch einmal Revue passieren. Morgen mußte er damit beginnen, ihre Alibis zu sammeln. Williams hatte natürlich recht. Es war unwahrscheinlich, geradezu ein Hirngespinst, daß Searle so einfach aus freien Stükken davonspaziert sein könnte. Gegenüber Liz Garrowby hatte er angedeutet, daß Searle sich vielleicht einen Scherz erlaubt habe, um Walter zu ärgern, und Liz hatte die Idee als abwegig abgetan. Aber selbst wenn Liz ihn falsch einschätzte, wie hätte Searle das dann anstellen sollen?

»Es bleibt immer noch der zufällig vorbeikommende Autofahrer«, sagte er laut.

»Wie bitte, Sir?«

»Wir haben Nachforschungen bei den öffentlichen Verkehrsbetrieben angestellt, aber bisher haben wir nichts unternommen, den Autofahrer ausfindig zu machen, der ihn vielleicht mitgenommen hat.«

Williams, milde gestimmt von Würstchen und Bier, lächelte ihn wohlwollend an. »Verglichen mit Ihnen wirkt das 57. wie eine Mädchenschule, Sir.«

»Das 57.?«

»Sie ergeben sich nie. Sie sind immer noch verliebt in diese Theorie, daß er von sich aus untergetaucht ist, stimmt's?«

»Ich denke mir nach wie vor, daß er von der Biegung des Flusses aus weitergegangen sein könnte, die Felder hinauf zur Hauptstraße Wickham–Crome, und dort von einem Auto mitgenommen wurde. Morgen früh werde ich Bryce fragen, ob wir eine Suchmeldung im Radio durchgeben können.«

»Und nachdem der Autofahrer ihn mitgenommen hatte, Sir? Wie ging es dann weiter? Sein ganzes Gepäck ist auf Trimmings.«

»Das wissen wir nicht. Wir wissen absolut nichts über ihn bis zu dem Zeitpunkt, an dem er auf der Party bei Ross auftauchte. Er ist Fotograf; das ist das einzige, was wir mit Sicherheit sagen können. Er sagt, seine einzige Verwandte in England sei eine Cousine, aber wer weiß, vielleicht hat er ein halbes Dutzend Häuser hier und ein Dutzend Ehefrauen.«

»Schon, aber warum hätte er sich nicht auf normale Art verabschieden sollen, nachdem er die Flußfahrt beendet hatte? Schließlich würde er doch wohl hinterher sein Honorar für dieses Buch haben wollen, oder? Warum das ganze Theater?«

»Vielleicht, um Walter das Leben schwerzumachen.«

»Tatsächlich? Glauben Sie das? Warum?«

»Wer weiß, womöglich, weil ich selber Lust hätte, Walter das Leben schwerzumachen«, antwortete Grant mit dem Anflug eines Lächelns. »Vielleicht haben Sie recht, und es ist wirklich nur Wunschdenken von mir.«

»Für Whitmore wird die Sache allerdings sehr unangenehm«, meinte Williams ohne jedes Anzeichen von Bedauern.

»Allerdings. Würde mich gar nicht wundern, wenn es zum Bürgerkrieg käme.«

»Krieg?«

»Die Whitmore-Getreuen gegen die Zweifler.«

»Setzt es ihm schwer zu?«

»Ich glaube, er hat noch gar nicht recht begriffen, was da mit ihm geschieht. Das wird er wohl erst, wenn er morgen früh die Tageszeitungen sieht.«

»Hat sich denn die Presse noch nicht auf ihn gestürzt?«

»Sie hatten noch keine Zeit dazu. Der Mann der *Trompete* stand, wie ich höre, heute nachmittag um fünf vor der Türe, und als er auf Trimmings nichts erfuhr, ging er zum Swan, um sich seine Informationen dort zu holen.«

»Die *Trompete* ist immer die erste, darauf kann man sich verlassen. Wäre klüger von Whitmore gewesen, ihn zu empfangen, wer immer es war. Warum hat er ihn abgewiesen?«

»Er wartete auf seinen Anwalt aus der Stadt, sagt er.«

»Wer war es, wissen Sie das? Der Mann von der *Trompete.*«

»Jammy Hopkins.«

»Jammy! Ich hätte ja lieber einen Flammenwerfer im Nacken als Jammy Hopkins. Ein Mann ohne jedes Gewissen. Der erfindet seine Geschichten aus dem Stegreif, wenn er kein Interview bekommt. Wissen Sie was, allmählich bekomme ich Mitleid mit Walter Whitmore. Er kann überhaupt nicht an jemanden wie Jammy gedacht haben, sonst hätte er es sich dreimal überlegt, bevor er Searle in den Fluß wirft.«

»Und wer von uns ist es nun«, fragte Grant, »der nie aufgibt?«

Kapitel 11

Am Morgen rief Grant seine Dienststelle an, doch er hatte kaum begonnen, seine Geschichte zu erzählen, da unterbrach Bryce ihn auch schon.

»Sind Sie das, Grant? Also, Sie schicken uns Ihren Diener Freitag auf der Stelle zurück. Benny Skoll hat letzte Nacht Poppy Plumtres Schlafzimmersafe ausgeräumt.«

»Ich dachte, Poppys Wertgegenstände sind alle bei Onkel.«

»Nicht, seit sie sich einen neuen Daddy zugelegt hat.«

»Sind Sie sicher, daß Benny es war?«

»Absolut sicher. Alles verrät seine Handschrift. Der Telefonanruf, mit dem er den Hausmeister weglockte, die fehlenden Fingerabdrücke, die Mahlzeit aus Marmeladenbrot und Milch, der Abgang über die Hintertreppe. Außer mit einem Eintrag im Gästebuch hätte er seine Handschrift gar nicht deutlicher hinterlassen können.«

»Nun gut, wenn die Ganoven erst einmal darauf kommen, flexibel in ihren Techniken zu werden, dann können wir unseren Laden zumachen.«

»Ich brauche Williams, um Benny in die Finger zu bekommen. Williams kennt Benny in- und auswendig. Also, schicken Sie ihn zurück. Wie kommen Sie zurecht?«

»Nicht allzugut.«

»Nicht? Wie das?«

»Wir haben keine Leiche. Folglich ergeben sich zwei Möglichkeiten: Searle ist tot, entweder durch Unfall oder durch Mord; oder er hat sich einfach davongemacht, aus Gründen, die wir nicht kennen.«

»Was sollten das für Gründe sein?«

»Ein Witz vielleicht.«

»Das sollte er bei uns lieber nicht versuchen.«

»Er könnte natürlich auch einfach das Gedächtnis verloren haben.«

»Das wäre schon besser.«

»Zwei Dinge bräuchte ich, Sir. Zunächst eine Suchmeldung im Radio. Und dann Auskünfte über Searle von der Polizei in San Francisco. Wir tappen im dunkeln, denn wir wissen nichts über ihn. Seine einzige Verwandte in England ist eine Cousine, eine Künstlerin, zu der er keinen Kontakt hatte. Oder zumindest hat er behauptet, er habe keinen. Sie wird sich wahrscheinlich bei uns melden, wenn sie heute morgen die Zeitungen sieht. Aber vermutlich wird sie uns kaum etwas über ihn sagen können.«

»Und Sie glauben wirklich, die Polizei in San Francisco weiß mehr?«

»Nun, soviel ich weiß, war San Francisco sein Hauptwohnort, wenn er die Wintermonate an der Küste verbrachte, und zweifellos können sie irgend etwas über ihn ausfindig machen. Sie können uns sagen, ob er jemals in Schwierigkeiten war und ob es jemanden gibt, der Grund hätte, ihn umzubringen.«

»Ich nehme an, bei einem Fotografen gibt es eine Menge Leute, die ihm gern den Hals umdrehen würden. Gut, wir werden das erledigen.«

»Danke, Sir. Und die Suchmeldung?«

»Die BBC mag es gar nicht, wenn ihre hübschen kleinen Radiosendungen mit Polizeinachrichten verunziert werden. Was wollten Sie denn durchgeben?«

»Ich möchte, daß sich jeder, der am Mittwochabend zwischen Wickham und Crome einen Anhalter mitgenommen hat, mit uns in Verbindung setzt.«

»Gut, ich werde dafür sorgen. Ich nehme an, Sie haben sämtliche öffentlichen Verkehrsmittel überprüft?«

»Alles, Sir. Nirgends eine Spur von ihm. Und er ist alles andere als unauffällig. Wenn nicht gerade ein Flugzeug auf ihn gewartet hat – und so etwas gibt es nur in Geschichten für kleine Jungs, soviel ich weiß –, kann er aus dieser Gegend nur fortgekommen sein, indem er über die Felder ging und an der Hauptstraße ein Auto anhielt.«

»Keinerlei Anzeichen, die auf Mord deuten?«

»Bisher nicht. Heute morgen werde ich mich um die Alibis der Einheimischen kümmern.«

»Bevor Sie irgend etwas anderes tun, bringen Sie Williams auf den Weg. Wenn ich etwas aus San Francisco höre, gebe ich auf dem Revier in Wickham Bescheid.«

»Sehr wohl, Sir. Ich danke Ihnen.«

Grant hängte ein und ging, um Williams zu benachrichtigen.

»Zum Teufel mit Benny«, fluchte Williams. »Gerade als ich anfing, mich in der Gegend hier wohl zu fühlen. Es ist nicht der Tag, an dem ich Lust habe, mich mit Benny abzuplagen.«

»Ein harter Bursche?«

»Benny? Nein! Er ist ein Alptraum. Er wird zu heulen anfangen und jammern, daß wir ihn schikanieren, daß er kaum aus dem Knast ist und ein anständiges Leben anfangen will – Benny und ein anständiges Leben! –, und schon hätten wir ihn wieder in der Mangel, und welche Chance er unter solchen Umständen schon hätte, und so weiter. Der dreht mir den Magen um. Wenn Benny nur einen Tag ehrlicher Arbeit vor sich sieht, dann rennt er, als ob's um sein Leben geht. Aber Jammern kann er großartig. Er hat es mal geschafft, daß eine Anfrage von ihm im Parlament verlesen wurde. Man fragt sich, wie manche von diesen Parlamentariern überhaupt das Gehirnschmalz zusammenbekommen, die Fahrkarte von ihrem Heimatbahnhof in die Stadt zu lösen. Muß ich etwa mit dem Zug fahren?«

»Ich nehme an, Rodgers wird jemanden abstellen, der Sie nach Crome fährt, und von da können Sie den Schnellzug nehmen«, sagte Grant und weidete sich an dem Entsetzen, das seinem Kollegen angesichts der Zugfahrt ins Gesicht geschrieben stand. Er selbst begab sich zurück ans Telefon und rief Marta Hallard in der Mühle von Salcott St. Mary an.

»Alan!« rief sie. »Was für eine Überraschung! Wo steckst du?«

»Im White Hart in Wickham.«

»Du Ärmster!«

»Oh, es ist gar nicht so schlecht.«

»Spiel nicht den Helden. Du weißt, daß es fast so primitiv ist wie im Straflager. Hast du eigentlich von unserer neuesten Sensation gehört?«

»Allerdings. Deshalb bin ich in Wickham.«

Daraufhin herrschte völlige Stille.

Dann hörte er Marta sagen: »Soll das heißen, der Yard interessiert sich dafür, daß Leslie Searle ertrunken ist?«

»Daß er verschwunden ist, sagen wir wohl besser.«

»Du meinst, es ist also etwas Wahres dran an diesem Gerücht, daß er sich mit Walter gestritten hat?«

»Ich fürchte, darüber kann ich am Telefon nicht sprechen. Ich wollte eigentlich nur fragen, ob du heute abend zu Hause bist und ich vorbeikommen kann.«

»Aber du mußt herkommen und hier wohnen. Du kannst doch nicht in diesem entsetzlichen Loch hausen. Ich werde Mrs. –«

»Ich danke dir von Herzen, aber das geht nicht. Ich muß hier in Wickham bleiben, direkt an der Quelle. Aber wenn du mir ein Abendessen anbötest –«

»Natürlich bekommst du ein Abendessen. Du sollst ein richtig schönes Essen bekommen, mein Lieber. Mit einem Omelett von mir und einem Hühnchen von Mrs. Thrupp und einer Flasche aus dem Keller, mit der du den Biergeschmack des White Hart vertreiben wirst.«

So begab sich Grant denn, ein wenig gestärkt von der Aussicht auf einen genußvollen Ausklang des Tages, an seine Arbeit, und er begann sie auf Trimmings. Wenn er nun schon die Alibis zusammentragen mußte, dann lag es nahe, daß die Bewohner von Trimmings die ersten waren, die Rechenschaft ablegen sollten.

Es war ein schöner, sonniger Morgen, der sich nun, nachdem es anfangs kalt gewesen war, allmählich erwärmte, und es war, wie Williams ganz richtig gesagt hatte, kein Tag, den man auf die Bennys dieses Lebens verschwenden sollte; doch der Anblick von Trimmings, wie es da in voller Größe geradezu schamlos im strahlenden Sonnenlicht stand, stellte Grants gute Laune schnell wieder her.

Am vergangenen Abend hatte er nur einen beleuchteten Hauseingang im Dunkeln gesehen. Nun zeigte es sich vollständig in seiner monströsen Extravaganz, in all seinen verspielten Details, und Grant war so hingerissen, daß er an der Biegung der Auffahrt auf die Bremse trat und den Wagen zum Stehen brachte, dann saß er einfach da und staunte.

»Ich kann mir genau vorstellen, wie Ihnen zumute ist«, sagte eine Stimme neben ihm; und da stand Liz, mit, wie ihm auffiel, Ringen unter den Augen, doch sonst ruhig und freundlich.

»Guten Morgen«, begrüßte er sie. »Ich war heute morgen ein wenig deprimiert, daß ich nicht alles stehen- und liegenlassen und angeln gehen konnte. Aber nun fühle ich mich besser.«

»Es ist ein Prachtstück, nicht wahr?« stimmte sie ihm zu. »Man kann gar nicht recht glauben, daß es wirklich dasteht. Man hat das Gefühl, niemand könne sich so etwas ausgedacht haben; plötzlich muß es einfach dagestanden haben.«

Ihre Aufmerksamkeit wandte sich nun von dem Haus ab und ihm selbst zu, und er sah, wie die Frage Gestalt annahm.

»Es tut mir leid, wenn ich Ihnen zur Last falle, aber heute morgen bin ich damit beschäftigt, das Unterholz in diesem Falle wegzuschlagen.«

»Unterholz?«

»Ich möchte all die Leute abhaken, die auf keinen Fall etwas damit zu tun haben können.«

»Verstehe. Sie sammeln Alibis.«

»So ist es.« Er öffnete die Wagentür, um sie das kleine Stück bis zum Haus mitzunehmen.

»Nun, ich hoffe, wir haben gute Alibis. Ich für meinen Teil muß leider sagen, ich habe überhaupt keines. Es war das erste, woran ich dachte, als ich erfuhr, wer Sie waren. Es ist merkwürdig, nicht wahr, wie schuldig sich ein ganz Unbeteiligter fühlen kann, wenn er nicht in der Lage ist nachzuweisen, wo er am Soundsovielten dieses Monats gewesen ist. Brauchen Sie von jedem ein Alibi? Von Tante Lavinia und Mutter und allen?«

»Und vom Hauspersonal dazu. Von jedem, der irgend etwas mit Leslie Searle zu tun hatte.«

»Na, dann fangen Sie am besten mit Tante Vin an. Bevor sie ihre morgendliche Arbeit beginnt. Jeden Vormittag diktiert sie zwei Stunden lang, und sie fängt gern pünktlich an.«

»Wo waren Sie denn, Miss Garrowby?« fragte er, als sie an der Tür anlangten.

»Zur fraglichen Zeit?« Er fand, daß sie sich zu sehr bemühte, kühl zu wirken; die ›fragliche Zeit‹ war immerhin der Zeitpunkt, an dem Searle vermutlich ums Leben gekommen war; er konnte sich nicht vorstellen, daß sie diesen Umstand vergessen hatte.

»Genau. Mittwochabend.«

»Ich hatte mich, wie man in Detektivgeschichten zu sagen pflegt, auf mein Zimmer zurückgezogen. Und sagen Sie mir nicht, es sei zu früh dafür gewesen. Ich weiß, daß es das war. Ich ziehe mich gern früh zurück. Ich bin am Ende des Tages gern allein.«

»Lesen Sie dann?«

»Bitte verraten Sie mich nicht, Inspector, aber ich schreibe.«

»Sie auch?«

»Enttäuscht Sie das?«

»Es interessiert mich. Was ist das, was Sie schreiben – oder darf ich nicht danach fragen?«

»Ich muß einfach die harmlosen Heldinnen loswerden, das ist alles.«

»Tilda, das Stubenmädchen mit der Hasenscharte und den Mordgelüsten, als Gegengift zu Maureen.«

Sie betrachtete ihn eine Weile lang und sagte dann: »Sie sind ein merkwürdiger Polizist.«

»Wahrscheinlich ist es eher Ihre Vorstellung von Polizisten, die merkwürdig ist«, antwortete Grant gutgelaunt. »Wollen Sie bitte Ihrer Tante Bescheid sagen, daß ich hier bin?«

Aber es erübrigte sich, ihn anzukündigen. Miss Fitch war schon in der Halle, als Liz die Treppe hinauflief, und sie begrüßte sie eher überrascht als ärgerlich:

»Liz, du kommst fünf Minuten zu spät!« Dann sah sie den Inspector. »Tatsächlich, es ist wahr. Man hat mir erzählt, daß niemand auf die Idee käme, Sie für einen Polizeibeamten zu halten. Kommen Sie herein, Inspector. Ich habe schon darauf gewartet, Sie kennenzulernen. Offiziell sozusagen. Unser letztes Zusammentreffen kann man ja wohl kaum als Kennenlernen bezeichnen, oder? Kommen Sie in den kleinen Salon. Dort pflege ich zu arbeiten.«

Grant entschuldigte sich, daß er sie von ihren vormittäglichen Diktaten abhalte, doch sie gab sich erfreut, daß ihr wenigstens zehn Minuten Aufschub vergönnt seien, bevor sie sich wieder mit dieser ›gräßlichen Person‹ auseinandersetzen müsse. Grant nahm an, daß die ›gräßliche Person‹ die Heldin ihres nächsten Romanes war.

Auch Miss Fitch hatte sich am Mittwochabend offenbar früh zurückgezogen. Genau gesagt, um halb zehn.

»Wenn eine Familie den ganzen Tag über zusammen ist so wie wir hier«, sagte sie, »dann neigt man dazu, am Abend früh auf sein Zimmer zu gehen.« Sie habe sich einen Spielfilm im Fernsehen angesehen und danach noch ein wenig halbwach gelegen und gewartet, daß ihre Schwester zurückkäme, aber dann sei sie wohl doch recht früh eingeschlafen.

»Zurückkäme?« fragte Grant. »Mrs. Garrowby war also ausgegangen?«

»Ja. Sie war bei einer Versammlung des Landfrauenvereins.«

Dann fragte er sie nach Searle. Was sie von ihm gehalten habe und was er ihrer Meinung nach getan oder nicht getan haben könne. Sie war, was Searle anging, überraschend zurückhaltend, dachte er; als würde sie jeden Schritt genau überlegen; und er fragte sich warum.

Als er sich erkundigte: »Gab es Ihrer Meinung nach Anzeichen, daß Searle sich in Ihre Nichte verliebt hatte?«, blickte sie verdutzt drein und antwortete: »Nein, natürlich nicht!«, doch es kam zu rasch und mit zuviel Nachdruck.

»Zeigte er sich nicht aufmerksam ihr gegenüber?«

»Aber mein Lieber«, antwortete Miss Fitch, »jeder Amerikaner zeigt sich aufmerksam gegenüber einem Mädchen. Es ist ein konditionierter Reflex bei ihnen. Sie tun es so unwillkürlich, wie sie atmen.«

»Sie meinen, er hatte kein ernsthaftes Interesse an ihr?«

»Ganz gewiß nicht.«

»Von Ihrem Neffen habe ich gestern abend erfahren, daß er und Searle während ihrer Flußfahrt jeweils abends hier anriefen.«

»Ja.«

»Wußte irgend jemand im Haus, was sie am Mittwochabend erzählt haben? Ich meine, wußte jemand, wo die beiden Männer ihr Lager aufgeschlagen hatten?«

»Ich denke schon. Die Familie wußte das sicherlich, und die Bediensteten waren immer sehr darauf erpicht, Neuigkeiten über den Fortschritt ihrer Reise zu erfahren, und ich nehme an, daß es sich überall herumgesprochen hatte.«

»Haben Sie vielen Dank, Miss Fitch. Das war sehr freundlich von Ihnen.«

Sie rief Liz herein, und Liz führte ihn zu ihrer Mutter und begab sich dann zurück in den kleinen Salon, um die Erlebnisse der neuesten Maureen zu Papier zu bringen.

Auch Mrs. Garrowby hatte kein Alibi. Sie sei beim Treffen des Landfrauenvereins im Gemeindesaal gewesen, bis die Versammlung sich um halb zehn aufgelöst habe, und sei dann zurückgegangen, wobei sie Miss Easton-Dixon bis zu der Stelle begleitet habe, an der sich ihre Wege trennten. Gegen zehn sei sie wieder im Hause gewesen, vielleicht auch später – sie habe sich Zeit gelassen, denn es sei ein schöner Abend gewesen –, und habe dann die Vordertür verschlossen. Die Hintertür verschließe stets Mrs. Brett, die Köchin und Haushälterin.

Emma Garrowby konnte Grant keinen Augenblick lang täuschen. Frauen wie sie waren ihm schon zu oft begegnet, Frauen, bei denen das freundliche Äußere nur Verkleidung für einen gnadenlosen Mutterinstinkt war. War Searle ihr bei Plänen in die Quere gekommen, die sie für ihre Tochter geschmiedet hatte?

Er fragte sie nach Searle, und sie zögerte keinen Augenblick, ihm zu antworten. Er sei ein bezaubernder junger Mann gewesen, sagte sie. Ganz außerordentlich bezaubernd. Sie hätten ihn allesamt sehr gern und seien erschüttert von dieser Tragödie.

Grant ertappte sich dabei, wie er dies in Gedanken mit einem recht kräftigen Ausdruck kommentierte.

Mrs. Garrowby raubte ihm den Atem, und er war froh, als sie ging, um Alice für ihn zu holen.

Alice war am Mittwochabend mit dem Gärtnerburschen ausgewesen und um Viertel nach zehn zurückgekommen, woraufhin Mrs. Brett hinter ihr die Tür verschlossen hatte, und dann waren die beiden Frauen, nachdem sie noch eine Tasse Kakao getrunken hatten, gemeinsam auf ihre Zimmer im Hinterflügel gegangen. Alice war ehrlich erschüttert über das Schicksal, das Leslie Searle ereilt hatte. Niemals, sagte sie, habe sie einen freundlicheren jungen Mann zu bedienen gehabt. Sie sei mit Dutzenden junger Männer zusammengekommen, Gentlemen und anderen, die Interesse an den Waden eines Mädchens gehabt hätten, aber Mr. Searle sei der einzige gewesen, der jemals an die Füße eines Mädchens gedacht habe.

»Füße?«

Das habe sie auch Mrs. Brett gesagt und Edith, dem Dienstmädchen. Er habe zum Beispiel gesagt: »Sie können das so und so machen, und dann brauchen Sie nicht noch ein zweites Mal heraufzukommen, nicht wahr?« Und sie könne es sich nur so erklären, daß es etwas typisch Amerikanisches sei, denn kein Engländer sei ihr jemals begegnet, der sich auch nur im geringsten darum gekümmert hätte, ob man einen Weg zweimal machen müsse oder nicht.

Auch Edith trauerte offenbar um Leslie Searle; nicht, weil er sich Gedanken um ihre Füße gemacht, sondern weil er so gut ausgesehen hatte. Edith erwies sich als sehr vornehm und kultiviert. Viel zu kultiviert, um sich von einem Gärtnerburschen ausführen zu lassen. Sie war auf ihr Zimmer gegangen und hatte sich das gleiche Fernsehprogramm angesehen wie ihre Herrin. Sie hatte gehört, wie Mrs. Brett und Alice zu Bett gingen, aber die Zimmer ihres Flügels lägen zu weit ab, als daß man hätte hören können, wenn jemand das Haupthaus beträte, und folglich wisse sie nicht, wann Mrs. Garrowby nach Hause gekommen sei.

Ebensowenig wußte das Mrs. Brett. Nach dem Abendessen, erklärte sie Grant, bemühe die Familie die Dienerschaft nicht mehr. Edith bereite alles für den Schlummertrunk vor, und danach werde normalerweise die stoffbespannte Tür zum großen Saal erst am folgenden Morgen wieder geöffnet. Sie sei, sagte Mrs. Brett, seit neun Jahren bei Miss Fitch, und Miss Fitch könne sich darauf verlassen, daß sie sich um die Dienstboten und den Dienstbotentrakt kümmere.

Als Grant auf dem Weg zurück zum Wagen an die Eingangstür kam, fand er Walter Whitmore an die Terrassenmauer gelehnt. Walter begrüßte ihn und erkundigte sich, ob die Alibis zu seiner Zufriedenheit ausgefallen seien.

Grant hatte den Eindruck, daß Whitmores Zustand sich zusehends verschlechterte. Selbst in den wenigen Stunden seit dem gestrigen Abend hatte er sich bedenklich verändert. Er fragte sich, wieviel wohl die Lektüre der Morgenzeitungen zum Erschlaffen von Walters Zügen beigetragen haben mochte.

»Ist die Presse schon über Sie hergefallen?« fragte er.

»Kurz nach dem Frühstück waren sie hier.«

»Haben Sie mit ihnen gesprochen?«

»Ich habe sie empfangen, wenn es das ist, was Sie meinen. Zu sagen hatte ich ja nicht viel. Im Swan werden sie weitaus mehr Material bekommen.«

»Ist Ihr Anwalt eingetroffen?«

»Ja. Er schläft.«

»Er schläft!«

»Er ist um halb sechs in London aufgebrochen und hat mir beim Empfang der Presse beigestanden. Er mußte ja ziemlich überstürzt aufbrechen, und deshalb war er erst um zwei heute morgen ins Bett gekommen. Wenn Sie wissen, was ich meine.«

Grant verließ ihn mit einem irrationalen Gefühl der Erleichterung und fuhr ins Dorf zum Swan. Er stellte seinen Wagen auf dem gepflasterten, backsteinummauerten Hof auf der Rückseite des Gasthauses ab und klopfte an die Seitentür.

Geräuschvoll, mit allen Anzeichen der Ungeduld, wurde ein Riegel zurückgezogen, und das Gesicht Reeves erschien im Türspalt.

»Das nützt Ihnen überhaupt nichts«, sagte er. »Sie müssen warten, bis wir öffnen.«

»Als Polizist weiß ich diese Abfuhr durchaus zu schätzen«, sagte Grant. »Aber ich würde gerne hineinkommen und mich einen Augenblick lang mit Ihnen unterhalten.«

»Für mich sehen Sie eher nach Armee aus als nach Polizei«, meinte der ehemalige Marinesoldat erheitert, während er ihm in die Bar voranging. »Sie gleichen aufs Haar einem Major, den wir in Gibraltar einmal bei uns hatten. Vandaleur hieß er. Sind Sie dem jemals begegnet?«

Grant war einem Major Vandaleur nie begegnet.

»Nun, was kann ich für Sie tun, Sir? Es geht um diese Sache mit Searle, nehme ich an.«

»Jawohl. Zwei Dinge können Sie für mich tun. Ich möchte Ihre wohlüberlegte Meinung – und ich meine wirklich wohlüberlegt – zum Verhältnis zwischen Whitmore und Searle am Mittwochabend hören. Und ich hätte gern eine Liste aller Gäste, die an jenem Abend hier waren mit den Zeiten, wann sie gegangen sind.«

Reeve betrachtete den Vorfall mit militärischer Objektivität. Ihm lag nichts daran, ihn auszuschmücken oder im Spiegel seiner eigenen Persönlichkeit darzustellen, wie ein Künstler es tat. Grant spürte, wie er sich entspannte. Es war beinahe, als ob er den Bericht eines seiner eigenen Männer zu hören bekam. Es habe keine offensichtlichen Feindseligkeiten zwischen den beiden gegeben, berichtete Reeve. Wahrscheinlich wäre ihm gar nichts aufgefallen, wenn sie nicht abseits der anderen gesessen hätten – keiner der Gäste an der Bar sei hinübergegangen. Normalerweise hätte sich irgend jemand zu ihnen gesetzt, um ein Gespräch fortzusetzen, das sie an der Bar begonnen hatten. Aber am Mittwoch seien die anderen von den beiden offenbar gar nicht wahrgenommen worden, und das habe diese davon abgehalten, ihnen zu nahe zu treten.

»Sie waren wie zwei Hunde, die sich belauerten«, sagte Reeve. »Kein Streit, aber es lag was in der Luft. Der Streit konnte jeden Moment losbrechen, verstehen Sie.«

»Haben Sie gesehen, wie Whitmore ging?«

»Nein, das hat niemand. Die Jungs konnten sich nicht einig werden, wer in welchem Jahr für Australien Kricket spielte. Sie hielten kurz inne, als die Tür zufiel, aber das war alles. Als Bill Maddox sah, daß Searle allein war, ging er hinüber und unterhielt sich mit ihm. Maddox betreibt die Garage am Ende des Dorfes.«

»Danke. Und nun noch die Liste der Barbesucher.«

Grant ließ sich die Namen diktieren; die meisten davon typische Namen der Grafschaft, die man so schon im Domesday Book finden konnte. Als er hinaus zu seinem Wagen ging, fragte er: »Sind eigentlich irgendwelche Reporter bei Ihnen abgestiegen?«

»Drei«, antwortete Reeve. »*Trompete, Morgenblatt* und *Post.* Sind alle drei unterwegs und tyrannisieren das Dorf.«

»Ferner lief noch: Scotland Yard«, brummte Grant und fuhr dann, um Bill Maddox aufzusuchen.

Am Ende des Dorfes fand er ein hohes holzverkleidetes Gebäude, auf dem in verblaßter Farbe zu lesen stand: William Maddox und Sohn, Schreinerei und Bootsbau. An einer Ecke des Hauses wies ein grelles schwarzgelbes Schild auf eine seitliche Hofeinfahrt, und darauf stand lediglich: Werkstatt.

»Na, Sie haben mehr als nur ein Eisen im Feuer, was?« sagte er, nachdem er sich Bill Maddox vorgestellt hatte, und nickte mit dem Kopf in Richtung Schild.

»Oh, ›Maddox und Sohn‹, das ist Vaters Firma, nicht meine.«

»Ich dachte mir, daß Sie vielleicht ›Sohn‹ sind.«

Das schien Bill zu erheitern. »Oh nein, mein Großvater war ›Sohn‹. Mein Urgroßvater hat den Laden gegründet. Und es ist nach wie vor die beste Schreinerei in der ganzen Gegend hier, auch wenn ich's selbst bin, der das sagt. Sie wollen Auskünfte, Inspector?«

Grant bekam sämtliche Auskünfte, die Maddox ihm geben konnte, und als er sich verabschiedete, fragte Maddox noch: »Kennen Sie vielleicht zufällig einen Reporter namens Hopkins?«

»Hopkins von der *Trompete?* Ich bin ihm einmal begegnet.«

»Der war heute morgen stundenlang hier, und wissen Sie, was dieser Kerl tatsächlich glaubt? Er glaubt, daß die ganze Geschichte nur ein Reklametrick ist, um dieses Buch zu verkaufen, das die beiden zusammen schreiben wollten.«

Die Kombination aus einer so typisch Hopkinsschen Reaktion und dem ungläubigen Gesicht, das Bill dazu machte, war zuviel für Grant. Er lehnte sich ans Auto und lachte.

»Es hat etwas Korrumpierendes, so ein Journalistenleben«, sagte er. »Und Jammy Hopkins ist dazu geboren, korrumpiert zu werden, wie ein Freund von mir es ausdrücken würde.«

»Oh«, sagte Bill, immer noch ungläubig. »Ich find's bescheuert. Einfach bescheuert.«

»Übrigens, können Sie mir sagen, wo ich Serge Ratoff finde?«

»Ich kann mir nicht vorstellen, daß er schon auf ist, aber falls doch, dann finden Sie ihn an den Tresen im Postamt gelehnt. Das Postamt ist im Dorfladen. Auf halber Höhe an der Hauptstraße. Serge wohnt in dem Anbau nebenan.«

Doch Serge hatte seinen Stammplatz am Postschalter noch nicht erreicht. Er kam die Straße herunter vom Zeitungshändler, eine Zeitung unter dem Arm. Grant hatte ihn nie zuvor gesehen, aber er kannte das Erscheinungsbild gut genug, um einen Tänzer auf einer Dorfstraße zu erkennen. Die zu großen Kleider, die an dem offenbar schmächtigen Körper herunterhingen, der unterernährte Eindruck, den er machte, die schlaffe Erscheinung, die einem das Gefühl vermittelte, daß die Muskeln ausgeleiert waren wie altes Gummi. Grant war immer wieder aufs neue darüber verwundert, daß die schillernden Gestalten, die scheinbar mühelos Ballerinen durch die Luft warfen und dabei bestenfalls die Zähne zusammenbissen, wie heruntergekommene Straßenhändler aussahen, wenn sie zum Bühneneingang herauskamen.

Er fuhr an den Bürgersteig, als er auf Serges Höhe angelangt war, und begrüßte ihn.

»Mr. Ratoff?«

»Der bin ich.«

»Ich bin Detective-Inspector Grant. Kann ich Sie einen Augenblick sprechen?«

»Jeder spricht mit mir«, antwortete Serge eitel. »Warum nicht auch Sie?«

»Es geht um Leslie Searle.«

»Ah ja. Er ist ertrunken worden. Wunderbar.«

Grant machte ein paar Bemerkungen über die Tugend der Zurückhaltung.

»Ach, Z u r ü c k h a l t u n g!« Serge zog die Silben in die Länge. »Bourgeoise Eigenschaft.«

»Wie ich höre, hatten Sie einen Streit mit Searle.«

»Nichts dergleichen.«

»Aber –«

»Ich schüttete ihm ein Glas Bier ins Gesicht, das ist alles.«

»Und das würden Sie nicht als Streit bezeichnen?«

»Natürlich nicht. Zum Streiten muß man auf einer Ebene sein, gleichberechtigt, wie sagt man hier, gleichrangig. Man streitet sich nicht mit Kanaille. Mein Großvater in Rußland hätte die Peitsche genommen. Aber wir sind in England, alles ist dekadent, also schütte ich ihm ein Bier über. Es ist eine Geste, immerhin.«

Als Grant später Marta von diesem Gespräch berichtete, sagte sie: »Ich weiß gar nicht, was Serge ohne seinen russischen Großvater tun würde. Sein Vater ist mit drei Jahren aus Rußland geflohen – Serge spricht kein Wort Russisch, und zur Hälfte ist er ohnehin Neapolitaner –, aber der Großvater in Rußland, das ist der Grundstein für all seine Phantasien.«

»Sie werden Verständnis dafür haben«, setzte Grant ihm geduldig auseinander, »daß die Polizei alle, die Searle kannten, bitten muß, ihr mitzuteilen, wo sie sich am Mittwochabend aufgehalten haben.«

»Tatsächlich? Das muß ermüdend für Sie sein. Es ist ein trauriges Leben, das Polizistenleben. Die Bewegungen. So begrenzt, so bruchstückhaft.« Serge verwandelte sich in einen optischen Telegrafen und äffte die Zeichen eines Verkehrspolizisten mit marionettenhaften Bewegungen nach. »Ermüdend. Ausgesprochen ermüdend. Eindeutig natürlich, doch ohne alle Feinheit.«

»Wo waren Sie am Mittwochabend von neun Uhr an?« fragte Grant, der zu dem Schluß gekommen war, daß eine diskretere Vorgehensweise die reine Zeitverschwendung war.

»Ich habe getanzt«, antwortete Serge.

»Oh. Im Gemeindesaal?«

Es schien, als wolle Serge ohnmächtig werden.

»Sie glauben, ich, ich, Serge Ratoff, habe an einem Ringelpiez teilgenommen?«

»Wo haben Sie denn dann getanzt?«

»Am Flusse.«

»Was?«

»Ich arbeite die Choreographie für ein neues Ballett aus. Ich quelle über vor Ideen dort unten am Flusse in einer Frühlingsnacht. Sie ergießen sich aus mir wie aus einem Brunnen. Die Atmosphäre ist so phantastisch dort, daß ich ganz berauscht davon bin. Nichts, was mir dann unmöglich wäre. Ich habe eine zauberhafte Idee gehabt, die zur Wassermusik von Mashako paßt. Es beginnt damit, daß –«

»Welcher Teil des Flusses?«

»Was?«

»Welcher Teil des Flusses?«

»Woher soll ich das wissen? Die Atmosphäre ist überall die gleiche.«

»Sind Sie von Salcott den Fluß hinauf- oder hinuntergegangen?«

»Oh, flußaufwärts, ganz gewiß.«

»Wieso ›ganz gewiß‹?«

»Ich brauche die weiten, offenen Flächen zum Tanzen. Die gibt es flußaufwärts. Unterhalb des Dorfes gibt es nur steile Ufer und entsetzliche Baumwurzeln. Wurzeln. Grobe, abscheuliche Dinge. Und das –«

»Könnten Sie die Stelle identifizieren, an der Sie am Mittwochabend getanzt haben?«

»Identifizieren?«

»Sie mir zeigen.«

»Wie könnte ich das? Ich weiß ja nicht einmal mehr, wo das war.«

»Wissen Sie noch, ob Sie jemanden gesehen haben, während Sie dort waren?«

»Niemanden, der es wert wäre, sich an ihn zu erinnern.«

»Es wert wäre?«

»Manchmal stolpere ich über Liebespaare im Gras, aber die – wie sagt man – gehören zur Landschaft. Sie gehören zur – zur Szenerie. Nicht wert, daß man sich an sie erinnert.«

»Erinnern Sie sich wenigstens, um welche Zeit Sie am Mittwochabend vom Fluß fortgegangen sind?«

»Ah ja, daran erinnere ich mich ganz genau.«

»Wann sind Sie gegangen?«

»Genau in dem Moment, in dem die Sternschnuppe fiel.«

»Um wieviel Uhr war das?«

»Woher soll ich das wissen? Ich kann Sternschnuppen nicht ausstehen. Mir wird ganz flau im Magen davon. Obwohl ich mir dachte, daß eine Sternschnuppe ein sehr schönes Ende für mein Ballett wäre. Ein Spectre-de-la-Rose-Sprung, wissen Sie, daß ihnen die Münder offenständen, damit würde ich ihnen zeigen, daß ich noch immer –«

»Mr. Ratoff, haben Sie eine Idee, wie Leslie Searle in den Fluß gekommen ist?«

»In den Fluß? Er ist hineingefallen, nehme ich an. So ein Jammer. Umweltverschmutzung. Der Fluß ist so wunderschön, daß man nur schöne Dinge hineinlassen sollte. Ophelia. Die Lady von Shallott. Meinen Sie, aus der Lady von Shallott ließe sich ein Ballett machen? All die Dinge, die sie im Spiegel sieht? Das ist doch eine Idee, oder?«

Grant gab es auf.

Er ließ seinen Wagen, wo er war, und ging zu Fuß die Straße entlang zu der glatten steinernen Front von Hoo House, die die Reihe von rosa und chromgelben und weißgekalkten Fachwerkgiebeln des Dorfes unterbrach. Das Haus stand an der Straße wie die anderen Cottages, doch die drei Treppenstufen, die zur Haustür hinaufführten, erhoben sein Erdgeschoß über die Straßenebene. Es hob sich in einer ganz und gar natürlich wirkenden Vornehmheit ein wenig vom Alltagsleben ab. Als Grant die viktorianische Türglocke mit ihrem blankgeputzten Messinggriff zog, hielt er einen Augenblick inne, um den Mann, wer immer es gewesen sein mochte, zu segnen, der für die Restaurierung dieses Hauses verantwortlich gewesen war. Er hatte das Gebäude erhalten, aber nicht den Versuch unternommen, ihm seine ursprüngliche Gestalt zurückzugeben und es damit in ein Museumsstück zu verwandeln; die Zeugnisse der Jahrhunderte waren geblieben – vom abgewetzten Steigklotz bis zu der Messingklingel. Eine große Menge Geldes war offensichtlich aufgewendet worden, es in seinen gegenwärtigen Prachtzustand zu versetzen, und Grant überlegte, ob vielleicht die Errettung von Hoo House genügen mochte, Toby Tullis' Existenz zu rechtfertigen.

Die Tür wurde von einem Butler geöffnet, der aussah, als ob er aus einem von Tobys Stücken spaziert sei. Er stand in der Türe, freundlich und unerschütterlich; eine Ein-Mann-Straßensperre.

»Mr. Tullis empfängt niemanden vor dem Mittagessen«, entgegnete er, als Grant sein Anliegen vortrug. »Er arbeitet vormittags. Der Empfang der Presse ist für zwei Uhr angesetzt.« Seine Hand ging in Richtung Tür.

»Sehe ich wie ein Reporter aus?« fragte Grant ärgerlich.

»Ähm – nein, das würde ich nicht sagen – Sir.«

»Ob Sie nicht vielleicht doch eins dieser kleinen Tabletts hätten?« fragte Grant, nun plötzlich mit einer samtweichen Stimme.

Gehorsam wandte sich der Mann um und nahm ein silbernes Visitenkartentablett von der Truhe aus der Zeit Jakobs des Ersten, die im Flur stand.

Grant warf ein Stückchen Karton auf den Teller und sagte: »Mit meinen freundlichen Empfehlungen an Mr. Tullis, und ich wäre dankbar, wenn er drei Minuten seiner Zeit für mich erübrigen könnte.«

»Sehr wohl, Sir«, antwortete der Mann und gestattete seinen Augen nicht, auch nur in die Nähe der Visitenkarte zu wandern. »Wenn Sie so freundlich sein wollen, einzutreten und hier zu warten.«

Er verschwand in einem Raum auf der Rückseite des Hauses, und bevor er die Tür hinter sich schloß, drangen einige Worte gutgelaunter Konversation heraus, die ganz und gar nicht nach Arbeit klangen. Nur einen Augenblick darauf war er wieder zurück. Ob Inspector Grant ihm bitte folgen wolle? Mr. Tullis werde ihn gern empfangen.

Das Zimmer auf der Rückseite blickte, wie Grant nun sah, hinaus auf einen großen Garten, der sich bis hinunter ans Flußufer erstreckte; eine ganz andere Welt als die der Dorfstraße, von der er eben gekommen war. Das Wohnzimmer war ausgestattet mit den perfektesten Stücken, die Grant jemals außerhalb eines Museums gesehen hatte. Toby saß in einem bemerkenswerten Morgenmantel an einem reichlich mit Silber gedeckten Frühstückstisch, und hinter ihm schwebte – noch bemerkenswerter gekleidet – ein beflissener Jüngling, der ein Notizbuch umklammerte. Dem jungfräulichen Zustand nach zu urteilen, schien das Notizbuch eher ein Ehrenzeichen seines Amtes zu sein als ein Arbeitsmittel.

»Sie sind bescheiden, Inspector!« begrüßte Toby ihn.

»Bescheiden?«

»Drei Minuten! Selbst die Reporter erwarten zehn.«

Es war als Kompliment für Grant gemeint, aber es wirkte wie eine Erinnerung daran, daß Toby der meistinterviewte Mensch der englischsprachigen Welt und seine Zeit eigentlich unbezahlbar war. Wie stets war das, was Toby tat, ein klein wenig ›daneben‹.

Er stellte den jungen Mann vor; er hieß Giles Verlaine und war sein Sekretär. Dann bot er Grant einen Kaffee an. Grant antwortete, dafür sei es einerseits zu spät und andererseits zu früh, aber

Mr. Tullis solle nur mit seinem Frühstück fortfahren; und das tat Toby auch.

»Ich führe die Ermittlungen im Falle des verschwundenen Leslie Searle«, kam Grant zur Sache. »Und das hat zur Folge, fürchte ich, daß auch einige Menschen damit belästigt werden, die nur entfernt mit ihm in Verbindung standen. Wir müssen jeden in Salcott, der Searle kannte, bitten, uns zu sagen, wo er sich am Mittwochabend aufhielt.«

»Inspector, damit erweisen Sie mir eine Gunst, die ich niemals zu genießen hoffen durfte. Ich habe mir schon immer sehnlichst gewünscht, von jemandem gefragt zu werden, was ich am Freitag, dem 13., um 9 Uhr 30 abends getan hätte, aber ich habe niemals wirklich zu hoffen gewagt, daß ich es erleben würde.«

»Nun, wo die Stunde gekommen ist, hoffe ich, daß Ihr Alibi sich als würdig erweisen wird.«

»Es hat zumindest den Vorzug der Einfachheit. Giles und ich haben die Stunden um jene liebliche Mitternacht damit verbracht, Akt II, Szene 1, zu diskutieren. Langweilig, Inspector, aber unumgänglich. Ich bin Geschäftsmann.«

Grants Blick wanderte von dem Geschäftsmann zu Giles hinüber, und er kam zu dem Schluß, daß der Jüngling sich so, wie er dem Meister gegenwärtig zu Füßen lag, wahrscheinlich sogar des Mordes bezichtigt hätte, wenn er Toby damit einen Gefallen getan hätte.

Eine Kleinigkeit wie die Besorgung eines Alibis war da reine Routinesache.

»Und Mr. Verlaine bestätigt das natürlich«, sagte Grant.

»Ja, oh ja, natürlich; natürlich bestätige ich das; ja«, antwortete Giles und überschüttete seinen Gönner mit Bestätigungen.

»Ja, es ist schon tragisch, so zu ertrinken«, sprach Toby und schlürfte seinen Kaffee. »Die Summe der Schönheit dieser Welt ist nicht so groß, daß wir es uns leisten könnten, etwas davon zu verschwenden. Ein typisches Shelley-Ende natürlich, und als solches höchst angemessen. Kennen Sie das Shelley-Denkmal in Oxford, Inspector?«

Grant kannte das Denkmal, und es erinnerte ihn immer an ein zu lange gekochtes Huhn, aber er hütete sich, das zu sagen. Außerdem erwartete Toby auch nicht wirklich eine Antwort.

»Lieblich, einfach lieblich. Tod durch Ertrinken ist gewiß die ideale Art, aus dieser Welt zu entschwinden.«

»Nachdem ich nähere Bekanntschaft mit zahlreichen Leichen gemacht habe, die aus dem Wasser gezogen worden waren, kann ich diese Meinung nicht teilen.«

Toby zwinkerte ihm zu und sagte: »Zerstören Sie meine Illusionen nicht, Inspector. Sie sind ja schlimmer als Silas Weekley. Silas führt einem stets die Abscheulichkeit des Lebens vor Augen. Haben Sie eigentlich Silas' Alibi überprüft?«

»Noch nicht. Soviel ich weiß, kannte er Mr. Searle kaum.«

»Das wäre für Silas kein Hinderungsgrund. Würde mich gar nicht wundern, wenn er es getan hätte, um ein wenig Lokalkolorit zu bekommen.«

»Lokalkolorit?«

»Allerdings. Silas zufolge ist das Landleben eine einzige Jauchegrube aus Mord, Vergewaltigung, Inzest, Abtreibung und Selbstmord, und vielleicht hatte Silas beschlossen, daß es für Salcott St. Mary endlich Zeit wurde, seinen Vorstellungen zu entsprechen. Lesen Sie unseren Silas, Inspector?«

»Ich fürchte nein.«

»Entschuldigen Sie sich nicht. Man muß sich erst daran gewöhnen. Selbst seiner Frau ist das noch nicht gelungen, wenn es stimmt, was man hört. Aber die arme Frau ist ja auch so damit beschäftigt, zu stillen und zu leiden, daß sie wahrscheinlich gar keine Zeit hat, sich Gedanken um Abstraktes zu machen. Niemand scheint ihr gesagt zu haben, daß es Methoden der Empfängnisverhütung gibt. Silas hat es natürlich mit der Fruchtbarkeit. Für ihn findet eine Frau ihre Erfüllung in der Produktion von Nachkommenschaft. Wie entmutigend für eine Frau, finden Sie nicht auch, in Wettbewerb mit einem Kaninchen treten zu müssen und zu wissen, daß sie unterliegen wird? Das Leben, entstanden durch Fruchtbarkeit aus dem Häßlichen. Das ist Silas' Sicht der Dinge. Er haßt das Schöne. Schönheit ist für ihn eine Beleidigung. Er zertrampelt sie, damit sie fruchtbar wird. Macht Milch daraus. Er ist natürlich einfach nur ein wenig übergeschnappt, der arme Junge, aber es ist eine sehr profitable Art von Übergeschnapptsein, folglich braucht man nicht allzu viele Tränen seinetwegen zu vergießen. Eins der Geheimnisse eines erfolgreichen Lebens ist es zu wissen, wie man auf einträgliche Weise ein wenig übergeschnappt sein kann.«

Grant fragte sich, ob dies einfach nur eine Probe von Tobys üblicher Konversation war oder ob er deswegen so redete, um

Grants Verdacht auf Silas Weekley zu lenken. Bei einem Menschen, dessen Persönlichkeit zur Gänze aus Fassade besteht, wie das bei Toby Tullis der Fall war, war es schwierig zu entscheiden, wieviel von dieser Fassade Barrikade war und wie viel lediglich Plakatwand.

»Sie haben Searle am Mittwochabend überhaupt nicht gesehen?« fragte er.

Nein, Toby hatte ihn nicht gesehen. Er gehe vor dem Abendessen ins Gasthaus, sagte er, nicht danach.

»Ich will mich nicht einmischen, Inspector, aber das scheint mir ein übertriebener Aufwand zu sein bei jemandem, der ertrunken ist.«

»Wieso ertrunken?«

»Wieso nicht?«

»Wir haben keinerlei Anhaltspunkte, daß Searle ertrunken ist, wohl aber einige recht schlüssige Indizien, daß er es nicht ist.«

»Daß er nicht ertrunken ist? Welche Indizien, daß er nicht ertrunken ist?«

»Der Fluß ist nach seiner Leiche abgesucht worden.«

»Ach das!«

»Bei unseren Ermittlungen, Mr. Tullis, geht es um einen Mann, der am Mittwochabend in Salcott St. Mary verschwunden ist.«

»Sie sollten sich an den Pfarrer wenden, Inspector. Er hat die perfekte Lösung für Sie.«

»Und welche ist das?«

»Unser lieber Pfarrer glaubt, daß Searle überhaupt nicht hier gewesen ist. Er glaubt, daß Searle einfach nur ein Dämon war, der für eine Weile menschliche Gestalt annahm und wieder verschwand, als der Witz schal wurde oder der – der Saft alle war, sozusagen.«

»Hochinteressant.«

»Ich nehme an, Sie haben Searle niemals gesehen, Inspector?«

»Oh doch. Ich habe ihn kennengelernt.«

Die Überraschung, die Toby anzumerken war, erheiterte Grant.

»Der Dämon war auf einer Party in Bloomsbury, unmittelbar bevor er nach Salcott kam«, erklärte er.

»Mein lieber Inspector, Sie müssen den Pfarrer aufsuchen. Dieser Hinweis auf die Vorlieben der Geister ist von unschätzbarem Wert für die Forschung.«

»Warum wollten Sie wissen, ob ich Searle jemals gesehen habe?«

»Weil er so haargenau dem entsprach, wie man sich einen gestaltgewordenen Dämon vorstellt.«

»Sein gutes Aussehen, meinen Sie?«

»War es nur eine Frage des guten Aussehens?« entgegnete Toby, halb fragend, halb herausfordernd.

»Nein«, antwortete Grant. »Nein.«

»Meinen Sie, Searle hatte Dreck am Stecken?« fragte Toby und vergaß einen Augenblick lang, die Fassade aufrecht zu erhalten, und verfiel in die Umgangssprache.

»Dafür gibt es nicht das geringste Anzeichen.«

»Ach je«, sagte Toby und baute die Fassade mit einem kleinen, gespielten Seufzer wieder auf. »Die eisige Mauer bürokratischer Vorsicht. Ich habe nur wenig im Leben, was ich noch erreichen möchte, Inspector; aber eines davon ist der leidenschaftliche Wunsch zu erfahren, was in Leslie Searles Kopf vorging.«

»Wenn ich es jemals herausfinde, dann wird die bürokratische Vorsicht Risse bekommen, und ich werde es Sie wissen lassen«, meinte Grant und erhob sich.

Er blieb noch einen Augenblick stehen und blickte hinaus in den prächtigen Garten, an dessen hinterem Ende der Fluß schimmerte.

»Man könnte meinen, man sei in einem Landhaus«, sagte er, »kilometerweit ab von allem.«

Dies sei einer der größten Reize an Hoo House, bestätigte Toby, doch hätten natürlich fast alle Häuser auf dieser Seite der Dorfstraße Gärten, die bis zum Fluß hinunterreichten; die meisten seien allerdings parzelliert und dienten mehr oder weniger als Gemüsegärten. Man habe den Garten von Hoo House bewußt als Park gestaltet und so seine Weiträumigkeit erhalten.

»Und der Fluß bildet die Grenze, ohne daß der Ausblick gestört würde. Er ist leider keine reine Freude, der Fluß.«

»Mücken?«

»Nein; von Zeit zu Zeit überkommt ihn der kaum zu bändigende Wunsch, ins Haus hereinzukommen. So etwa jeden sechsten Winter gelingt es ihm. Eines Morgens im letzten Winter erwachte mein Hausmeister und stellte fest, daß das Boot an seinen Fensterladen pochte.«

»Sie haben ein Boot?«

»Nur ein Zierstück. So eine Art Stechkahn, in dem es sich an Sommernachmittagen trefflich ruhen läßt.«

Grant dankte ihm für seine Hilfsbereitschaft, entschuldigte sich ein weiteres Mal dafür, ihn beim Frühstück gestört zu haben, und verabschiedete sich dann. Toby machte Anstalten, ihm das Haus zu zeigen, doch gab es drei Gründe für Grant, sich dem zu entziehen: Er hatte zu tun, er hatte den Großteil des Hauses bereits in Illustrierten gesehen, und es war ihm zuwider, sich die schönsten Kunstgegenstände der Welt von einem aalglatten kleinen Hochstapler wie Toby Tullis zeigen zu lassen.

Kapitel 12

Silas Weekley lebte in einem Cottage an jenem Feldweg, der hinunter zur Schleife des Flusses führte. Oder besser gesagt, der Weg verlief zunächst in Richtung Fluß. An der Stelle, an der er an die Felder kam, machte er einen Knick und verlief an der Rückseite des Dorfes entlang, um nach einer weiteren Wendung dann wieder auf die Hauptstraße zu stoßen. Er führte nirgendwo sonst hin. In dem letzten Häuschen, bevor die Felder begannen, lebte Silas Weekley, und Grant, der sich in offizieller Mission näherte, war überrascht, daß es ein so ärmliches Anwesen war. Es war nicht nur, weil Silas Weekleys Bücher sich bestens verkauften und er sich folglich ein repräsentativeres Haus als dieses hätte leisten können, hinzu kam noch, daß man keinerlei Versuch unternommen hatte, das Anwesen zu verschönern; man hatte auf den großzügigen Umgang mit Farbe und Pinsel verzichtet, mit dem die anderen Bewohner der Häuschen von Salcott St. Mary die Dorfstraße zu einer Augenweide gemacht hatten. Es gab keine Blumen in den Fenstern und keine schmückenden Vorhänge. Das Haus hatte etwas Verkommenes, das so gar nicht zu seiner Umgebung paßte.

Die Tür stand offen, und das Geschrei eines Babys und eines größeren Kindes, die um die Wette brüllten, drang hinaus in den sonnigen Morgen. Eine Emailschüssel mit schmutzigem Wasser stand unter dem Vordach, und nach und nach zerplatzten in träger Resignation die Seifenblasen darauf. Ein Kinderspielzeug, ein pelziges Tier, das so schmutzig und abgegriffen war, daß es sich nicht mehr eindeutig einer Spezies zuordnen ließ, lag auf dem Boden. Im Zimmer dahinter war niemand, und Grant blieb stehen, um es mit einer Art Staunen zu betrachten. Es war ärmlich möbliert und so unordentlich, wie man es sich kaum vorstellen konnte.

Das Brüllen drang nach wie vor aus einem der hinteren Zimmer, und Grant pochte laut an die Haustür. Auf sein zweites Klopfen rief eine weibliche Stimme: »Legen Sie's einfach da hin, danke.« Als er seinem dritten Klopfen mit einem Ruf Nachdruck verlieh, kam eine Frau aus der Finsternis der Hinterzimmer hervor, um ihn zu inspizieren.

»Mrs. Weekley?« fragte Grant zögernd.

»Ja, ich bin Mrs. Weekley.«

Sie mußte einmal schön gewesen sein. Schön und intelligent – und unabhängig. Grant erinnerte sich, daß er gehört hatte, Weekley habe eine Grundschullehrerin geheiratet. Sie trug eine Schürze aus Sackleinen über einem bedruckten Morgenrock und jene Art von alten Schuhen, die gerade noch gut genug für die Hausarbeit sind und an die eine Frau sich nur zu leicht gewöhnt. Sie hatte sich nicht die Mühe gemacht, Strümpfe anzuziehen, und die Schuhe hatten Schmutzflecken an den nackten Knöcheln hinterlassen. Ihr unfrisiertes Haar war zu einem festen, verzweifelten Knoten zusammengebunden, aber die vorderen Strähnen waren zu kurz, um sich dieser Gefangenschaft lange zu beugen, und hingen ihr nun rechts und links über das Gesicht. Es war ein abgehärmtes Gesicht, das sehr müde aussah.

Grant sagte ihr, daß er gern ihren Mann einen Moment lang sprechen würde.

»Oh«, entgegnete sie. Es dauerte eine Weile, bis sie verstand, was er sagte, denn sie schien mit ihren Gedanken noch bei den brüllenden Kindern zu sein. »Es tut mir leid, daß alles so unordentlich ist«, sagte sie matt. »Das Mädchen aus dem Dorf, das mir hilft, ist heute nicht gekommen. Das kommt oft vor. Je nachdem, wie sie Laune hat. Und mit den Kindern ist es schwer – ich glaube nicht, daß ich meinen Mann mitten am Vormittag stören kann.« Grant fragte sich, ob sie in den Kindern keine Störung sah. »Vormittags schreibt er nämlich.«

»Verstehe. Aber wenn Sie ihm meine Karte geben, wird er mich schon empfangen.«

»Sind Sie vom Verlag?«

»Nein, ich bin –«

»Dann sollten Sie nämlich lieber warten und ihn nicht stören. Vielleicht könnten Sie sich im Swan treffen? Kurz vor Mittag?«

»Nein, ich fürchte, ich muß ihn jetzt gleich sprechen. Es geht nämlich um eine Angelegenheit –«

»Es ist sehr wichtig, ihn nicht zu stören. Damit unterbricht man seine Gedankengänge, und dann macht es ihm Mühe, wieder – wieder hineinzufinden. Er schreibt sehr langsam – sorgfältig, meine ich –, manchmal nur einen einzigen Absatz am Tag, und deshalb ist es –«

»Mrs. Weekley.« Grant blieb hart. »Bitte geben Sie diese Karte Ihrem Mann, und sagen Sie ihm, daß ich mit ihm sprechen muß, ganz gleich, was er gerade tut.«

Sie stand da, die Visitenkarte zwischen den Fingern, ohne auch nur einen Blick darauf zu werfen, in Gedanken mit der Suche nach einer Entschuldigung beschäftigt, die ihn überzeugen würde. Und plötzlich begriff er, daß sie Angst hatte, ihrem Mann die Visitenkarte zu bringen. Angst davor, ihn zu stören.

Um ihr zu helfen, sagte er, daß von einer Unterbrechung doch sicherlich nicht die Rede sein könne, wo die Kinder ja schon solchen Lärm gemacht hätten. Da habe ihr Mann sich wohl ohnehin schlecht konzentrieren können.

»Oh, er arbeitet nicht hier«, entgegnete sie. »Nicht hier im Haus, meine ich. Er hat ein eigenes Häuschen am anderen Ende des Gartens.«

Er nahm die Karte zurück und sagte mit Bestimmtheit: »Wenn Sie mir bitte den Weg zeigen wollen, Mrs. Weekley?«

Wortlos führte sie ihn durch eine düstere Küche, wo ein Krabbelkind breitbeinig auf dem Boden lag und seine Tränen genoß, während ein Baby in einem Kinderwagen in elementarer Wut schluchzte. Weiter hinten, im hellen Sonnenlicht des Gartens, warf ein Junge von etwa drei Jahren Steine vom Kiesweg gegen die hölzerne Tür eines Anbaus, eine unproduktive Beschäftigung, die aber einen befriedigenden Lärm erzeugte.

»Laß das, Freddy«, sagte sie automatisch, und ebenso automatisch warf Freddy weiterhin seine Steine gegen die Tür.

Der hintere Garten erwies sich als langes, schmales Grundstück, an dessen Seite ein Feldweg entlanglief, und ganz am Ende, weit fort vom Haus, stand eine Holzhütte. Mrs. Weekley zeigte darauf und sagte: »Vielleicht können Sie hingehen und sich einfach selbst vorstellen? Die Kinder kommen bald aus der Schule zurück und wollen ihr Mittagessen, und es ist noch nicht fertig.«

»Kinder?« fragte Grant.

»Ja, die drei ältesten. Wenn es Ihnen also nichts ausmacht.«

»Nein, natürlich macht es mir nichts aus«, beteuerte Grant. Tatsächlich würden ihm nur wenige Dinge so viel Freude machen, wie den großen Silas an diesem Vormittag bei der Arbeit zu stören, aber er unterließ es diplomatisch, Silas Weekleys Frau das zu sagen.

Er klopfte zweimal an die Tür des Holzhäuschens – ein sehr ordentliches Holzhäuschen –, und als niemand antwortete, öffnete er sie.

Silas Weekley fuhr von dem Tisch, an dem er saß und schrieb, herum und brüllte: »Was fällt dir ein, in mein –« und verstummte, als er Grant sah. Er hatte offenbar damit gerechnet, daß seine Frau der Eindringling wäre.

»Wer sind Sie?« fuhr er Grant an. »Wenn Sie ein Journalist sind, dann werden Sie erfahren, daß Unverfrorenheit sich nicht auszahlt. Dies ist ein Privatgrundstück, und Sie sind widerrechtlich eingedrungen.«

»Ich bin Detective-Inspector Grant von Scotland Yard«, sagte Grant und beobachtete, wie diese Nachricht aufgenommen wurde.

Nach einigen Augenblicken hatte Silas seinen Unterkiefer wieder unter Kontrolle. »Und was wollen Sie, wenn ich fragen darf?« Es war ein Versuch, forsch zu wirken, aber das Ergebnis war nicht überzeugend.

Grant sagte seinen üblichen Spruch auf, daß er das Verschwinden Leslie Searles untersuche und jeden, der ihn gekannt habe, befragen müsse. Dabei fiel der unbeschäftigten Hälfte seines Gehirnes auf, daß die Tinte auf dem Blatt, an dem Weekley arbeitete, nicht nur trocken, sondern sogar schon schwarz war. Es war Tinte von gestern. Weekley hatte an diesem Morgen keine einzige Zeile geschrieben, obwohl es nun schon nach Mittag war.

Als der Name Searle fiel, hob Weekley zu einer Diatribe gegen wohlhabende Dilettanten an, die Grant – in Anbetracht von Weekleys Einkommen und der Summe seiner Leistungen an diesem Vormittag – unangebracht fand. Er unterbrach Silas und fragte, was dieser am Mittwochabend getan habe.

»Und wenn ich vorziehe, Ihnen das nicht zu sagen?«

»Dann vermerke ich Ihre Weigerung und gehe.«

Weekley mochte den Tonfall nicht, in dem das vorgebracht wurde, und murmelte etwas darüber, daß er von der Polizei schikaniert werde.

»Ich bitte lediglich«, erklärte Grant, »Sie als Bürger um Ihre Mitarbeit. Wie gesagt, Sie haben das Recht, diese Mitarbeit zu verweigern.«

Am Mittwochabend habe er von der Abendessenszeit an geschrieben, antwortete Silas mürrisch.

»Irgendwelche Zeugen?« fragte Grant, der an Silas keine sprachlichen Kabinettstückchen vergeudete.

»Meine Frau natürlich.«

»Sie war hier bei Ihnen?«

»Nein, natürlich nicht. Sie war im Haus.«

»Und Sie waren hier allein?«

»So war es.«

»Danke und guten Morgen«, sagte Grant und verließ die Hütte, wobei er die Türe hinter sich vernehmlich ins Schloß fallen ließ.

Die Morgenluft roch frisch und angenehm. Der saure Geruch nach erbrochener Milch und über dem Herd getrockneten Putzlappen, der im Haus gestanden hatte, war nichts gewesen im Vergleich zu dem Geruch sauer gewordener Menschlichkeit, von dem der Ort erfüllt gewesen war, an dem Silas Weekley arbeitete. Auf dem Weg zurück zum Haus ging ihm durch den Kopf, daß es dieser freudlose und pervertierte Verstand war, von dem die aktuellen Meisterwerke der englischen Literatur stammten. Der Gedanke munterte ihn nicht gerade auf. Er mied das düstere Haus, wo ein hektisches Klappern von Töpfen – eine angemessene Geräuschkulisse, dachte er unwillkürlich – die Beschäftigung der Hausfrau verriet, und ging seitlich daran vorbei zum Gartentor, wohin Freddy ihn begleitete.

»Hallo, Freddy«, sagte er, denn das gelangweilte Balg tat ihm leid.

»Hallo«, antwortete Freddy nicht gerade enthusiastisch.

»Gibt's denn keine aufregenderen Spiele, als Steine gegen die Tür zu werfen?«

»Nein«, antwortete Freddy.

»Könntest du nicht eins finden, wenn du dich nur umsiehst?«

»Nein«, sagte Freddy kalt und endgültig.

Grant blieb einen Augenblick lang stehen und betrachtete ihn.

»Es wird niemals einen Zweifel darüber geben, wer dein Vater ist, Frederick«, sagte er und ging dann den Weg zurück zu der Stelle, wo er seinen Wagen abgestellt hatte.

Es war der Weg, den Searle am Mittwochabend gegangen war und von wo er den anderen auf der Dorfstraße seinen Gutenachtgruß zugerufen hatte. Er war am Cottage der Weekleys vorbei zu einer Stiege gegangen, über die er auf das erste der Felder gelangt war, die zwischen Dorf und Flußschleife lagen.

Zumindest war das die Version, von der man ausging.

Ebensogut hätte er den Weg weitergehen und wieder auf die Dorfstraße stoßen können. Aber es ergab wenig Sinn, so etwas anzunehmen. Im Dorf hatte ihn niemand mehr gesehen. Er war in der Dunkelheit des Feldweges verschwunden.

Als ein wenig übergeschnappt hatte Tullis Silas Weekley bezeichnet. Aber Grant hatte nicht den Eindruck, daß Silas Weekley übergeschnappt war. Ein Sadist vielleicht. Größenwahnsinnig höchstwahrscheinlich. Ein Mann, der krank war vor irregeleiteter Eitelkeit. Aber wirklich verrückt, das war er nicht.

Oder würde ein Psychiater da anderer Meinung sein?

Einer der berühmtesten Psychiater des Landes hatte einmal zu Grant gesagt, jeder, der ein Buch schriebe, verriete sich dabei. Irgend jemand hatte dasselbe auch geistreicher und treffender formuliert, aber im Augenblick fiel ihm nicht mehr ein, wer es gewesen war. Unbewußt verrate man in jeder Zeile etwas, hatte der Psychiater gesagt. Zu welchem Urteil würde der Psychiater wohl kommen, wenn er einen von Silas Weekleys haßerfüllten Ergüssen läse? fragte sich Grant. Daß es das Werk eines Kleingeistes war, nichts als das Gärprodukt von Eitelkeit? Oder daß der Wahnsinn daraus sprach?

Er spielte kurz mit dem Gedanken, in den Swan zu gehen und von dort die Polizeiwache in Wickham anzurufen, aber im Swan würde um diese Zeit Hochbetrieb herrschen, und das Telefonat würde alles andere als vertraulich bleiben. Er beschloß, zurück nach Wickham zu fahren und dort zu Mittag zu essen, so daß er in aller Ruhe Inspector Rodgers aufsuchen und die Botschaften abholen konnte, die dort vielleicht aus dem Präsidium für ihn warten.

In Wickham fand er die höheren Ränge der Polizeiwache dabei, sich auf den Rückzug in ein friedliches Wochenende vorzubereiten, während sich die niederen Ränge auf die Vergnügungen des Samstagabends freuten. Rodgers hatte wenig zu erzählen – er war alles andere als ein gesprächiger Mensch – und nichts zu berichten. Nun, wo die Morgenzeitungen es überall publik gemacht hätten, sei Searles Verschwinden Tagesgespräch in Wickham, erzählte er; aber bisher habe sich niemand gemeldet, der glaubte, ihn gesehen zu haben.

»Nicht einmal ein Irrer, der den Mord gestehen wollte«, fügte er trocken hinzu.

»Na, das ist doch immerhin eine hübsche Abwechslung«, meinte Grant.

»Der kommt schon noch«, mutmaßte Rodgers resigniert, »der kommt schon noch«, und lud Grant zu sich nach Hause zum Essen ein.

Doch Grant aß lieber im White Hart.

Er saß im Speisezimmer des White Hart und verzehrte das einfache, aber reichliche Essen, das dort serviert wurde, als die Radiomusik, die aus der Küche hereindrang, verklang; und gleich darauf war die Stimme des Ansagers zu hören, die in dem herrschenden Geklapper seltsam urban wirkte.

»Vor den Nachrichten hier noch eine Suchmeldung der Polizei. Jeder, der am Mittwochabend auf der Straße zwischen Wickham und Crome, Orfordshire, oder irgendwo in der Nähe einen jungen Anhalter mitgenommen hat, möchte sich bitte bei Scotland Yard melden –«

»Rufnummer Whitehall eins-zwo, eins-zwo«, grölte die Belegschaft der Küche übermütig.

Es folgte ein Schwall aufgeregter Stimmen, denn jeder hatte zu dieser neuesten Nachricht etwas zu sagen.

Grant verzehrte lustlos seinen ausgezeichneten Pudding und ging dann wieder hinaus an die Sonne. Die Straße, die vor samstäglichen Einkäufern übergequollen war, als er zum Essen ging, war nun menschenleer, die Läden waren geschlossen. Als er aus der Stadt herausfuhr, überkam ihn von neuem der Wunsch, angeln zu gehen. Wie hatte er jemals einen Beruf ergreifen können, bei dem er nicht mit einem freien Samstagnachmittag rechnen konnte? Alle Welt hatte Freizeit, legte die Hände in den Schoß und genoß diesen sonnigen Nachmittag, doch er mußte ihn damit vertrödeln, Fragen zu stellen, die doch zu nichts führten.

Er fuhr nach Salcott zurück in einem Zustand geistiger Magenverstimmung, und nicht einmal Dora Siggins konnte allzuviel zu seiner Erheiterung beitragen. Er hatte sie auf der langen, schnurgeraden, von dunklen Hecken gesäumten Landstraße aufgelesen, die gleich außerhalb der Stadt etwa zwei Kilometer parallel zum

Fluß verlief. Aus der Ferne hatte er die Gestalt, die dort entlangstapfte, für einen jungen Mann mit einer Werkzeugtasche gehalten, doch als er näherkam und auf den gehobenen Daumen hin die Geschwindigkeit drosselte, stellte er fest, daß es ein Mädchen in Hosen mit einer Einkaufstasche war. Sie grinste schelmisch und sagte:

»Da haben Sie mir das Leben gerettet, ehrlich! Hab' den Bus verpaßt, weil ich mir noch Schuhe für den Tanz heute abend gekauft hab'.«

»Oh«, sagte Grant und besah sich das Päckchen, das offenbar nicht mehr in die überquellende Tasche gepaßt hatte. »Gläserne?«

»Ich doch nicht«, sagte sie, schlug die Tür hinter sich zu und räkelte sich wohlig auf dem Beifahrersitz. »Bis Mitternacht zu Hause, das ist nichts für mich. Außerdem waren es auch gar keine gläsernen Schuhe, wissen Sie. Sie waren aus Pelz. Französischer Stil oder so. Das haben wir in der Schule gelernt.«

Grant fragte sich insgeheim, ob es noch irgendwelche Illusionen gab, die der heutigen Jugend geblieben waren. Wie eine Welt ohne Märchen wohl aussah? Oder ersetzte die hübsche Illusion, daß es der Mittelpunkt der Welt sei, einem heutigen Kind das, was früher einmal phantasievollere und weniger egoistische Tagträume gewesen waren? Dieser Gedanke hob merklich seine Laune.

Zumindest hatten sie Verstand, die heutigen Kinder. Das Kino sorgte dafür, nahm er an. Es waren immer die auf den billigen Plätzen – die Stammkunden –, die alles begriffen, während diejenigen auf den Balkonplätzen noch im dunkeln tappten. Seine Beifahrerin hatte die Anspielung auf die Schuhe für den Tanz verstanden, ohne auch nur eine Sekunde lang zu überlegen.

Sie war ein munteres Mädel – selbst nach einer Woche Arbeit und obwohl sie an ihrem freien Samstagnachmittag den Bus verpaßt hatte – und erzählte ihm alles über sich, ohne daß er sie dazu ermuntert hätte. Sie hieß Dora Siggins und war in einer Wäscherei beschäftigt, aber sie hatte einen Freund, der in einer Werkstatt in Salcott arbeitete, und sie würden heiraten, wenn der junge Mann mehr verdiente, und damit war, wenn alles so lief, wie sie es sich erhofften, zu Weihnachten zu rechnen.

Lange Zeit später schickte Grant Dora Siggins eine Schachtel Pralinen als anonymes Zeichen der Dankbarkeit dafür, daß sie ihm eine so große Hilfe gewesen war, und hoffte von Herzen, daß sie von dem jungen Mann, der so fest mit einer Lohnerhöhung zu Weihnachten rechnen konnte, nicht mißverstanden würde.

»Sind Sie Vertreter?« fragte sie, als ihre eigene Geschichte erschöpft war.

»Nein«, antwortete Grant. »Ich bin bei der Polizei.«

»Wer's glaubt, wird selig!« war ihr Kommentar, und dann, erschrocken von dem Gedanken, daß er womöglich doch die Wahrheit gesagt hatte, sah sie sich ein wenig aufmerksamer im Wagen um. »Mensch!« sagte sie schließlich. »Ich glaub', Sie meinen das ernst!«

»Was hat Sie überzeugt?« wollte Grant wissen.

»Alles geschniegelt und gestriegelt«, sagte sie. »Nur die Feuerwehr und die Polizei haben Zeit, ihre Wagen so tipptopp zu pflegen wie diesen hier. Ich dachte, Polizisten dürfen keine Anhalter mitnehmen?«

»Das verwechseln Sie mit der Post. Da vorn kommt schon Salcott. Wo wohnen Sie?«

»In dem Cottage mit dem Wildkirschenbaum. Mann, ich kann Ihnen gar nicht sagen, wie froh ich bin, daß ich die sechs Kilometer nicht laufen mußte. Haben Sie sich den Wagen für 'ne Spritztour ausgeborgt?«

»Nein«, antwortete Grant und fragte sie, wie sie darauf komme.

»Oh, weil Sie keine Uniform anhaben und so. Dachte, Sie machen sich vielleicht 'n schönen Nachmittag. Sie müßten so 'n Ding haben, wie die amerikanische Polizei die hat.«

»Was für ein Ding?« fragte Grant und brachte den Wagen gegenüber dem Cottage mit dem Kirschbaum zum Stehen.

»Sirenen, die aufheulen, wenn man fährt.«

»Um Himmels willen«, antwortete Grant.

»Das hab' ich mir immer gewünscht – in einem Auto die Straße langrasen, und die Sirene heult, und überall sieht man, wie die Leute zur Seite springen.«

»Vergessen Sie Ihre Schuhe nicht«, sagte Grant, der ihren Enthusiasmus nicht teilte, und wies auf das Päckchen, das sie auf dem Sitz liegengelassen hatte.

»Oh, meine Güte, nein; danke! Haben Sie tausend Dank für alles. Ich werd' nie wieder was Böses über die Polizei sagen, solange ich lebe.«

Sie lief den Weg zum Häuschen hinauf, drehte sich noch einmal um, um ihm zuzuwinken, und dann war sie verschwunden.

Grant fuhr weiter ins Dorf, wo er seine Befragungen wiederaufnahm.

Kapitel 13

Als Grant um Viertel vor sieben in der Mühle eintraf, kam es ihm so vor, als ob er ganz Salcott St. Mary durch ein feines Sieb geschüttelt habe, und absolut nichts war in dem Sieb zurückgeblieben. Er hatte einen exquisiten Querschnitt englischen Lebens kennengelernt, und um diese Erfahrung war er immerhin reicher. Aber der Lösung des Problems, das ihm anvertraut war, war er keinen Zollbreit nähergekommen.

Marta begrüßte ihn mit ihrer besten gurrenden Altstimme und führte ihn hinein, wo Frieden und Erquickung winkten. Das Wohnzimmer der Mühle lag über dem Wasser, und tagsüber war alles von schwirrendem Licht erfüllt, einem grünen, unterseeischen Licht. Doch an diesem Abend hatte Marta die Vorhänge zugezogen, obwohl die Sonne noch nicht ganz untergegangen war, und das Licht des Flusses ausgeschlossen; sie hatte aus dem Zimmer einen Ort der Wärme und Geborgenheit gemacht, und Grant, erschöpft und ratlos, war ihr dankbar dafür.

»Ich bin so froh, daß nicht Walter derjenige ist, der verschwunden ist«, sagte sie, scheuchte ihn mit einer ihrer Lieblingsgesten in einen Sessel und goß den Sherry ein.

»Froh?« fragte Grant, denn er erinnerte sich, was Marta über Walter gesagt hatte.

»Wenn Walter verschwunden wäre, dann wäre ich die Verdächtige und nicht eine stille Teilhaberin.«

Marta als stille Teilhaberin, dachte Grant, das mußte viel gemeinsam haben mit den berühmten schlafenden Hunden.

»So wie die Dinge jetzt liegen, kann ich mich zu den Gesetzeshütern hocken und zusehen, wie die Mühlen mahlen. Jagt wieder ein Erfolg den anderen, mein Lieber?«

»Ich bin völlig ratlos«, sagte Grant unverblümt, doch Marta ließ sich davon nicht beeindrucken.

»Das kommt dir nur so vor, weil du müde und hungrig bist; und wahrscheinlich leidest du auch an Verdauungsstörungen, nachdem du zwei Tage im White Hart gegessen hast. Hier hast du die Sherrykaraffe; ich gehe nach unten und hole den Wein. Kellerkühler Mosel. Die Küche liegt unter diesem Raum, und der Keller liegt unter der Küche, und der Wein ist kühl wie ein Bergbach. Ach je, ich hatte mir so sehr vorgenommen, heute nicht mehr an Gewässer zu denken. Ich habe die Vorhänge vorgezogen, damit wir den Fluß nicht sehen; ich bin in den Fluß nicht mehr ganz so vernarrt wie früher. Vielleicht fühlen wir uns beide nach einem Gläschen Mosel besser. Wenn ich den Wein aus dem Keller geholt habe, setze ich dir eins meiner ganz speziellen einzigartigen Omeletts vor, und dann machen wir es uns gemütlich. Also, nun entspanne dich ein wenig, damit du wieder Appetit bekommst. Wenn dir der Sherry nicht trocken genug ist, kannst du dir auch Tio Pepe aus dem Regal holen; ich persönlich finde allerdings, das Zeug wird überschätzt.«

Sie ging, und Grant segnete sie in Gedanken dafür, daß sie all jene Fragen nicht gestellt hatte, die ihr mit Sicherheit durch den Kopf gingen. Sie war eine Frau, die nicht nur gutes Essen und gute Getränke zu schätzen wußte, sondern die auch über jene angeborene Vernunft verfügte, die man schon fast Gutherzigkeit nennen konnte. Er hatte sie niemals vorteilhafter gesehen als hier in ihrem Landhaus, das so ganz anders war, als er erwartet hatte.

Er lehnte sich im Licht der Lampe zurück, die Füße den flakkernden Scheiten im Kamin entgegengestreckt, und entspannte sich. Es war warm und außerordentlich ruhig. Kein Murmeln des Wassers war zu hören; der Rushmere war ein schweigsamer Fluß. Überhaupt war nichts zu hören außer dem leisen Knistern des Feuers. Auf dem Sofa ihm gegenüber lag eine Zeitung, und dahinter stand ein Bücherschrank, aber er war zu müde, sich die Zeitung oder ein Buch zu holen. Neben ihm befand sich ein Regal mit Nachschlagewerken. Er ließ die Augen über die Titel wandern, bis er zum Londoner Telefonbuch kam. Der Anblick dieser vertrauten Bände lenkte seine Gedanken in eine neue Richtung. Als er am Abend mit dem Yard telefoniert hatte, hatte man ihm gesagt, daß Searles Cousine sich bisher nicht die Mühe gemacht habe, sich mit ihnen in Verbindung zu setzen. Das war natürlich nicht weiter überraschend. Die Sache war erst am Morgen bekanntgeworden, und die malende Base konnte praktisch überall wohnen, von den Scilly-Inseln bis hin zu einem Bauernhof in Cumberland. Sie las womöglich überhaupt keine Zeitung; und es konnte sein, daß es ihr vollkommen gleichgültig war, was mit ihrem Vetter geschah. Searle hatte schließlich keinen Zweifel daran gelassen, daß sie sich nicht ausstehen konnten.

Grant suchte noch immer jemanden, der mehr über Searle wußte; oder wenigstens ein bißchen mehr. Nun, wo er entspannt war und zum ersten Mal seit zwei Tagen ein wenig Muße hatte, streckte er die Hand nach dem Band aus, der das S enthielt, und suchte unter Searle. Er hegte die Hoffnung, daß sie in London lebte und daß Searles und ihr Vater Brüder waren. Er sah, daß es eine Miss Searle gab, die in Holly Pavement lebte. Holly Pavement lag in Hampstead und war eine bekannte Künstlerkolonie. Spontan griff er nach dem Hörer und verlangte London.

»Eine Stunde Wartezeit. Wir rufen zurück«, verkündete eine triumphierende Stimme am anderen Ende.

»Eilgespräch«, sagte Grant. Und nannte seinen Polizeirang.

»Oh«, sagte die Stimme und klang enttäuscht, aber willig. »Oh, gut, ich werde sehen, was ich tun kann.«

»Im Gegenteil«, antwortete Grant, »ich werde sehen, was Sie tun können«, und hängte ein.

Er stellte das Telefonbuch zurück und zog ein *Who's Who* des Theaters hervor, um sich die Wartezeit zu vertreiben. Bei manchen der Einträge, die er las, fühlte er sich uralt. Schauspieler und Schauspielerinnen, von denen er noch niemals gehört hatte, hatten bereits lange Listen von Bühnenerfolgen vorzuweisen. Diejenigen, die er kannte, füllten ganze Seiten, und die Einträge reichten bis in jetzt schon mythische Vorzeiten zurück. Er begann Leute nachzuschlagen, die er kannte, so wie man es beim Index einer Autobiographie tut. ›Toby Tullis, Sohn von Sydney Tullis und seiner Ehefrau Martha, geb. Speke.‹ Es war ein merkwürdiger Gedanke, daß eine staatsbekannte Institution wie Toby Tullis durch so etwas wie Zeugung entstanden und nach der gewöhnlichen Methode auf die Welt gekommen war. Er sah, daß über Tobys frühe Tage als Schauspieler dezent der Mantel des Vergessens gebreitet wurde. ›Zeitweise Schauspieler.‹ Seine ehemaligen Kollegen würden, wie Grant wußte, bestreiten, daß er jemals auch nur etwas Ähnliches wie ein Schauspieler gewesen sei. Andererseits, und hier fiel Grant die Begegnung am Vormittag wieder ein, war sein ganzes Leben im Grunde Theater. Er hatte eine Rolle für sich geschrieben und sie seither immer gespielt.

Überraschend fand er auch, daß Marguerite Merriam – ›Tochter von Geoffrey Merriam und seiner Ehefrau Brenda, geb. Mattson‹ – um einiges älter gewesen war, als ihre jungmädchenhafte Zerbrechlichkeit ihn hatte glauben lassen. Wenn sie am Leben geblieben wäre, wäre diese Jugendlichkeit vielleicht irgendwann unglaubwürdig geworden, und ihr Talent, die Herzen des Publikums zu brechen, hätte nachgelassen. Das war es zweifellos, was Marta gemeint hatte, als sie sagte, daß ihre Nachrufe auf der letzten Seite gestanden hätten, wenn sie noch zehn Jahre gelebt hätte.

Marta – ›Tochter von Gervase Wing-Strutt, Mitglied der Royal Society und des Royal College für Chirurgen, und seiner Ehefrau Anne, geb. Hallard‹ – hatte natürlich die klassische Karriere hinter sich. Sie hatte die besten Schulen besucht und war dann wie so viele ihrer wohlerzogenen Vorgängerinnen durch die Hintertür einer Sprecherausbildung auf die Bühne gekommen. Wenn in der nächsten oder spätestens der übernächsten Ausgabe Martas Namen die Buchstaben des Adelstitels hinzugefügt wurden, dann würde das, so hoffte Grant, Gervase Wing-Strutt und seiner Ehefrau Anne ein Trost dafür sein, daß ihre Tochter sie ein Vierteljahrhundert zuvor an der Nase herumgeführt hatte.

Er hatte noch nicht einmal die Sahne dessen abgeschleckt, was dieser bezaubernde Band an Unterhaltung noch bereithalten mochte, als das Telefon klingelte.

»Ihre Leitung nach London«, sagte die Stimme. »Wenn Sie bitte sprechen wollen.«

»Hallo«, sagte Grant. »Könnte ich bitte Miss Searle sprechen?«

»Am Apparat«, entgegnete eine angenehme, vielleicht ein wenig energische Stimme.

»Miss Searle, es tut mir wirklich leid, Sie zu stören, aber Sie haben nicht zufällig einen Cousin namens Leslie Searle?«

»Den habe ich, und wenn er Geld von Ihnen geborgt hat, und Sie glauben, ich zahle das zurück, dann vergeuden Sie Ihre Zeit.«

»Oh nein. Es ist nichts dergleichen. Ihr Cousin ist verschwunden, während er bei Freunden auf dem Lande zu Besuch war, und wir hatten gehofft, daß Sie uns vielleicht helfen könnten, ihn aufzufinden. Mein Name ist Grant. Detective-Inspector Grant von Scotland Yard.«

»Oh«, sagte die Stimme nachdenklich, doch offenbar nicht allzu erschrocken. »Tja, ich weiß nicht, inwiefern ich dabei von Nutzen sein kann. Leslie und ich hatten niemals viel miteinander zu tun. Seine Nase paßte mir nicht, und meine paßt ihm gewiß ebensowenig.«

»Es würde uns schon helfen, wenn ich zu Ihnen kommen und mich mit Ihnen unterhalten könnte. Wären Sie vielleicht morgen nachmittag zu Hause, wenn ich käme?«

»Tja, morgen nachmittag wollte ich eigentlich in ein Konzert in der Albert Hall gehen.«

»Oh. Dann könnte ich es vielleicht kurz vor Mittag einrichten, wenn Ihnen das besser paßt.«

»Sie sind sehr zuvorkommend für einen Polizisten«, bemerkte sie.

»Die Ganoven sehen das anders«, antwortete er.

»Ich dachte, den Ganoven zuvorzukommen, sei Sinn und Zweck von Scotland Yard. Nun gut, Inspector. Ich lasse das Konzert ausfallen. Es war sowieso kein besonders gutes Konzert.«

»Sie wären also zu Hause, wenn ich vorbeikäme?«

»Ja, ich werde da sein.«

»Das ist sehr freundlich von Ihnen.«

»Dieser hochgejubelte Fotograf hat doch nicht das Familiensilber mitgehen lassen, als er verschwand, oder?«

»Nein. Oh nein. Er ist einfach nur verschwunden.«

Sie schnaufte ein wenig. Eins stand fest: Was immer Miss Searle ihm über ihren Cousin zu erzählen hätte, sie würde kein Blatt vor den Mund nehmen und keine falsche Scheu an den Tag legen.

Als Grant einhängte, kehrte Marta zurück, und ihr voran schritt ein kleiner Junge, der Holz für das Feuer trug. Der Junge legte die Scheite ordentlich in den Kamin, und dann betrachtete er Grant ehrfürchtig und respektvoll.

»Tommy möchte dich etwas fragen«, sagte Marta. »Er weiß, daß du Detektiv bist.«

»Was willst du denn wissen, Tommy?«

»Würden Sie mir Ihren Revolver zeigen, Sir?«

»Das würde ich, wenn ich ihn dabeihätte. Aber ich fürchte, er liegt in einer Schublade in Scotland Yard.«

Das war ein schwerer Schlag für Tommy. »Ich dachte, den hätten Sie immer dabei. Bei den amerikanischen Polizisten ist das so. Aber Sie können doch schießen, oder?«

»Oh ja«, antwortete Grant und beschwichtigte die aufkeimenden schrecklichen Befürchtungen. »Weißt du was, wenn du das nächste Mal in London bist, dann kommst du nach Scotland Yard, und ich zeige dir den Revolver.«

»Ich kann zum Yard kommen? Oh, danke. Haben Sie vielen Dank, Sir. Das wäre einfach toll.«

Er verabschiedete sich mit einem höflichen Gutenacht und strahlte dabei über beide Backen.

»Und da glauben Eltern, sie können Jungs von ihrer Vorliebe für Waffen abbringen, indem sie ihnen keine Spielzeugsoldaten geben«, sagte Marta, während sie das Omelett auf den Tisch stellte. »Komm, und iß.«

»Ich muß dir noch ein Ferngespräch nach London bezahlen.«

»Ich dachte, du wolltest dich entspannen.«

»Das wollte ich auch, aber dann kam mir eine Idee, und sie hat mich den ersten Schritt vorangebracht, seit ich diesen Fall übernommen habe.«

»Gut!« sagte sie. »Dann kannst du ja jetzt zufrieden sein und deine Magensäfte ihre Arbeit tun lassen.«

Ein kleiner, runder Tisch war nahe dem Feuer gedeckt, mit Kerzen darauf, die dekorativ aussahen und eine schöne Stimmung erzeugten. Sie aßen zufrieden und schweigend. Mrs. Thrupp brachte das Hühnchen und wurde vorgestellt; sie dankte Grant tausendfach, daß er Tommy eingeladen hatte. Danach wurde ihre Ruhe nicht mehr gestört. Beim Kaffee kam das Gespräch auf Silas Weekley und die seltsamen Verhältnisse, die in seinem Hause herrschten.

»Silas ist stolz darauf, daß er lebt wie die ›Arbeiterklasse‹, was immer das bedeuten mag. Keins seiner Kinder soll es leichter im Leben haben, als er es hatte. Er langweilt jeden mit seinen Geschichten von der Grundschule, die er besucht hat. Man könnte meinen, er sei der erste Volksschüler gewesen, der es nach Oxford geschafft hat, seit sie den Laden dort aufgemacht haben. Er ist das klassische Beispiel für Snobismus mit umgekehrtem Vorzeichen.«

»Aber wo bleibt denn das viele Geld, das er verdient?«

»Weiß der Himmel. Vielleicht versteckt er es unter dem Fußboden der kleinen Hütte, in der er arbeitet. Er läßt niemals jemanden hinein.«

»Ich habe ihm heute morgen in dieser Hütte meine Fragen gestellt.«

»Alan! Das ist ja großartig! Was hast du da drinnen entdeckt?«

»Einen berühmten Schriftsteller, der sehr wenig zustandebrachte.«

»Ich nehme an, daß er Blut schwitzt bei seiner Arbeit. Weißt du, er hat keine Phantasie. Ich meine, er kann sich überhaupt nicht vorstellen, was für Gedanken einem anderen Menschen durch den Kopf gehen. Deshalb sind die Situationen, die er beschreibt, und die Reaktionen seiner Gestalten darauf allesamt Klischees. Er verkauft sich, weil er so ›erdig‹ ist, wegen seiner ›elementaren Wucht‹, Gott steh uns bei. Laß uns die Tafel aufheben, dann können wir uns näher ans Feuer setzen.«

Sie öffnete eine Schranktür und rief dann, wobei sie hervorragend jene Jungen nachahmte, die früher auf den Bahnsteigen Sachen aus dem Bauchladen verkauft hatten: »Drambuie, Benedictine, Strega, Grand Marnier, Bols, Chartreuse, Slivovitz, Armagnac, Cognac, Rakia, Kümmel, diverse französische Sirups von unaussprechlicher Süße und Mrs. Thrupps Ingwer-Aufgesetzter!«

»Du hast doch nicht etwa vor, einem Kriminalbeamten Dienstgeheimnisse zu entlocken?«

»Nein, mein Lieber; ich will deinem Gaumen Reverenz erweisen. Du bist einer der wenigen Männer, die ich kenne, die über so etwas verfügen.«

Sie stellte den Chartreuse und die Likörgläser auf ein Tablett und arrangierte dann ihre langen Beine bequem auf der Couch.

»Und nun erzähle«, sagte sie.

»Aber ich habe nichts zu erzählen«, protestierte er.

»Nein, das meine ich nicht. Sprich einfach mit mir. Tu so, als ob ich deine Frau sei – was Gott verhüten möge –, und nimm mich einfach als jemanden, der dir zuhört. Du glaubst doch zum Beispiel nicht wirklich, daß dieser Holzklotz Walter Whitmore jemals genug Mumm in den Knochen haben könnte, dem jungen Searle eins auf den Kopf zu geben, oder?«

»Nein, das glaube ich nicht. Sergeant Williams sagt, Walter wäre einer, der geschubst wird, und ich glaube, da stimme ich ihm zu.«

»Was wäre er?«

Grant erklärte es ihr, und Marta sagte: »Und wie recht dein Sergeant Williams hat! Es ist schon lange an der Zeit, daß Walter vom Sockel geholt wird.«

»Er wird sich selbst herunterstürzen, wenn diese Sache nicht aufgeklärt wird.«

»Ja, er hat wohl tatsächlich einiges durchzumachen, der arme Trottel. Der Klatsch in einem kleinen Dorf wie diesem hier ist mörderisch. Hat sich eigentlich irgend jemand auf deine Suchmeldung hin gemeldet? Ich habe sie gehört, vor den Ein-Uhr-Nachrichten.«

»Noch niemand, als ich um Viertel vor sieben zuletzt im Yard nachgefragt habe. Ich habe ihnen für die nächsten zwei Stunden deine Nummer gegeben. Ich hoffe, das macht dir nichts aus.«

»Warum glaubst du, daß jemand ihn mitgenommen hat?«

»Weil er, wenn er nicht im Fluß liegt, von dort fortgegangen sein muß.«

»Aus freien Stücken? Aber das wäre doch ein sehr merkwürdiges Verhalten.«

»Er könnte an Gedächtnisschwund leiden. Insgesamt gibt es fünf Möglichkeiten.«

»Fünf!«

»Am Mittwochabend ging Searle den Feldweg hinunter, nüchtern und bei guter Gesundheit; und seitdem ist er nirgendwo mehr gesehen worden. Wir haben folgende Möglichkeiten: Erstens, daß er bei einem Unfall in den Fluß gefallen und ertrunken ist; zweitens, daß er ermordet und in den Fluß geworfen wurde; drittens, daß er von sich aus fortging, aus Gründen, die nur er kennt; viertens, daß er fortging, weil er nicht mehr wußte, wer er war und wohin er unterwegs war; fünftens, daß er entführt wurde.«

»Entführt!«

»Wir wissen absolut nichts über sein Leben in Amerika; da muß man mit allem rechnen. Womöglich ist er nur hierher gekommen, um sich für eine Weile aus den Staaten abzusetzen. Darüber werden wir erst etwas wissen, wenn der Bericht von der Westküste kommt – wenn überhaupt! Sag, was hattest du für einen Eindruck von Searle?«

»In welcher Hinsicht?«

»Nun, war er zum Beispiel einer, der jemandem einen Streich spielen würde?«

»Ganz und gar nicht.«

»Stimmt. Auch Liz Garrowby hielt das für ausgeschlossen. Sie meinte, einen solchen Streich würde er niemals witzig finden. Was meinst du, einen wie starken Eindruck hat Liz Garrowby auf ihn gemacht? Du warst doch zum Abendessen dort.«

»Genug, daß Walter krank vor Eifersucht war.«

»Tatsächlich?«

»Sie haben geturtelt, Leslie und Liz. Sie paßten irgendwie gut zusammen. Sie waren ein Paar, was Walter und Liz niemals sein werden. Ich glaube nicht, daß Walter irgend etwas über Liz weiß; und Leslie Searle, hatte ich den Eindruck, wußte eine ganze Menge.«

»Mochtest du ihn, als du ihn dort kennenlerntest? Du hast dich ja nach dem Abendessen von ihm nach Hause begleiten lassen.«

»Ja. Ich mochte ihn, bis zu einem gewissen Punkt.«

»Bis zu welchem Punkt?«

»Das ist schwer zu beschreiben. Ich konnte kaum die Augen von ihm abwenden, und trotzdem kam er mir irgendwie – unecht vor. Das klingt blöd, was?«

»Du meinst, er hat euch etwas vorgemacht?«

»Nicht im herkömmlichen Sinne. Es kann kein Zweifel bestehen, daß er derjenige war, für den er sich ausgab. Unsere Miss Easton-Dixon kann das bezeugen, wie du wahrscheinlich weißt.«

»Ja, ich habe mich heute nachmittag mit Miss Easton-Dixon über ihn unterhalten. Das Foto, das sie von ihm hat, kann uns vielleicht noch sehr nützlich sein. Worüber habt ihr gesprochen, du und Searle, als du ihn mit nach Hause nahmst?«

»Ach, dies und das. Leute, die er fotografiert hatte. Leute, die wir beide kannten. Leute, die er gerne kennenlernen wollte. Viel Zeit verbrachten wir damit, gemeinsam für Danny Minsky zu schwärmen, und noch einmal soviel Zeit mit einem erbitterten Streit über Marguerite Merriam. Wie jeder hielt er Marguerite für die Größte überhaupt und wollte nicht zulassen, daß auch nur ein einziges böses Wort über sie gesagt wurde. Ich habe mich so über ihn geärgert, daß ich ein paar intime Details aus Marguerites Leben ausgeplaudert habe. Habe mich hinterher geschämt deswegen. Es ist gemein, Kindern ihr Spielzeug zu zerbrechen.«

»Es war gut für ihn, nehme ich an. Er war zu alt, als daß man die Tatsachen des Lebens noch länger vor ihm hätte verheimlichen können.«

»Ich höre, du hast heute Alibis gesammelt?«

»Wo hörst du so etwas?«

»Da, wo ich alles höre. Von Mrs. Thrupp. Wer sind denn die Ärmsten, die keines hatten?«

»Praktisch das ganze Dorf, Miss Easton-Dixon eingeschlossen.«

»Unsere Dixie kommt nicht in Frage. Wer sonst?«

»Miss Lavinia Fitch.«

»Die gute Lavinia!« rief Marta und mußte laut lachen bei dem Gedanken an Miss Fitch als Mörderin.

»Liz Garrowby?«

»Der armen Liz muß das alles ganz schön zusetzen. Ich glaube, sie war ein wenig verliebt in den Jungen.«

»Mrs. Garrowby?«

Marta überlegte einen Moment lang. »Weißt du, dieser Frau würde ich es durchaus zutrauen. Sie würde es tun und hinterher aussehen, als könne sie kein Wässerlein trüben, denn sie würde sich einreden, daß es richtig war, es zu tun. Sie würde hinterher sogar in die Kirche gehen und Gott auffordern, sie zu segnen.«

»Toby Tullis?«

»N-nein, das glaube ich kaum. Toby würde sich etwas anderes einfallen lassen, es ihm heimzuzahlen. Etwas, das weniger riskant für Toby wäre und trotzdem ebenso erfolgreich. Toby hat eine Begabung dafür, sich kleine Racheakte auszudenken. Ich glaube, er hätte es nicht nötig, irgend jemanden zu ermorden.«

»Silas Weekley?«

»Das frage ich mich. Das frage ich mich wirklich. Ja, ich glaube, Silas wäre in der Lage, einen Mord zu begehen. Besonders, wenn er mit dem Buch, an dem er gerade säße, nicht vorankäme. Weißt du, die Bücher sind Silas' Ventil für seinen Haß. Wenn das verstopft wäre, könnte er wohl jemanden umbringen. Jemanden, der in seinen Augen reich und vom Schicksal begünstigt ist, jemanden, der unverdientes Glück hat.«

»Meinst du, Weekley ist verrückt?«

»Oh ja. Vielleicht nicht so, daß man ihn ins Irrenhaus stecken würde, aber geistig verwirrt auf jeden Fall. Ist eigentlich etwas Wahres dran an dem Gerücht, daß Walter und der junge Searle sich gestritten haben?«

»Whitmore bestreitet, daß es ein Streit war. Er sagt, es sei ›nur eine Reiberei‹ gewesen.«

»Es gab also tatsächlich Spannungen zwischen den beiden.«

»Ich glaube, nicht einmal das ließe sich nachweisen. Eine spontane Verärgerung ist etwas anderes als ein gespanntes Verhältnis. Zwei Leute können sich an einem Abend im Gasthaus fürchterlich in die Haare geraten, und trotzdem herrscht vielleicht keine grundsätzliche Feindseligkeit zwischen den beiden.«

»Ach, was redest du denn da für einen Unsinn! Natürlich gab es Feindseligkeiten, und wir wissen auch warum. Es ging um Liz.«

»Da ich ja nicht mit dem sechsten Sinn begabt bin, könnte ich das nicht sagen«, meinte Grant und amüsierte sich über ihre voreilige Schlußfolgerung. »Whitmore sagt, Searle habe ihn ›provoziert‹. Womit würde er ihn deiner Meinung nach provozieren?«

»Er hat wahrscheinlich zu Walter gesagt, wie wenig er, Walter, Liz zu schätzen wissen, und daß er, Searle, ihm Liz wegnehmen würde, wenn Walter sich nicht bessere. Und wenn Walter glaube, daß er das nicht fertigbringe, dann werde er Dienstag in einer Woche zu Liz gehen, und sie werde ihre Sachen packen und mit ihm fortgehen, darauf setze er fünf Pfund. Walter hat darauf sehr steif und pikiert geantwortet, daß man in diesem Lande nicht darauf zu wetten pflege, wem Frauen ihre Gunst erwiesen, jedenfalls keine Gentlemen, und fünf Pfund auf Liz zu setzen, sei schlichtweg eine Beleidigung. Du mußt wissen, Walter hat keinerlei Gespür für das Lächerliche; das macht seine Radiosendungen erst möglich, mit denen er sich bei alten Damen einschmeichelt, die das Landleben meiden wie die Pest und nicht einmal einen Zaunkönig erkennen würden, wenn sie ihn sähen. Leslie antwortete wahrscheinlich darauf, wenn ihm ein Fünfer zu wenig sei, dann sei er bereit, auf zehn zu erhöhen, denn wenn Liz seit fast zwölf Monaten mit einem Spießer wie Walter verlobt sei, dann würde es Zeit, daß sie etwas anderes erlebe, und die zehn Pfund nehme er dafür als Grundstock, und daraufhin stand Walter auf und ging hinaus und schlug die Tür hinter sich zu.«

»Woher weißt du von der zugeschlagenen Tür?«

»Aber mein Lieber, alle Welt in Orfordshire weiß doch inzwischen von der zugeschlagenen Tür. Deshalb *ist* Walter ja der Verdächtige Nummer eins. Waren das alle deine Leute ohne Alibi?«

»Nein, da wäre noch Serge Ratoff.«

»Oh. Womit war Serge Ratoff beschäftigt?«

»Er tanzte in den nächtlichen Flußauen.«

»Das klingt doch immerhin glaubwürdig.«
»Wieso, hast du ihn dabei gesehen?«
»Nein. Aber es ist genau die Art von Dingen, die Serge tut. Weißt du, er träumt noch immer von seinem großen Comeback. Bevor es zu dieser Szene mit Leslie Searle kam, plante er ein Comeback, um Toby günstig zu stimmen; nun plant er es, um es ihm zu zeigen.«
»Woher hast du nur all diese intimen Kenntnisse?«
»Ich habe während meiner 25 Jahre im Theater mehr getan, als nur Anweisungen von Regisseuren zu befolgen«, entgegnete sie.
Er blickte hinüber zu ihr, wie sie hübsch und elegant im Licht des Kaminfeuers dasaß, und dachte an all die verschiedenen Rollen, in denen er sie gesehen hatte; Kurtisanen und frustrierte alte Weiber, Karrierefrauen und häusliche Fußabtreter. Es stimmte tatsächlich, daß Schauspieler die Antriebe menschlichen Handelns instinktiv erfaßten, etwas, das gewöhnlichen Menschen abging. Es hatte nichts mit Intelligenz und nur wenig mit Erziehung zu tun. Was Allgemeinbildung anbelangte, hatte Marta weniger Ahnung als ein nicht allzu helles elfjähriges Mädchen; sobald das Gespräch auf etwas kam, was sie persönlich im Augenblick nicht interessierte, begannen ihre Gedanken zu wandern, und die Folge war eine beinahe kindliche Unwissenheit. Er hatte dieses Phänomen schon bei Krankenschwestern und bisweilen bei überarbeiteten Ärzten beobachtet. Aber man brauchte ihr nur ein Skript in die Hand zu drücken, und sie holte aus einem geheimen und angeborenen Vorrat an Wissen alles hervor, was sie brauchte, um dem Geschöpf des Autors Leben zu verleihen.
»Laß uns einmal davon ausgehen, daß es sich tatsächlich um Mord handelt«, sagte er. »Wenn du ausschließlich nach dem äußeren Anschein und, wenn ich so sagen darf, nach den Erfolgen in früheren Rennen urteilen solltest, auf wen würdest du dein Geld setzen?«
Sie dachte eine Zeitlang nach und spielte dabei im Feuerschein mit ihrem leeren Likörglas.
»Emma Garrowby, glaube ich«, sagte sie schließlich. »Könnte Emma Garrowby es gewesen sein? Von den Indizien her, meine ich.«
»Ja. Sie verabschiedete sich am Mittwochabend von Miss Easton-Dixon da, wo ihre Wege sich trennten, und danach war sie allein. Niemand weiß, wann sie wieder auf Trimmings eintraf. Die

anderen waren zu Bett gegangen oder, genauer gesagt, auf ihre Zimmer. Mrs. Garrowby ist ohnehin diejenige, die die Vordertür des Hauses verschließt.«

»Na also. Zeit genug. Es ist ja nicht allzuweit von Trimmings bis zur Flußschleife. Ich wüßte gerne, wie Emmas Schuhe am Donnerstagmorgen aussahen. Oder hat sie sie selbst geputzt?«

»Glaube mir, wenn an diesen Schuhen auch nur ein auffälliges Klümpchen Schlamm gewesen wäre, dann hätte sie ihn selbst entfernt. Mrs. Garrowby scheint mir eine sehr systematische Person zu sein. Warum hast du dir gerade Emma Garrowby ausgesucht?«

»Nun, ich gehe davon aus, daß jemand, der einen Mord begeht, von einer fixen Idee besessen ist. Oder eine fixe Idee entwickelt hat. Solange man sich für verschiedene Dinge interessiert, kann einem kein einzelnes soviel bedeuten, daß man einen Mord dafür begeht. Erst wenn man sämtliche Eier in einem Korb hat oder nur noch ein Ei übrig ist, verliert man jeden Sinn für Proportionen. Drücke ich mich verständlich aus, Inspector Grant?«

»Perfekt.«

»Gut. Nimm noch etwas Chartreuse. Nun, Emma scheint mir unter allen denkbaren Verdächtigen die besessenste zu sein. Niemand könnte behaupten, Serge sei besessen, außer von dem, was ihn in einem bestimmten Moment gerade beschäftigt. Serge hat alle paar Tage einen heftigen Streit und hat trotzdem noch niemals Anzeichen gezeigt, daß er jemanden umbringen wollte. Das Äußerste, was er tut, ist, mit dem zu werfen, was er zufällig gerade zur Hand hat.«

»Bloß weil er keine Peitsche hat«, fügte Grant hinzu; und dann erzählte er ihr von seinem Gespräch mit Serge. »Und Weekley?«

»Nach der Form zu urteilen, um mit deiner exzellenten Metapher zu sprechen, läge Silas bei mir nur ein oder zwei Pfund hinter Emma; aber doch eindeutig dahinter. Silas hat Erfolg, er hat seine Familie, er hat die Bücher, die er noch schreiben wird – auch wenn es immer wieder dieselben in neuem Gewand sein werden. Silas' Interessen sind nicht so eingleisig wie bei Emma. Sofern er nicht gerade durchdreht, irgendeinen unkontrollierbaren Haß entwickelt, würde Silas nicht den Drang verspüren, sich Leslie vom Halse zu schaffen. Ebensowenig wie Toby. Tobys

Leben schäumt geradezu über vor Abwechslung. Toby käme niemals auf die Idee, jemanden umzubringen. Wie gesagt, ihm stehen viel zu viele andere Möglichkeiten zur Verfügung zurückzuschlagen. Aber Emma, Emma hat nichts außer Liz.«

Sie dachte einen Augenblick lang nach, und Grant hütete sich, das Schweigen zu brechen.

»Du hättest Emma sehen sollen, als Walter und Liz ihre Verlobung verkündeten«, sagte sie schließlich. »Sie – sie strahlte, sie war der reinste Weihnachtsbaum. Das war es, was sie sich immer gewünscht hatte, und entgegen aller Wahrscheinlichkeit war es Wirklichkeit geworden. Walter, der mit allen klugen und schönen Frauen unserer Zeit zusammenkam, hatte sich in Liz verliebt, und sie wollten heiraten. Eines Tages würde Walter Trimmings und Lavinias Vermögen erben, und selbst wenn er irgendwann aus der Mode käme, hätten sie so viel an irdischen Gütern, wie jemand sich überhaupt nur wünschen oder gebrauchen konnte. Ein Märchen wurde Wirklichkeit. Sie schwebte vor Glück ein Stückchen über dem Boden. Und dann kam Leslie Searle.«

Die Schauspielerin in Marta ließ das Schweigen zurückkehren. Und da sie auch eine Künstlerin war, brach sie es nicht.

Die Holzscheite sackten zusammen und sprühten Funken; von neuem schlugen die Flammen hoch, und Grant saß unbewegt da, in seinen Sessel gesunken, und dachte an Emma Garrowby.

Und an die zwei Dinge, die Marta nicht wußte.

Es war seltsam, daß die Verdächtige, auf die Marta tippte, aus dem gleichen Umfeld stammte wie die zwei ungeklärten Fragen in diesem Fall: die des Handschuhs in Searles Schublade und die des fehlenden Gegenstandes aus seinen Fotoutensilien.

Emma. Emma Garrowby. Die Frau, die eine jüngere Schwester großgezogen hatte und sich, als diese Schwester unter ihren Fittichen hervorgekrochen war, einen Witwer mit einem kleinen Kind gesucht hatte. Sie vertrat ihre Interessen natürlich ebenso wie Toby Tullis, der seine Finger überall im Spiel hatte, oder? Sie hatte gestrahlt – ›der reinste Weihnachtsbaum‹ –, als die beiden sich verlobten. Seit jenem Zeitpunkt – es war fünf Monate her, wie er zufällig wußte, keine zwölf – mußte diese Freude sich zu etwas entwickelt haben, das weitaus gewaltiger war; die Freude mußte ein Teil ihrer selbst geworden sein; ein Gefühl, etwas erreicht zu haben, ein Gefühl der Sicherheit. Die Verlobung hatte die wenigen Erschütterungen, die sie in diesen fünf Monaten erfahren hatte, überstanden, und Emma mußte sich daran gewöhnt haben, sie als gewiß und unveränderlich zu empfinden.

Und dann kam, wie Marta sagte, Leslie Searle. Searle mit seinem Charme und seiner lockeren Art. Searle, der immer den Eindruck machte, als ob er nicht wirklich von dieser Welt sei. Es konnte niemanden geben, der diesen Goldregen unserer Tage mit größerem Mißtrauen betrachtete als Emma Garrowby.

»Was würde in eine Lücke von 25 mal 8 mal 10 Zentimeter passen?« fragte er.

»Eine Haarbürste«, antwortete Marta.

Die Psychologen pflegten, wie Grant sich erinnerte, ein Spiel zu spielen, bei dem das Opfer auf einen bestimmten Begriff mit dem ersten Wort antworten mußte, das ihm dazu einfiel. Das mußte, wenn er sich es so überlegte, gut funktionieren. Dieselbe Frage hatte er auch Bill Maddox gestellt, und Maddox hatte ebenso selbstverständlich, wie Marta ›Eine Haarbürste‹ gesagt hatte, geantwortet: ›Ein Schraubenschlüssel‹. Williams hatte, wie er sich erinnerte, an ein Stück Seife gedacht.

»Sonst noch etwas?«

»Ein Dominospiel. Eine Schachtel Briefumschläge. Nein, dafür ist sie ein wenig zu klein. Mehrere Päckchen Spielkarten? Genug Karten, um es auf einer einsamen Insel auszuhalten! Tafelbesteck. Großmutters Löffel. Hat jemand das Familiensilber mitgehen lassen?«

»Nein. Es ist nur etwas, worüber ich mir Gedanken mache.«

»Wenn es das Silber von Trimmings ist, dann laß es ruhig verschwunden bleiben, mein Lieber. Es würde auf einer Auktion nicht einmal 30 Shilling einbringen.« Mit einer unbewußten Geste der Zufriedenheit wanderte ihr Blick zur klassischen Schlichtheit ihres eigenen Eßbesteckes auf der Tafel hinter ihr. »Sag, Alan, es wäre wohl indiskret oder gegen die Berufsehre, nicht wahr, wenn du mir sagtest, wer dein eigener Favorit für die Rolle ist?«

»Die Rolle?«

»Des Mörders.«

»Es wäre sowohl gegen die Berufsehre als auch indiskret. Aber ich glaube, ich kann keinen großen Schaden damit anrichten, wenn ich dir sage, daß es meiner Meinung nach keinen gibt.«

»Was! Du glaubst tatsächlich, Leslie Searle ist noch am Leben? Wie kommst du darauf?«

Ja, fragte er sich selbst, wie kam er darauf? Was gab es an diesem Fall, was ihm das Gefühl vermittelte, jemand spiele ihm etwas vor? Das Gefühl, jemand habe ihn in die Ränge gedrängt, so daß der Orchestergraben ihn von der Realität trennte. Der Assistant Commissioner hatte in einem ungewöhnlich gesprächigen Augenblick einmal zu ihm gesagt, daß er über die unbezahlbarste Eigenschaft verfüge, die man überhaupt in seinem Beruf haben könne: Phantasie. ›Aber sehen Sie sich vor, daß sie nicht mit Ihnen durchgeht, Grant‹, hatte er hinzugefügt. ›Behalten Sie immer die Indizien im Auge.‹ War dies ein Fall, in dem die Phantasie mit ihm durchging? Die Chancen standen 99 zu 1, daß Searle in den Fluß gefallen war. Alle Indizien wiesen darauf hin. Wenn die Sache nicht durch den Streit mit Whitmore kompliziert worden wäre, wäre er, Grant, niemals hinzugezogen worden; es wäre ein einfacher Fall von ›vermißt, vermutlich ertrunken‹ gewesen.

Und doch. Und doch. Gerade sah man ihn noch, nun ist er fort. Der alte Taschenspielertrick. Es ließ ihn nicht los.

Ganz in Gedanken versunken, sagte er es laut.

Marta sah ihn überrascht an. »Ein Taschenspielertrick? Wer sollte das machen? Weswegen?«

»Ich weiß es nicht. Ich werde nur einfach das Gefühl nicht los, daß man mich an der Nase herumführt!«

»Du meinst, Leslie hat sich einfach irgendwie davongemacht?«

»Oder jemand hat es so arrangiert, daß es danach aussehen soll. Irgend etwas in dieser Art. Mir ist, als ob ich zusehe, wie etwas in zwei Teile gesägt wird.«

»Du arbeitest zuviel«, sagte Marta. »Wohin sollte denn Leslie deiner Meinung nach verschwunden sein? Es sei denn, er wäre einfach ins Dorf zurückgegangen und hielte sich irgendwo versteckt.«

Grant machte große Augen und warf ihr einen bewundernden Blick zu. »Merkwürdig«, meinte er amüsiert, »aber auf diese Idee bin ich überhaupt noch nicht gekommen. Meinst du, Toby versteckt ihn, um Walter in Schwierigkeiten zu bringen?«

»Nein, ich weiß, das macht keinen Sinn. Aber deine Idee, daß er fortgegangen sein könnte, ist ebenso unvernünftig. Wohin sollte er denn mitten in der Nacht schon gehen, nur in Flanellhose und Regenmantel?«

»Darüber werde ich mehr wissen, wenn ich morgen mit seiner Cousine gesprochen habe.«

»Er hat eine Cousine? Das ist eine Überraschung! Das ist, als ob Merkur einen Schwager hätte. Was ist sie für eine Person?«

»Eine Malerin, soviel ich weiß. Ein wunderbares Wesen, das morgen ein Sonntagnachmittagskonzert in der Albert Hall aufgibt, um mich zu empfangen. Ich habe mich eben von hier aus mit ihr verabredet.«

»Und du rechnest damit, daß sie weiß, warum Leslie mitten in der Nacht nur in Flanellhose und Regenmantel davonspaziert?«

»Ich rechne damit, daß sie mir einen Hinweis geben kann, wohin Leslie spaziert ist.«

»Nun«, sagte Marta, »um es mit jener unsterblichen Wendung des Hotelpagen zu sagen: Ich hoffe, es ist alles zu Ihrer Zufriedenheit.«

Kapitel 14

Grant fuhr durch die Frühlingsnacht zurück nach Wickham, an Körper und Seele erquickt.

Und während der ganzen Fahrt saß Emma Garrowby neben ihm.

Die Phantasie mochte ihm verführerische Ideen einflüstern, doch Emma stand mitten auf der Bühne, da, wo Marta sie hingestellt hatte, und sie hatte entschieden zuviel Fleisch und Blut, als daß man sie hätte hinwegzaubern können. Emma, das war eine sinnvolle Lösung. Für Emma gab es Beispiele und Präzedenzfälle. Die klassischen skrupellosen Mörderinnen waren stets Hausfrauen gewesen. Die Lizzie Bordens. Genau betrachtet, war Emma eine archetypische Gestalt. Ein weibliches Wesen, das seine Jungen beschützt. Man brauchte viel Einfallsreichtum, um eine Erklärung zu finden, warum Leslie Searle aus freien Stücken davongegangen sein sollte. Und nichts lag näher, als anzunehmen, daß Emma Garrowby ihn ermordet hatte.

Ja, es war geradezu pervers, sich an die Idee zu klammern, daß Searle untergetaucht sei. Er konnte sich lebhaft vorstellen, was der Assistant Commissioner sagen würde, wenn er ihm jemals mit einer solchen Idee käme. Indizien, Grant, stichhaltige Indizien. Vernunft, Grant, Vernunft. Hüten Sie sich davor, daß Ihre Phantasie mit Ihnen durchgeht, Grant, hüten Sie sich davor. Aus freien Stücken untergetaucht? Dieser glückliche junge Mann, der sich ein Zimmer im Westmorland leisten konnte, der teure Kleider tragen und teure Süßigkeiten verschenken, der auf Kosten anderer die Welt bereisen konnte? Dieser junge Mann, der so unglaublich gut aussah, daß er jedem, der ihn sah, den Kopf verdrehte, im wörtlichen Sinne und auch im metaphorischen? Dieser bezaubernde Mann, der die unauffällige kleine Liz so sehr mochte, daß er einen ihrer Handschuhe in seiner Schublade aufbewahrte? Dieser in allen seinen Geschäften erfolgreiche junge Mann, der eben ein Projekt in Angriff genommen hatte, das ihm Geld und Ansehen einbringen würde?

Seien Sie vernünftig, Grant. Die Indizien, Grant. Hüten Sie sich, sonst geht Ihre Phantasie mit Ihnen durch. Und nun sehen Sie sich Emma Garrowby an, Grant. Sie hatte die Gelegenheit, es zu tun. Sie hatte ein Motiv. Und wenn sie in der richtigen Stimmung war, hatte sie wahrscheinlich auch den Mut dazu. Sie wußte, wo die beiden in jener Nacht lagerten.

Aber sie wußte doch nicht, daß sie nach Salcott gekommen waren, um ins Gasthaus zu gehen.

Er ist ja auch nicht in Salcott ertränkt worden.

Sie hätte nicht wissen können, daß sie ihn allein antreffen würde. Es war ein reiner Zufall, daß die beiden sich in dieser Nacht trennten.

Jemand traf ihn allein an. Warum nicht Emma?

Wie hätte das zugehen sollen?

Vielleicht hat sie es arrangiert.

Emma! Aber wie?

Searle war derjenige, der provozierte. Er provozierte Walter so lange, bis dieser es keinen Augenblick länger mehr aushalten konnte und entweder gehen oder sich mit ihm prügeln mußte. Searle hat es so eingerichtet, daß er Walter an jenem Abend loswurde.

Warum sollte er so etwas tun?

Weil er eine Verabredung hatte.

Eine Verabredung! Mit wem?

Liz Garrowby.

Das ist doch Unsinn. Sie haben keinerlei Beweis, daß die kleine Garrowby irgendein ernsthaftes Interesse –

Oh, es war nicht Liz, die Searle aufforderte, sich mit ihr zu treffen.

Nein? Wer dann?

Emma.

Soll das heißen, Searle traf sich mit jemandem in dem Glauben, es sei Liz?

Ja. Er machte doch einen verliebten Eindruck, wenn man es sich recht überlegt.

Wieso?

Erinnern Sie sich, wie er sich an jenem Abend von seinen Bekannten verabschiedete? Die Scherze darüber, daß sie in einer so schönen Frühlingsnacht in ihre Betten kröchen? Die Fröhlichkeit? Dieses ›Was-kostet-die-Welt‹?

Er hatte gerade mehrere Glas Bier getrunken.

Das hatten seine Kumpane auch. Einige davon auch noch ein paar Gläschen mehr. Aber sangen sie bilderreiche Lieder über die Frühlingsnacht? Sie taten es nicht. Sie gingen auf kürzestem Wege nach Hause und ins Bett, selbst die jüngsten unter ihnen.

Nun, eine Möglichkeit wäre es schon.

Es ist mehr als das. Es ist eine Möglichkeit, die mit den Indizien übereinstimmt.

Die Indizien, Grant, die Indizien.

Hüten Sie sich, Grant, sonst geht Ihre Phantasie mit Ihnen durch.

Während der ganzen Fahrt über die dunklen Landstraßen von Salcott St. Mary nach Wickham saß Emma Garrowby neben ihm. Und als er zu Bett ging, nahm er sie auch dorthin mit.

Da er müde war und gut gegessen hatte und sich zumindest eine Möglichkeit eröffnet hatte, wie er weiter vorgehen konnte, schlief er fest und gut. Und als er die Augen aufschlug und im Tageslicht ›Es wird kommen die Stunde‹ in purpurnem Kreuzstichmuster las, da erschien ihm das Bibelwort wie ein Versprechen und nicht wie eine Warnung. Er freute sich auf die Fahrt in die Stadt, schon weil sie nach seinem Aufenthalt in Salcott St. Mary wie ein erfrischendes Bad für seinen Geist werden würde. Wenn er zurückkäme, würde er alles wieder im richtigen Maßstab sehen. Man konnte nichts wirklich schmecken, wenn man nicht zwischen den einzelnen Gängen seinen Gaumen spülte. Er hatte sich oft gefragt, wie die verheirateten Kollegen es fertigbrachten, ihr Familienleben mit dem Einsatz, den die Polizeiarbeit erforderte, in Einklang zu bringen. Zum ersten Mal begriff er nun, daß das häusliche Leben die ideale Art war, den Gaumen zu spülen. Nichts konnte einem so sehr helfen, sich mit frischem Geist wieder dem neuesten Fall zuzuwenden, wie die halbe Stunde, die man dem kleinen Bobby bei seinen Mathematikaufgaben half.

Wenigstens würde er bei der Gelegenheit ein paar frische Hemden mitnehmen können, dachte er. Er packte seine Sachen in die Reisetasche und machte sich auf, um hinunter zum Frühstück zu gehen. Es war noch früh am Sonntagmorgen, aber irgend etwas würden sie ihm schon servieren können. Als er die Tür zum Flur öffnete, klingelte das Telefon.

Das einzige Zugeständnis, das der White Hart an die moderne Zeit gemacht hatte, war die Installation von Telefonen auf den Nachttischen. Er durchquerte das Zimmer zu seinem Apparat und hob ab.

»Inspector Grant?« Es war die Stimme des Wirtes. »Einen Augenblick, bitte; ich habe hier ein Gespräch für Sie.« Einen Moment lang herrschte Schweigen, dann sagte er: »Sprechen Sie, bitte; ich habe verbunden.«

»Hallo.«

»Alan?« erklang Martas Stimme. »Bist du das, Alan?«

»Ja, am Apparat. Du bist früh auf, was?«

»Hör zu, Alan. Es ist etwas vorgefallen. Du mußt sofort herkommen.«

»Herkommen? Nach Salcott, meinst du?«

»Zur Mühle. Es ist etwas vorgefallen. Es ist sehr wichtig, sonst hätte ich dich nicht so früh angerufen.«

»Aber was ist denn geschehen? Kannst du –«

»Du sprichst an einem Hoteltelefon, oder?«

»Ja.«

»Ich kann jetzt nicht sprechen, Alan. Etwas ist aufgetaucht. Etwas, das alles ändert. Oder besser gesagt, alles, was du – woran du glaubtest, sozusagen.«

»Verstehe. Gut. Ich komme sofort.«

»Hast du gefrühstückt?«

»Noch nicht.«

»Ich mache etwas für dich zurecht.«

Was für eine Frau! dachte er, als er den Hörer auflegte. Er hatte schon immer gedacht, daß die Grundeigenschaft, die eine Frau haben müßte, Intelligenz war, und nun war er sich dessen sicher. In seinem Leben gab es keinen Platz für Marta, und in ihrem keinen für ihn; aber es war trotz allem ein Jammer. Eine Frau, die über eine überraschende Wendung in einem Mordfall am Telefon Bericht erstatten konnte, ohne alles auszuplaudern, war ein Prachtstück, aber eine, die im gleichen Atemzug fragen konnte, ob er schon gefrühstückt habe, und dann auch noch in der Lage war, ihm eine Mahlzeit zuzubereiten, die war viel edler als die köstlichsten Perlen.

Er ging den Wagen holen, und die Vermutungen schwirrten ihm nur so durch den Kopf. Was konnte es sein, was Marta da ausgegraben hatte? Etwas, das Searle an dem Abend, an dem er dort gewesen war, vergessen hatte? Irgendeine Klatschgeschichte, die der Milchmann erzählt hatte? Eins wußte er gewiß: Es war keine Leiche. Wenn es eine Leiche gewesen wäre, dann hätte Marta, wie er sie kannte, es ihm zu verstehen gegeben, damit er alle Materialien und die Männer hätte mitbringen können, die in einem solchen Falle erforderlich waren.

Es war ein Morgen mit heftigen Winden und Regenbögen. Die halkyonischen Tage der Windstille und des Sonnenscheins, die jedes Jahr den englischen Frühling begleiten, wenn sich der erste Staub auf die Straßen legt, waren vorüber. Der Frühling war nun mit einem Male wild und widerspenstig. Glitzernde Schauer wurden durch die Landschaft gewirbelt. Mächtige Wolken türmten sich am Horizonte auf und wurden von rauschenden Sturmböen über den Himmel geweht. Die Bäume duckten sich, richteten sich wieder auf und duckten sich erneut.

Die Landschaft lag verlassen da. Nicht des Wetters wegen, sondern weil es Sonntag war. Einige der Cottages hatten, wie ihm auffiel, ihre Fensterläden noch geschlossen. Leute, die unter der Woche schon im Morgengrauen aufstehen mußten und die keine Tiere hatten, die sie am Sonntag weckten, waren sicher froh, wenn sie ausschlafen konnten. Er hatte oft gemurrt, wenn die Dienstpflichten sein Privatleben beeinträchtigten – ein im Grunde überflüssiges Murren, denn er hätte sich schon vor Jahren zur Ruhe setzen können, als eine Tante ihm ihr Vermögen vermachte –, aber sein Leben von den Vorlieben der Haustiere knechten zu lassen, war gewiß eine traurige Art, mit der ein freier Mensch seine Zeit verschwendete.

Als er den Wagen auf der Landseite der Mühle zum Stehen brachte, wo sich die Haustüre befand, trat Marta heraus, um ihn zu begrüßen. Marta zog sich auf dem Lande niemals entsprechend an, wie es viele ihrer Kollegen taten. Sie betrachtete das Land eher mit den Augen, mit denen es auch die Einheimischen sahen – als einen Ort, an dem man wohnte, und nicht als etwas, wofür man sich besonders bunte und lässige Kleider anzog. Wenn sie kalte Hände hatte, trug sie Handschuhe. Sie hatte nicht das Bedürfnis, wie eine Zigeunerin aussehen zu müssen, nur weil sie zufällig in der Mühle von Salcott St. Mary wohnte. So kam es, daß sie an diesem Morgen ebenso schick und raffiniert gekleidet war, als wenn sie ihn auf den Stufen von Stanworth empfangen hätte. Aber er fand, daß sie einen erschütterten Eindruck machte. Ja, sie sah aus, als ob es ihr noch vor kurzer Zeit sehr übel gewesen sei.

»Alan! Du kannst dir gar nicht vorstellen, wie froh ich war, als ich deine Stimme am Telefon hörte. Ich hatte befürchtet, du seist vielleicht schon in aller Frühe nach London aufgebrochen.«

»Was ist es denn, was so unerwartet aufgetaucht ist?« fragte er auf dem Wege zur Tür. Doch statt zu antworten, führte sie ihn an der Seite des Hauses entlang hinunter zum Kücheneingang.

»Dein Verehrer Tommy Thrupp war es, der ihn gefunden hat. Tommy ist ganz versessen aufs Angeln. Und oft geht er schon vor dem Frühstück hinaus und fischt, weil das, wie es scheint, eine gute Zeit dafür ist.« Das ›wie es scheint‹ war typisch Marta, dachte er. Marta lebte nun schon seit Jahren hier am Fluß und wußte noch immer nur vom Hörensagen, welches die richtige Tageszeit zum Angeln war. »Sonntags steckt er sich meistens etwas in die Tasche und läßt sich dann den ganzen Tag über nicht mehr blicken – etwas zu essen, meine ich –, aber heute dauerte es nicht einmal eine Stunde, bis er zurück war, denn er hatte etwas – etwas sehr Seltsames aus dem Wasser geholt.«

Sie öffnete die hellgrün gestrichene Tür und führte ihn in die Küche. Dort warteten Tommy Thrupp und seine Mutter. Mrs. Thrupp stand mit gekrümmten Schultern über den Herd gebeugt, so, als ob auch sie sich nicht sonderlich wohl fühlte, Tommy jedoch, der ihnen entgegenkam, war in Bestform. An ihm war nichts Kränkliches. Tommy war verklärt. Er war entrückt. Er war 180 Zentimeter groß und von einem Glorienschein umgeben.

»Schauen Sie, Sir! Schauen Sie, was ich herausgefischt habe!« rief er, bevor Marta noch etwas sagen konnte, und zog Grant an den Küchentisch. Auf dem Tisch, sorgfältig auf mehrere Lagen Zeitungspapier gebettet, um das makellos blankgescheuerte Holz nicht zu verderben, lag ein Männerschuh.

»Ich werde niemals wieder auf diesem Tisch Teig ausrollen können«, jammerte Mrs. Thrupp, ohne sich umzusehen.

Grant warf einen Blick auf den Schuh und erinnerte sich an die offizielle Beschreibung der Kleidung des Vermißten.

»Es ist Searles Schuh, nehme ich an«, sagte er.

»Ja«, bestätigte Marta.

Es war ein brauner Schuh, der statt durch Schnürung mit einem Riemen und einer Schnalle am Rist geschlossen wurde. Er war aufgequollen vom Wasser und voller Schlamm.

»Wo hast du den herausgeholt, Tommy?«

»Hinter der großen Schleife, ungefähr 100 Meter flußabwärts.«

»Du hast wohl nicht daran gedacht, die Stelle zu markieren?«

»Aber natürlich hab' ich sie markiert!« entgegnete Tommy gekränkt.

»Gut für dich. Du mußt mir die Stelle gleich zeigen. Aber einen Moment mußt du noch warten, ja? Und bleibe hier, und erzähle niemandem von dieser Sache.«

»Nein, Sir. Ich werde schweigen. Das ist eine Sache nur zwischen mir und der Polizei.«

Ein wenig aufgeheitert angesichts dieser Sicht der Dinge, begab Grant sich hinauf ins Wohnzimmer und rief Inspector Rodgers an. Es dauerte ein Weilchen, denn die Wache mußte ihn zu Rodgers nach Hause weiterverbinden, doch dann hatte er ihn am Apparat, und er teilte ihm die Neuigkeit mit, warum der Fluß von neuem abgesucht werde müsse.

»Meine Güte!« stöhnte Rodgers. »Konnte der kleine Thrupp wenigstens sagen, wo er ihn herausgefischt hatte?«

»Etwa 100 Meter unterhalb der großen Schleife, wenn Ihnen das etwas sagt.«

»Ja. Das ist etwa 200 Meter flußabwärts von der Stelle, wo sie ihr Lager hatten. Wir haben diese Stelle bis ins kleinste durchgekämmt. Sie meinen doch nicht etwa, daß jemand –? Sieht der Schuh aus, als ob er wirklich seit Mittwochabend im Wasser gelegen hätte?«

»Allerdings.«

»Na gut. Ich werde alles in die Wege leiten. So etwas passiert aber auch immer am Sonntag, nicht wahr?«

»Machen Sie es so unauffällig, wie Sie können, bitte. Wir wollen nicht mehr Zuschauer haben als unbedingt nötig.«

Als er einhängte, kam Marta mit einem Tablett herein und begann den Frühstückstisch für ihn zu decken.

»Mrs. Thrupp ist es noch immer, wie sie sich ausdrückt, ›schwummrig‹, und da fand ich es besser, dein Frühstück selbst zu machen. Wie magst du die Eier? Spiegelei?«

»Wenn du es wirklich wissen willst, als Eier im Glas, solange sie noch sehr weich sind.«

»Panaché!« rief Marta begeistert. »Das habe ich noch nie gehört. Wir werden immer vertrauter miteinander, findest du nicht auch? Wahrscheinlich bin ich, abgesehen von deiner Haushälterin, die einzige Frau auf Erden, die weiß, daß du deine Eier zum Frühstück sehr weich magst. Oder – etwa nicht?«

»Nun, es gibt da eine Frau in einem Dorf nahe Amiens, der ich es einmal anvertraut habe. Aber ich glaube nicht, daß sie sich noch daran erinnert.«

»Wahrscheinlich verdient sie ein Vermögen mit dieser Idee. Eier à l'anglaise bedeutet wahrscheinlich heutzutage in Frankreich etwas ganz anderes als früher. Graubrot oder weißes?«

»Grau, bitte. Ich werde gleich noch mit einem weiteren Ferngespräch bei dir in der Kreide stehen.« Er griff wiederum zum Telefon und verlangte die Londoner Privatnummer von Williams. Während er auf die Verbindung wartete, rief er auf Trimmings an und verlangte die Haushälterin zu sprechen. Als Mrs. Brett ein wenig atemlos den Hörer aufnahm, erkundigte er sich, wessen Aufgabe auf Trimmings es sei, die Schuhe zu putzen, und erfuhr, daß dafür das Küchenmädchen Polly zuständig war.

»Könnten Sie bei Polly in Erfahrung bringen, ob Mr. Searle, wenn er seine braunen Schnallenschuhe auszog, zuerst den Riemen öffnete, oder ob er einfach hinausschlüpfte?«

Das werde sie tun, erklärte Mrs. Brett, fragte dann aber, ob der Inspector denn nicht selbst mit Polly sprechen wolle?

»Nein, danke. Später muß ich mir natürlich alles bestätigen lassen, was sie sagt. Aber ich glaube, sie wird weniger verstört sein, wenn Sie sie ganz einfach danach fragen, als wenn sie ans Telefon geholt wird und einem Fremden Auskunft geben muß. Sie soll überhaupt nicht weiter darüber nachdenken. Was ich brauche, ist ihre ganz spontane Antwort auf diese Frage. Wenn sie die Schuhe putzte, waren die Schnallen dann offen, oder waren sie zu?«

Mrs. Brett verstand und erkundigte sich, ob der Inspector am Apparat bleiben wolle?

»Nein. Ich erwarte einen wichtigen Anruf. Aber ich werde Sie gleich zurückrufen.«

Dann bekam er die Leitung nach London, und er hörte Williams' nicht eben zufriedene Stimme sagen: »Ja doch, ja doch, ich bin schon seit fünf Minuten bereit.«

»Sind Sie das, Williams? Hier ist Grant. Passen Sie auf. Ich wollte heute in die Stadt kommen, um mit Leslie Searles Cousine zu sprechen. Ja, ich habe herausgefunden, wo sie wohnt. Sie heißt Searle. Miss Searle. Und sie wohnt in Hampstead, Holly Pavement Nummer 9. Das ist so ein Künstlernest. Ich habe gestern abend mit ihr telefoniert und abgemacht, sie heute nachmittag gegen drei zu besuchen. Aber ich kann nicht weg. Ein Junge hat gerade einen von Leslie Searles Schuhen aus dem Fluß gefischt. Ja, triumphieren Sie nur! Und nun müssen wir den ganzen Fluß noch einmal mit dem Schleppnetz absuchen, und ich muß hierbleiben. Haben Sie Zeit, an meiner Stelle zu Miss Searle zu fahren, oder soll ich jemand anderen vom Yard abkommandieren lassen?«

»Nein, ich mache das, Sir. Was soll ich sie fragen?«

»Finden Sie alles heraus, was sie über Leslie Searle weiß. Wann sie ihn zuletzt gesehen hat. Was für Freunde er in England hat. Alles, was sie Ihnen über ihn sagen kann.«

»In Ordnung. Wann soll ich Sie zurückrufen?«

»Nun, Sie sollten gegen Viertel vor drei da sein, und wenn wir einmal eine Stunde veranschlagen – vier Uhr vielleicht.«

»Auf der Wache in Wickham?«

»Nein, besser nicht. Bei der Zeit, die die Suche brauchen wird, werde ich wohl noch hier sein. Rufen Sie mich lieber in der Mühle in Salcott an. Salcott 5.«

Erst als er einhängte, fiel ihm ein, daß er vergessen hatte, Williams zu fragen, wie weit er in Sachen Benny Skoll gekommen war.

Marta brachte das Frühstück, und während sie ihm Kaffee eingoß, rief er noch einmal auf Trimmings an.

Mrs. Brett hatte mit Polly gesprochen, und Polly konnte sich genau erinnern. Die Riemchen an Mr. Searles braunen Schuhen waren immer gelöst gewesen, wenn er sie zum Putzen hinausstellte. Sie wußte das noch so genau, weil sie sie immer zurücksteckte, damit sie beim Putzen nicht hin- und herbaumelten. Sie schloß die Schnallen, und dann öffnete sie sie wieder, wenn sie fertig war.

Das war also geklärt.

Er begann mit dem Frühstück; auch Marta goß sich eine Tasse ein, setzte sich und trank ihn in kleinen Schlucken. Sie sah bleich aus und schien zu frieren, aber er mußte die Frage einfach stellen:

»Ist dir irgend etwas Merkwürdiges an dem Schuh aufgefallen?«

»Ja. Die Schnalle war noch verschlossen.«

Eine wunderbare Frau. Es war zu vermuten, daß sie – als Ausgleich für ihre vielen Vorzüge – auch Fehler hatte, aber er konnte sich nicht vorstellen, welche Fehler das sein sollten.

Kapitel 15

Es war sehr kalt am Fluß. Die Weiden zitterten, das Wasser war bleigrau, im Wind kräuselte sich seine Oberfläche, dann war es wieder durch Regenschauer mit Punkten übersät. Während die Stunden sich träge dahinschleppten, nahm Rodgers' sonst so aufmerksames Gesicht allmählich einen melancholischen Zug an, und seine Nasenspitze, die über den hochgeschlagenen Kragen seines Regenmantels hinausragte, sah rot und traurig aus. Bisher hatte sich noch kein Zaungast eingestellt, um ihnen bei ihrer Wache Gesellschaft zu leisten. Den Bewohnern der Mühle war Stillschweigen auferlegt worden, und es war ihnen nicht schwergefallen, dieses Stillschweigen zu bewahren; Mrs. Thrupp hatte sich zu Bett begeben, ihr war noch immer ›schwummrig‹; und Tommy, als Verbündeter der Polizei, war natürlich beim Suchtrupp dabei. Das weite, flache Schwemmland innerhalb der Flußschleife lag weitab von allen Straßen und Wegen; es gab keine Häuser dort, und so kamen keine Passanten vorbei, die stehenblieben, gafften, für kurze Zeit verweilten, um dann weiterzugehen und die Nachricht zu verbreiten.

Es war eine Welt ganz für sich, dort unten am Fluß. Eine trostlose Welt jenseits der Zeit.

Grant und Rodgers waren mit ihrer Lagebesprechung längst zu Ende, und sie waren keinen Schritt weitergekommen. Nun waren sie einfach nur zwei Männer, allein an einem kalten Frühlingstag auf einer Wiese. Sie saßen beieinander auf dem Stamm einer umgestürzten Weide; Grant beobachtete das langsame Voranrücken des Schleppnetzes, während Rodgers hinaus über die flache Sohle des Tales blickte.

»Im Winter ist das hier alles überschwemmt«, sagte er. »Und es sieht wunderbar aus, wenn man nicht an den Schaden denkt, der angerichtet wird.«

»›Doch eilende, flüchtige Schönheit
Ertränkte den keimenden Halm‹«,

sagte Grant.

»Was ist das?«

»So hat ein Freund, den ich in der Armee hatte, das überschwemmte Land beschrieben:

›Einst wuchs hier auf und es wogte
Das dünne und vorwitzige Gras,
Doch eilende, flüchtige Schönheit
Ertränkte den keimenden Halm.‹«

»Hübsch«, meinte Rodgers.

»Beklagenswert altmodisch«, sagte Grant. »Es hört sich an wie Dichtung. Ein fataler Fehler, soviel ich weiß.«

»Ist es lang?«

»Nur zwei Strophen und die Moral.«

»Wie lautet die Moral?«

»›Oh endliche Schönheit, gefunden
An manch überflutetem Ort.
Dein Antlitz wir lieben nicht minder,
Weil mindere Schönheit ertrank.‹«

Rodgers dachte darüber nach. »Das ist gut, das Gedicht«, sagte er. »Ihr Freund beim Militär, der wußte, wovon er sprach. Ich habe nie viele Gedichte in Büchern gelesen, in Gedichtbänden, meine ich. Aber in Zeitschriften findet man manchmal ein paar Verse, um eine Lücke zu füllen, wenn eine Geschichte nicht bis an den unteren Blattrand reicht. Sie wissen, was ich meine?«

»Ich weiß.«

»Die lese ich oft, und ab und zu klingelt bei einem davon ein Glöckchen. Eines habe ich heute noch im Kopf. Es war eigentlich kein richtiges Gedicht, ich meine, es reimte sich nicht, aber es hat mich einfach irgendwie berührt. Es lautete:

›Mein Schicksal hat mich aufs Land verbannt,
Fernab von den Klängen des Meeres
Ab von den Schreien der Möwen,
Und ich,
Der ich die Stimme der See von Kindheit an kannte,
Muß nun lauschen dem Bach,
Wie er plätschert durch grünende Felder,
Und wie die kleinen Vögel schwatzen
Im Laub.‹

Sie müssen nämlich wissen, ich bin am Meer aufgewachsen, drüben in Mere Harbour, und ich habe mich nie so ganz daran gewöhnt, daß ich es nun nicht mehr in meiner Nähe habe. Man fühlt sich eingesperrt, man bekommt keine Luft. Aber ich habe nie die rechten Worte dafür gefunden, bis ich das las. Ich weiß genau, wie dem Burschen zumute war. ›Kleine Vögel schwatzen!‹«

Der Hohn und die Erschöpfung, die aus seinen Worten sprachen, erheiterten Grant, aber etwas anderes erheiterte ihn noch mehr, und er lachte laut auf.

»Was ist so komisch daran?« fragte Rodgers ein wenig pikiert.

»Ich dachte nur gerade daran, wie entsetzt die Verfasser von diesen smarten Detektivgeschichten wohl wären, wenn sie sähen, wie zwei Kriminalbeamte auf einem Baumstamm sitzen und abwechselnd Gedichte rezitieren.«

»Ach, die!« entgegnete Rodgers in einem Tonfall, dem in weniger feinen Kreisen ein Ausspucken folgt. »Haben Sie jemals eins von diesen Dingern gelesen?«

»Oh ja. Gelegentlich lese ich sie.«

»Mein Sergeant hat ein Hobby daraus gemacht. Er sammelt die Fehler, die darin vorkommen. Sein bisheriger Rekord ist 92 in einem Buch. Es heißt *Zu Hilfe, ihr Götter!,* von irgendeiner Frau.« Er hielt inne, um etwas zu beobachten, und sagte dann: »Da kommt auch eine Frau. Schiebt ein Fahrrad.«

Grant schaute hinüber und sagte: »Das ist keine Frau. Das ist eine Göttin, die uns zu Hilfe eilt.«

Es war die durch nichts zu bezwingende Marta, die ihnen allen heißen Kaffee in Thermosflaschen und belegte Brote brachte.

»Das Fahrrad war das einzige, was mir einfiel, um sie zu befördern«, erklärte sie, »aber es war nicht leicht; die meisten Tore lassen sich nämlich nicht öffnen.«

»Wie bist du denn dann durchgekommen?«

»Ich habe das Fahrrad abgeladen, es über die Tore gewuchtet und auf der anderen Seite wieder beladen.«

»Das ist der Geist, der das Empire schuf.«

»Das mag sein, aber auf dem Rückweg muß Tommy mitkommen und mir helfen.«

»Aber sicher, Miss Hallard«, sagte Tommy mit vollem Munde.

Die Männer kamen vom Fluß herauf und wurden Marta vorgestellt. Es amüsierte Grant zu sehen, wie burschikos diejenigen, die offenbar noch nie von ihr gehört hatten, mit ihr umgingen, und wie ehrfurchtsvoll und gesittet sich diejenigen verhielten, die wußten, wer sie war.

»Ich glaube, die Sache ist publik geworden«, sagte Marta. »Toby rief mich an und fragte, ob es wahr sei, daß der Fluß noch einmal abgesucht würde.«

»Du hast ihm doch nicht gesagt, warum?«

»Oh nein. Nein«, und ihr Gesicht wurde beim Gedanken an den Schuh wieder ein wenig blasser.

Bis zwei Uhr nachmittags hatte sich schon ein großes Publikum angesammelt. Und als es drei Uhr wurde, da ging es zu wie auf einem Rummelplatz, wobei der örtliche Polizist sich tapfer bemühte, ein gewisses Maß an Ordnung aufrechtzuerhalten.

Um halb vier, als sie den Fluß bis fast zum Dorf Salcott abgesucht und noch immer nichts gefunden hatten, ging Grant zurück zur Mühle, wo er Walter Whitmore vorfand.

»Es war freundlich von Ihnen, uns Nachricht zu geben, Inspector«, sagte er. »Ich hätte eigentlich hinunter an den Fluß kommen sollen, aber irgendwie habe ich es nicht über mich gebracht.«

»Es gab nicht den geringsten Grund für Sie, dorthin zu kommen.«

»Marta sagte, daß Sie zur Teezeit wieder hier sein würden, und da habe ich gewartet. Irgendwelche – Ergebnisse?«

»Bisher nicht.«

»Wieso haben Sie sich heute morgen nach dem Schuh erkundigt?«

»Weil die Schnalle geschlossen war, als er gefunden wurde. Ich wollte wissen, ob es Searles Angewohnheit war, diese Schuhe auszuziehen, ohne die Schnalle zu öffnen. Wie es scheint, öffnete er sie immer.«

»Aber warum – wie war es möglich, daß der Schuh dann geschlossen war?«

»Entweder wurde er von der Strömung fortgerissen, oder er hat ihn sich abgetreten, um besser schwimmen zu können.«

»Verstehe«, sagte Walter dumpf.

Er lehnte den Tee ab, verabschiedete sich, und sah dabei verstörter denn je aus.

»Ich wünschte, ich könnte soviel Mitleid für ihn empfinden, wie ich eigentlich sollte«, sagte Marta nachdenklich. »Chinesisch oder indisch?«

Grant hatte drei Tassen kochendheißen Tee getrunken – »Das kann doch nicht gut für den Magen sein!« warnte Marta –, und als Williams anrief, um Bericht zu erstatten, fühlte er sich schon wieder wie ein Mensch.

Der Bericht fiel trotz Williams' eifriger Bemühungen mager aus. Miss Searle mochte ihren Vetter nicht und machte kein Geheimnis daraus. Sie war ebenfalls Amerikanerin, doch waren sie auf verschiedenen Seiten des Atlantiks geboren und hatten sich erst als Erwachsene kennengelernt. Offenbar hatten sie sich auf Anhieb zerstritten. Manchmal riefe er sie an, wenn er nach England komme, hatte sie gesagt, doch diesmal nicht. Sie habe nicht gewußt, daß er in England sei.

Williams hatte gefragt, ob sie oft außer Haus sei und ob sie es für denkbar halte, daß Searle dagewesen sei oder angerufen habe, ohne sie anzutreffen. Sie antwortete, sie sei zum Malen in den Highlands gewesen, und da könne Searle ständig angerufen haben, ohne daß sie etwas davon erfahren hätte. Wenn sie fort sei, stehe das Atelier leer, und niemand nehme telefonische Nachrichten entgegen.

»Haben Sie die Bilder gesehen?« fragte Grant. »Die aus Schottland.«

»Sicher, da war alles voll von.«

»Wie sahen sie aus?«

»Sehr nach Schottland.«

»Traditionell also.«

»Das kann ich nicht beurteilen. Auf dem meisten war das westliche Sutherland und die Insel Skye.«

»Und was sagt sie über seine Freunde hier im Lande?«

»Sie meinte, sie sei überrascht zu hören, daß er überhaupt irgendwo Freunde habe.«

»Sie hat aber keine Andeutung gemacht, daß Searle Dreck am Stecken hätte?«

»Nein, Sir, nichts dergleichen.«

»Und sie hatte keine Idee, warum oder wohin er plötzlich verschwunden sein könnte?«

»Nein, nichts. Er hat keine Familie, das hat sie mir erzählt. Die Eltern sind offenbar tot; und er war ein Einzelkind. Aber über seine Freunde schien sie nichts zu wissen. Jedenfalls sprach er die Wahrheit, als er sagte, die Cousine sei seine einzige Verwandte.«

»Na, haben Sie vielen Dank, Williams. Was ich heute morgen ganz vergessen habe zu fragen – haben Sie eigentlich Benny geschnappt?«

»Benny? Oh ja. Überhaupt kein Problem.«

»Und hat er wieder geweint?«

Grant hörte, wie Williams lachte. »Nein, diesmal hat er was Neues versucht. Er tat, als ob er ohnmächtig würde.«

»Was brachte ihm das ein?«

»Das brachte ihm drei kostenlose Brandies und die Sympathie der Volksmassen ein. Wir waren in einem Gasthaus, das brauche ich ja kaum zu sagen. Nach dem zweiten Brandy kam er zu sich und jammerte darüber, wie er drangsaliert werde, und daraufhin bekam er noch einen dritten. Ich war da nicht sehr beliebt.«

Das erschien Grant als ein schönes Beispiel für Untertreibung.

»Zum Glück war es ein Pub im West End«, fügte Williams hinzu. Im Klartext bedeutete das, daß dort niemand auf die Idee gekommen wäre, ihn an der Ausübung seiner Pflicht zu hindern.

»Ist er freiwillig mit zum Verhör gekommen?«

»Er sagte, er käme mit, wenn ich ihn vorher telefonieren ließe. Er wisse doch genau, antwortete ich, daß er jeden anrufen dürfe und das zu jeder Tages- oder Nachtstunde – da komme es dann auf die Post an –, aber wenn er bei seinem Anruf nichts zu verbergen hätte, dann hätte er ja wohl nichts dagegen, wenn ich als Wanze mit in die Telefonzelle ginge.«

»Und war er einverstanden?«

»Er hat mich regelrecht mit in die Zelle gezerrt. Und was meinen Sie, wen dieser kleine Dreckskerl angerufen hat?«

»Seinen Abgeordneten im Parlament?«

»Nein, ich glaube, die Parlamentsmitglieder meiden ihn in letzter Zeit ein wenig. Das letzte Mal hat er ihre Gastfreundschaft zu sehr ausgenutzt. Nein, er rief einen Bekannten an, der für den *Beobachter* schreibt, und erzählte ihm seine Geschichte. Sagte, er sei noch nicht ganz ›draußen‹, und schon hinge wieder ein Polizist an seinen Fersen und schleppe ihn zum Verhör nach Scotland Yard, und wie solle ein Mann ein neues Leben beginnen und in aller Unschuld ein Gläschen mit Freunden, die nichts über seine Vergangenheit wüßten, trinken, wenn sofort einer daherkomme, dem man den Polizisten in Zivil auf 100 Meter ansähe, und der sich mit ihm unterhalten wolle, und so weiter und so fort. Dann kam er mit, sichtlich mit sich selbst zufrieden.«

»Hat er dem Yard weiterhelfen können?«

»Er nicht, aber sein Mädchen.«

»Sie hat geplaudert?«

»Das nicht, aber sie trug Poppys Ohrringe. Die von Poppy Plumtre.«

»Nein!«

»Ich glaube, wenn wir Benny jetzt nicht für ein Weilchen aus dem Verkehr zögen, dann würde dieses Mädel uns für immer von ihm befreien. Sie ist völlig überkandidelt. Die beiden sind noch nicht lange zusammen, und offenbar trug sie sich mit dem Gedanken, ihn zu verlassen, und deshalb ›kaufte‹ Benny ihr ein Paar Diamantohrringe. Bennys Intelligenz würde kaum für einen Marienkäfer reichen.«

»Haben Sie den Rest von Poppys Sachen sichergestellt?«

»Ja. Benny hat alles rausgerückt. Er hatte noch keine Zeit gehabt, es an den Mann zu bringen.«

»Gute Arbeit. Was wurde mit dem *Beobachter*?«

»Nun, wenn's nach mir gegangen wäre, hätten wir den *Beobachter* mit dieser albernen Geschichte im eigenen Saft schmoren lassen. Aber der Chef ließ es nicht zu. Sagte, es wäre nicht gut, sich Ärger zu machen, wenn man's vermeiden kann, selbst wenn man dann das Vergnügen hätte, mit anzusehen, wie der *Beobachter* sich zum Narren macht. Also mußte ich bei dem Burschen anrufen und ihm die Sache erklären.«

»Zumindest das muß Ihnen doch Vergnügen gemacht haben.«

»Oh ja. Ja. Da hatte ich meinen Spaß, das will ich nicht leugnen. Ich sagte: ›Mr. Ritter, hier spricht Detective-Sergeant Williams. Ich war dabei, als Benny Skoll vor einigen Stunden mit Ihnen telefonierte.‹ ›Sie waren dabei?‹ fragte er. ›Aber er hat sich doch über Sie beschwert!‹ ›Oh ja‹, antwortete ich. ›Es ist ein freies Land, wissen Sie.‹ ›Ich würde sagen, nicht gar so frei für manch einen‹, meinte er. ›Sie haben ihn zum Verhör nach Scotland Yard geschleift.‹ Ich sagte, ich hätte ihn gebeten, mich zu begleiten, und er hätte nicht mitkommen müssen, wenn er nicht gewollt hätte.

Dann erzählte er mir den ganzen alten Kram von den Kriminellen, die schikaniert werden, und daß Benny Skoll seine Schuld gegenüber der Gesellschaft gebüßt habe und daß wir kein Recht hätten, ihn zu belästigen, nun, wo er wieder ein freier Mann sei, und so weiter. ›Sie haben ihn vor seinen Freunden blamiert‹, sagte Mr. Ritter, ›und zurückgestoßen in die Hoffnungslosigkeit. Fühlt sich Scotland Yard jetzt besser, nun, wo es heute nachmittag den armen Benny Skoll gequält hat?‹

›Um 2000 Pfund besser‹, sagte ich.

›Was‹ fragte er. ›Wovon reden Sie da?‹

›Darauf beläuft sich der Wert der Juwelen, die er in der Nacht zum Samstag aus Polly Plumtres Wohnung gestohlen hatte.‹

›Woher wissen Sie, daß Benny es war?‹ fragte er.

Ich eröffnete ihm, daß Benny die Beute höchstpersönlich übergeben habe, ausgenommen zweier großer Ohrringe mit je einem Diamanten, die die Ohren seiner neuesten Freundin geziert hätten. Und dann sagte ich ›Gute Nacht, Sir‹, sehr lieb und sanft, so wie sie es immer in der Kindersendung sagen, und hängte ein. Wissen Sie, ich glaube, er hatte seinen Bericht über den armen unschuldigen Benny schon geschrieben. Er war wie vor den Kopf gestoßen. Schreiberlinge müssen sich ziemlich mies fühlen, wenn sie irgendwas geschrieben haben, was dann niemand brauchen kann.«

»Warten Sie nur, bis Mr. Ritters Wohnung ausgeräumt wird«, sagte Grant. »Da wird er zu uns kommen und das Blut des Täters fordern.«

»Genau das, Sir. Komisch, nicht wahr? Diese Art von Leuten sind immer die Schlimmsten, wenn sie selbst betroffen sind. Irgendwas aus San Francisco gehört?«

»Bisher nicht, aber es kann jeden Moment kommen. Mittlerweile scheint es jedoch nicht mehr von so großer Bedeutung zu sein.«

»Nein. Wenn ich allein an das Notizbuch denke, das ich vollgeschrieben habe, als ich die Busschaffner in Wickham befragte. Das kann ich jetzt getrost in den Papierkorb werfen.«

»Werfen Sie niemals Notizen fort, Williams.«

»Soll ich sie sieben Jahre lang aufheben, und dann findet sich schon eine Verwendung dafür?«

»Heben Sie sie für Ihre Autobiographie auf, wenn Sie wollen, aber heben Sie sie auf. Ich hätte Sie gern wieder hier, aber im Augenblick gibt es nicht genug zu tun, um Sie anzufordern. Im Moment stehen wir eh nur in der Kälte rum.«

»Nun, Sir, ich hoffe, daß etwas auftaucht, bevor es dunkel wird.«

»Im wahrsten Sinne des Wortes. Ich hoffe es auch.«

Grant hängte ein und ging wieder zurück zum Fluß. Die Menschenmassen hatten sich gelichtet, denn die meisten Leute gingen nun nach Hause zu ihrem sonntäglichen Tee, doch der harte Kern war gern bereit, Hunger zu leiden, wenn sie nur dabeisein konnten, wenn eine Leiche aus dem Wasser gefischt wurde. Grant sah sich ihre blaugefrorenen, schwachsinnigen Gesichter an und überlegte zum tausendsten Mal, seit er in den Polizeidienst getreten war, was in ihren Köpfen vorging. Eins war sicher: Wenn morgen die öffentlichen Hinrichtungen wiedereingeführt würden, der Publikumsandrang könnte es mit demjenigen bei Fußballendspielen aufnehmen.

Rodgers war nach Wickham zurückgefahren, aber nun schien die Presse eingetroffen zu sein; die Lokalreporter und der in Crome ansässige Korrespondent der Londoner Tageszeitungen wollten wissen, warum der Fluß noch einmal abgesucht werde. Und dann war da noch der älteste Dorfbewohner. Der älteste Dorfbewohner hatte ein Gesicht, bei dem Nase und Kinn so nahe aneinanderreichten, daß Grant sich fragte, wie er sich wohl rasierte. Es war ein eingebildeter alter Fatzke, aber er stand bei dieser Versammlung für etwas, was mehr Macht hatte als sie alle zusammen: die Erinnerung an die Menschheitsgeschichte. Deswegen gehörte es sich einfach, daß man ihn respektierte.

»Können Sie sich sparen, weiter als bis zum Dorf zu suchen«, sagte er zu Grant wie jemand, der dem Gärtnerburschen Anweisungen gibt.

»Tatsächlich?«

»Tatsächlich. Führt zu nichts. Sie verschluckt alles hier. Es versinkt im Schlamm.«

›Sie‹ war offenbar der Fluß.

»Sie fließt da langsam. Als ob sie müde wäre. Da versinkt alles. Und wenn sie dann um die Ecke ist, bis auf halbem Wege nach Wickham da hinten, dann geht's wieder voran, fröhlich und unbeschwert. Genau so macht sie's. Verschlingt alles, was sie bei sich hat, da im Schlamm, und dann geht sie ein Weilchen langsamer voran, sieht sich um und schaut nach, ob jemand gesehen hat, was sie da macht, und dann wusch! Ab geht die Post nach Wickham.« Er zwinkerte Grant mit einem überraschend klaren blauen Auge zu. »Listig«, sagte er. »Das ist sie. Listig!«

Als sie das erste Mal darüber gesprochen hatten, hatte Rodgers gesagt, es sei zwecklos, über Salcott St. Mary hinaus zu suchen, und er hatte das Urteil des Einheimischen akzeptiert, ohne nach einer Erklärung zu fragen. Hier bot ihm die Erinnerung an die Menschheitsgeschichte nun die Erklärung dazu.

»Hat sowieso nicht groß Zweck, daß Sie da suchen«, meinte die personifizierte Menschheitsgeschichte und wischte den Tropfen mit einer Geste von der Nase, in der dezent die Verachtung angedeutet wurde.

»Wieso? Glauben Sie etwa nicht, daß eine Leiche drinsteckt?«

»Oh doch! Die Leiche, die ist schon da. Aber der Schlamm hier, der gibt nichts frei; es sei denn, er denkt, die Zeit dafür sei gekommen.«

»Und wann kann man damit wohl rechnen, was meinen Sie?«

»Oh! Irgendwann, vielleicht in 1000 Jahren, vielleicht auch schon morgen. Der Schlamm da, der hält alles fest. Schlick. Als mein Großvater noch ein kleiner Junge war, da ist ihm ein Karren das Ufer hinunter ins Wasser gefahren. Da war es ganz flach. Er sah den Karren da stehen, aber, verstehen Sie, er fürchtete sich hineinzuwaten. Also lief er zum Haus. War nicht weiter als ein paar Meter. Brachte seinen Großvater mit, der den Wagen herausholen sollte. Aber der Schlamm hatte ihn schon verschluckt. Ja, ja. Der Schlamm hatte ihn schon verschluckt, ehe man ihm noch den Rücken zugewandt hatte. Kein Eckchen mehr von dem Karren zu sehen. Nicht einmal, als sie einen Rechen holten und danach fischten. Der Schlamm hatte ihn. Ein kannibalischer Schlamm, das kann ich Ihnen sagen, kannibalisch.«

»Aber Sie sagen, manchmal gibt er seine Opfer frei.«

»Oh. Ja. Kommt vor.«

»Wann? Bei Überschwemmungen?«

»Aber nein! Bei Überschwemmungen, da breitet sie sich einfach nur aus, wird launisch und setzt mehr Schlamm ab denn je. Nein, dann nicht. Aber manchmal, da wird sie überrumpelt. Dann läßt sie vor Überraschung etwas los.«

»Überrumpelt?«

»Aber ja. Genau wie's vorige Woche war. Ein Unwetter kam, oben in den Bergen hinter Otley, und das Wasser kam in den Fluß gestürzt wie aus einer Badewanne, die jemand ausgießt. Da hat sie dann keine Zeit, sich gesittet und in aller Ruhe auszubreiten. Das Wasser kommt herunter wie eine Scheuerbürste und wühlt alles auf. Dann kommt es manchmal vor, daß sie etwas verliert aus ihrem Schlamm.«

Das waren trübe Aussichten, fand Grant, wenn er bis zum nächsten Unwetter warten sollte, bis er Searles Leiche fand. Der immer grauer werdende Tag bedrückte ihn; noch zwei Stunden, dann würden sie die Suche abbrechen müssen. Bis dahin hätten sie ohnehin Salcott erreicht, und wenn sie bis zu diesem Zeitpunkt nichts gefunden hatten, welche Hoffnung blieb ihnen dann noch? Schon den ganzen Tag war er das entsetzliche Gefühl nicht losgeworden, daß sie nur an der Oberfläche jenes ›Schlamms aus uralten Zeiten‹ kratzten. Wenn diese zweite Suche sich als ergebnislos erweisen sollte, was dann? Keine gerichtliche Untersuchung. Kein Fall, dem er weiter nachgehen konnte. Absolut gar nichts.

Als ein diesiger Sonnenuntergang die Szene in bleiches Licht tauchte, blieben nur noch 50 Meter bis zum Ende ihrer Strecke. Das war der Zeitpunkt, zu dem Rodgers zurückkehrte und einen Umschlag aus der Manteltasche zog.

»Dies hier ist für Sie auf der Wache eingetroffen. Es ist der Bericht aus den Staaten.«

Es hatte eigentlich keine Eile, aber er öffnete den Umschlag und las den Bericht.

Der Polizei in San Francisco lagen keine Anzeigen gegen Searle vor, und sie wußte auch von keinen Anzeigen anderswo. Er kam regelmäßig während der Wintermonate an die Küste. Den Rest des Jahres war er auf Reisen und fotografierte im Ausland. Er lebte luxuriös, aber sehr zurückgezogen, und sie hatten nichts in ihren Akten über wilde Parties oder sonstige Ausschweifungen. Er lebte nicht mit einer Frau zusammen, und es war auch nichts über sonstige Bindungen bekannt. Die Polizei in San Francisco wußte nichts über seine Herkunft, aber sie hatten sich an die Presseabteilung von Grand Continental gewandt, dem Studio, für das Searle Lotta Marlow und Danny Minsky fotografiert hatte, die derzeit größten Stars. Nach Auskunft von Grand Continental war Searle in Jobling, Connecticut, geboren. Einziges Kind von Durfey Searle und Christina, geborene Mattson. Erkundigungen bei der Polizei in Jobling hatten ergeben, daß die Searles die Stadt schon vor über 20 Jahren verlassen hatten und irgendwo in den Süden gezogen waren. Searle war Drogist, und die Fotografie war seine Leidenschaft gewesen, aber das war alles, woran man sich noch erinnern konnte.

Nun, das war ein reichlich langweiliger Bericht. Eine öde Ansammlung nutzloser Fakten. Kein Hinweis auf das, was er sich am meisten erhofft hatte: auf Searles Bekanntenkreis in den Staaten. Keinerlei Aufschluß über Searle selbst. Aber irgend etwas an diesem Bericht ließ ein Glöcklein in seinem Kopf erklingen.

Er las den Bericht noch einmal und wartete, daß jenes Klicken sich in seinem Kopf einstellen sollte, das eine Uhr macht, bevor sie im nächsten Augenblick schlägt. Doch diesmal wartete er vergebens.

Verwirrt las er ihn langsam noch einmal. Was war es, was diesen warnenden Ton in seinem Inneren ausgelöst hatte? Er fand nichts. Noch immer verwirrt, faltete er das Blatt zusammen und steckte es in die Tasche.

»Wir können aufhören, das wissen Sie ja«, sagte Rodgers. »Jetzt finden wir nichts mehr. Es ist noch nie etwas in Salcott aus dem Fluß gefischt worden. In der Gegend hier gibt es ein Sprichwort. Wenn jemand sagen will ›Gib's auf‹ oder ›Denke nicht mehr daran‹, dann sagt er: ›Wirf's von der Brücke in Salcott.‹«

»Warum baggern sie den Flußlauf denn nicht aus, statt sich von diesem Zeug zuschütten zu lassen?« fragte Grant wütend. »Wenn sie das täten, dann würde ihnen der Fluß nicht mehr jeden zweiten Winter ihre Häuser überschwemmen.«

Rodgers' langes Gesicht wurde runder, und er schaute Grant amüsiert und freundlich an. »Wenn Sie jemals einen Eimer voll Schlick aus dem Rushmere gerochen hätten, dann würden Sie es sich zweimal überlegen, bevor Sie zuließen, daß er auf Wagen geladen und durch die Straßen des Dorfes kutschiert wird. Soll ich Bescheid geben, daß sie aufhören können?«

»Nein«, entgegnete Grant störrisch. »Sie sollen weitersuchen, solange es noch Licht gibt. Wer weiß, vielleicht gehen wir in die Geschichte ein als die ersten, die etwas in Salcott aus dem Fluß geholt haben. Ich habe ohnehin nie etwas von diesem Bauernaberglauben gehalten.«

Sie suchten weiter, bis es dunkel war, aber der Fluß gab nichts preis.

Kapitel 16

»Soll ich Sie mit zurück nach Wickham nehmen?« fragte Rodgers, doch Grant lehnte ab; er habe seinen eigenen Wagen bei der Mühle und würde zu Fuß dorthin gehen, um ihn zu holen.

Marta kam ihm in der windigen Abenddämmerung entgegen und hakte sich bei ihm ein.

»Nichts?« fragte sie.

»Nichts.«

»Komm herein, und wärme dich auf.«

Sie gingen ins Haus, ohne noch etwas zu sagen, und dann goß sie ihm einen großen Whisky ein. Die dicken Mauern ließen das Heulen des Windes nicht ins Haus dringen, und das Zimmer war still und warm, so wie es auch am Abend zuvor gewesen war. Ein leichter Currygeruch kam aus der Küche.

»Riechst du, was ich für dich koche?«

»Curry. Aber man kann nicht erwarten, daß du Scotland Yard hier durchfütterst.«

»Ein Curry ist genau das, was du nach einem Tag draußen in unserem großartigen englischen Frühling brauchst. Du kannst natürlich auch zurück zum White Hart fahren und das bekommen, was es dort immer am Sonntagabend gibt: kaltes Rindfleisch aus der Dose, zwei Scheiben Tomate, drei Stückchen Rote Bete und ein verwelktes Salatblatt.«

Grant erschauderte. Der Gedanke an den White Hart an einem Sonntagabend war tödlich.

»Außerdem bin ich morgen nicht mehr hier, um ein Abendessen für dich zu kochen. Im Augenblick halte ich es hier in der Mühle nicht mehr aus. Ich bleibe in der Stadt, bis die Proben für *Herzschwäche* beginnen.«

»Daß ich dich hatte, hat mir praktisch das Leben gerettet«, sagte Grant. Er holte den Bericht aus Amerika aus der Tasche und bat sie: »Könntest du den bitte lesen und mir dann sagen, ob an irgendeiner Stelle bei dir ein Glöcklein klingelt?«

»Nein«, antwortete sie, nachdem sie den Bericht angesehen hatte. »Kein Glöcklein. Sollte es klingeln?«

»Ich weiß nicht. Als ich es das erste Mal las, schien es mir, als ob da etwas gewesen sei.« Wiederum saß er einen Moment lang ratlos da und steckte den Brief dann weg.

»Wenn wir beide wieder in der Stadt sind«, sagte Marta, »möchte ich deinen Sergeant Williams kennenlernen. Vielleicht könntest du ihn irgendwann zum Abendessen mitbringen?«

»Aber natürlich«, sagte Grant erfreut und erheitert. »Woher diese plötzliche Zuneigung zu dem unbekannten Williams?«

»Nun, eigentlich sind es zwei ganz verschiedene Gründe. Der erste ist, daß jeder, der Mutterwitz genug hat, um zu erkennen, daß Walter Whitmore einer ist, ›der geschubst wird‹, wert ist, ihn kennenzulernen. Und der zweite ist, daß ich dich heute nur ein einziges Mal fröhlich gesehen habe, und das war, als du mit Sergeant Williams telefoniertest.«

»Ach das!« sagte er und erzählte ihr von Benny Skoll, vom *Beobachter* und von Williams, der der Tugend eine Lektion erteilt hatte. Und so wurde es doch noch ein heiteres Sonntagabendessen, denn Marta steuerte indiskrete Geschichten über den Theaterkritiker des *Beobachters* bei. So kam es, daß sie ihn erst beim Aufbruch fragte, was er denn weiter zu tun beabsichtige, nun, wo die Suche nach Searle ergebnislos geblieben sei.

»Morgen vormittag bringe ich hier in Salcott noch ein paar Sachen zu Ende«, antwortete er, »und dann fahre ich zurück nach London, um meinem Vorgesetzten Bericht zu erstatten.«

»Und was geschieht dann?«

»Eine Konferenz wird einberufen, und die entscheidet, was weiter unternommen wird – sofern überhaupt noch etwas unternommen wird.«

»Verstehe. Nun, wenn alles entschieden ist, rufst du dann bitte an und sagst mir Bescheid? Dann können wir uns auch gleich für einen Abend verabreden, an dem Sergeant Williams Zeit hat.«

Wie bewundernswert, dachte er, als er sich auf den Rückweg machte; wirklich bewundernswert. Keine Fragen, keine Andeutungen, keine kleinen weiblichen Sticheleien. In ihrer Art, sich in eine gegebene Situation zu fügen, hatte sie etwas ausgesprochen Männliches. Vielleicht war es dieser Mangel an Abhängigkeit, der die Männer einschüchterte.

Er fuhr zurück zum White Hart, rief auf der Wache an, um zu fragen, ob es irgendwelche Nachrichten gebe, nahm sich die Karte von der Anrichte im Speisesaal, um sich Martas Prognose bestätigen zu lassen – sie hatte das Rhabarberkompott mit Vanillesoße vergessen, das mußte er ihr unbedingt sagen –, und ging dann zum letzten Mal in seinem kleinen Zimmer unter dem Dach zu Bett. Diesmal empfand er den Bibelspruch nicht als Verheißung. ›Es wird kommen die Stunde‹, das konnte man wohl sagen. Wieviel freie Zeit die Frauen früher offenbar gehabt hatten. Heute kauften sie alles in Dosen und hatten überhaupt keine Freizeit mehr.

Aber das stimmte natürlich nicht. Der Unterschied war nur, daß sie heute ihre freie Zeit nicht mehr damit verbrachten, Bibelsprüche zu sticken. Sie sahen sich Danny Minsky an und konnten sich für einen Shilling zwei Pence kranklachen, und das war seiner Meinung nach eine bessere Art, sich von der Arbeit eines Tages zu erholen als bei sinnlosen purpurnen Kreuzstichmustern. Er warf einen bösen Blick auf den Spruch, drehte seine Lampe so, daß dieser im Schatten außerhalb seines Gesichtsfeldes lag, und nahm dann seine Notizbücher mit ins Bett.

Am Morgen zahlte er seine Rechnung und tat so, als sähe er die Überraschung des Gastwirtes nicht. Es hatte sich überall herumgesprochen, daß die Suche im Fluß ergebnislos geblieben war, und da jedermann wußte, daß ein Kleidungsstück, welches man aus dem Rushmere herausgefischt hatte, der Anlaß zu dieser Suche gewesen war – um welches Kleidungsstück es sich dabei gehandelt hatte, darüber waren verschiedene Versionen im Umlauf –, hatte der Wirt ganz und gar nicht damit gerechnet, daß Scotland Yard sich in dieser kritischen Phase verabschieden würde. Oder hatten sie doch etwas gefunden, und niemand wußte davon?

»Kommen Sie zurück, Sir?«

»Vorerst nicht«, antwortete Grant, der in den Gedanken des Wirts lesen konnte wie in einem Buch und nicht eben angetan davon war, wie er in diesem Moment zum Versager gestempelt wurde.

Dann machte er sich auf nach Trimmings.

Der Morgen hatte etwas von einer konventionellen Entschuldigung. Er lächelte regennaß, und der Wind war abgeflaut. Das Laub glitzerte, und die Straßen dampften in der Sonne. ›Nur ein kleiner Spaß, meine Lieben‹, sagte der englische Frühling zu den durchnäßten und vor Kälte zitternden Kreaturen, die ihm vertraut hatten.

Während der Wagen die Straße nach Trimmings hinabrollte, blickte er hinunter ins Tal nach Salcott St. Mary, und er überlegte sich, wie seltsam es war, daß das Dorf noch vor drei Tagen nichts als ein Name gewesen war, der bisweilen in Gesprächen mit Marta erwähnt wurde. Nun ging es ihm nicht mehr aus dem Sinn. Und Gott mochte verhüten, daß es wie eine Klette dort für immer haftenblieb!

Auf Trimmings wurde er von der vornehmen Edith empfangen, die aber doch einen Moment lang die Fassung verlor und menschliches Erschrecken zeigte, als sie ihn sah. Er fragte sie, ob er Walter sprechen könne. Sie geleitete ihn in die Bibliothek, wo kein Kaminfeuer brannte, Walter erlöste ihn von dort.

»Kommen Sie in den Salon«, sagte er. »Er dient uns als Wohnzimmer, und dort haben wir auch ein Feuer brennen.« Grant ertappte sich in Gedanken bei der undankbaren Frage, ob es wohl die eigene Bequemlichkeit war oder die seines Gastes, an die Walter dabei dachte. Walter war, bemerkte er, einer der Menschen, bei denen man auf solche Gedanken kam.

»Ich fahre heute vormittag zurück in die Stadt«, begann Grant, »und es gibt noch ein oder zwei kleine Punkte, die ich klären möchte, bevor ich meinen Vorgesetzten Bericht erstatte.«

»Und welche?« Walter war nervös und machte den Eindruck, als habe er eine schlaflose Nacht verbracht.

»Als ich mich nach Ihrer Flußfahrt auf dem Rushmere erkundigte, da sagten Sie, daß Sie an bestimmten, vorher abgemachten Postämtern Ihre Post geholt hätten.«

»Stimmt.«

»Am Montag wird wohl noch nichts dagewesen sein, aber am Dienstag oder Mittwoch haben Sie dort vermutlich Post abgeholt. Wissen Sie noch, ob an einem dieser Tage Briefe für Searle dabei waren?«

»Das kann ich Ihnen genau sagen, Inspector. Searle hat niemals Post bekommen.«

»Niemals? Soll das heißen, daß in der ganzen Zeit, die er auf Trimmings war, kein einziger Brief für ihn kam?«

»Nicht daß ich wüßte. Aber Liz kann Ihnen Auskunft geben. Sie kümmert sich um die eingehende Post.«

Wie, fragte Grant sich, hatte er diesen Umstand bisher übersehen können?

»Nicht einmal etwas, was ihm vom Hotel oder von der Bank nachgeschickt worden ist?«

»Nicht daß ich wüßte. Vielleicht stapelt sich seine Post irgendwo. Manche Leute machen sich einfach nichts aus Briefen.«

Das stimmte; und Grant ließ es dabei bewenden.

»Dann möchte ich noch einmal auf diese täglichen Anrufe zu sprechen kommen«, sagte er. »Sie haben am Sonntagabend von Tunstall angerufen, am Montagabend von Capel, am Dienstag von Friday Street – und von wo am Mittwoch?«

»In Pett's Hatch gibt es eine Telefonzelle. Eigentlich wollten wir direkt in Pett's Hatch kampieren, aber die verfallene Mühle sah irgendwie bedrückend aus, und ich erinnerte mich an jene geschützte Ecke ein wenig flußabwärts, da, wo der Fluß nach Süden abknickt, und dorthin sind wir dann auch gefahren.«

»Und Sie haben den Leuten auf Trimmings auch gesagt, daß Sie dort Ihr Lager aufschlagen wollten.«

»Ja, das habe ich Ihnen doch bereits gesagt.«

»Das weiß ich. Ich will Ihnen auch nicht zur Last fallen. Was mich jetzt interessiert, ist, wer bei diesem Telefonat von Pett's Hatch mit wem gesprochen hat.«

Walter dachte einen Augenblick lang nach. »Nun, als erstes habe ich mit Miss Fitch gesprochen, denn sie wartete immer auf den Anruf, und dann sprach Searle mit ihr. Dann kam Tante Em – Mrs. Garrowby – und wechselte ein paar Worte mit Searle, und zuletzt habe ich dann selbst mit Mrs. Garrowby gesprochen. Liz hatte eine Besorgung im Dorf zu machen und war noch nicht zurück, folglich sprach keiner von uns beiden am Mittwoch mit ihr.«

»Ich verstehe. Vielen Dank.« Grant machte eine Pause, und dann fragte er: »Ich nehme an, Ihnen ist nach wie vor nicht danach zumute, mir zu sagen, worum es bei Ihrer – Ihrer Meinungsverschiedenheit am Mittwochabend ging?« Und als Walter zögerte, hakte er nach: »Möchten Sie nicht darüber sprechen, weil es um Miss Garrowby ging?«

»Ich möchte sie da nicht mit hineinziehen«, antwortete Walter, und Grant konnte sich des Gedankens nicht erwehren, daß dieses Klischee weniger das Ergebnis eines persönlichen Gefühls als vielmehr der Überzeugung entsprungen war, daß sich ein Engländer unter solchen Umständen genau so zu verhalten hatte.

»Wie ich bereits sagte, frage ich eher, um Aufschluß über Leslie Searle zu erhalten, als um Ihnen irgend etwas zur Last zu legen. Gab es in diesem Gespräch, außer daß es mit Miss Garrowby zu tun hatte, sonst noch etwas, von dem Sie nicht möchten, daß ich es erfahre?«

»Nein, natürlich nicht. Es ging einfach um Liz – um Miss Garrowby. Es war ein unglaublich blödsinniges Gespräch.«

Grant lächelte herzlos. »Mr. Whitmore, als Polizist hat man das Nonplusultra an Blödsinnigkeit kennengelernt, noch bevor man sein drittes Jahr bei der Truppe hinter sich hat. Wenn es Ihnen lediglich zuwider ist, Blödsinn zu Protokoll zu geben, dann fassen Sie sich ein Herz. Für mich wird es vermutlich fast wie Weisheit klingen.«

»Von Weisheit kann keine Rede sein. Searle war den ganzen Abend über in einer sehr merkwürdigen Verfassung gewesen.«

»Merkwürdig? Deprimiert?« Da tat sich doch nicht etwa, dachte Grant, zu diesem späten Zeitpunkt noch die Möglichkeit eines Selbstmords auf?

»Nein. Er entwickelte eine für ihn ganz ungewohnte Frivolität. Und auf dem Weg vom Fluß begann er mich damit aufzuziehen, daß ich – nun, daß ich nicht gut genug für Liz sei. Für meine Verlobte. Ich versuchte das Thema zu wechseln, aber er kam immer wieder darauf zurück. Bis es mich schließlich ärgerte. Es begann damit, daß er all die Dinge aufzählte, die er über sie wußte und ich nicht. Er erzählte irgend etwas und sagte dann: ›Ich wette, das haben Sie nicht gewußt.‹«

»Nette Dinge?«

»Oh ja«, beteuerte Walter. »Ja, natürlich. Bezaubernde Dinge. Aber es war alles so überflüssig und provozierend.«

»Deutete er an, daß er an Ihrer Stelle sie mehr zu schätzen wüßte?«

»Mehr als das. Er sagte mir ins Gesicht, daß er mich ausstechen könne. Binnen 14 Tagen könne er mich ausstechen, sagte er.«

»Er hat aber nicht angeboten, darauf zu wetten, oder?« Grant mußte diese Frage einfach stellen.

»Nein«, antwortete Walter ein wenig überrascht.

Grant nahm sich vor, Marta irgendwann zu sagen, daß sie in diesem einen Punkt unrecht gehabt hatte.

»Als er das sagte«, fuhr Walter fort, »daß er mich ausstechen könne, da wußte ich, daß ich ihn an diesem Abend nicht ertragen konnte. Ich hoffe, Sie verstehen mich nicht falsch, Inspector. Es ging mir nicht darum, daß er andeutete, ich sei ihm unterlegen; es ging um das Licht, das dadurch auf Liz fiel. Auf Miss Garrowby. Die Andeutung, daß sie sich jedem an den Hals werfen würde, der ihr den Hof machte.«

»Ich verstehe«, antwortete Grant nachdenklich. »Haben Sie vielen Dank, daß Sie mir das gesagt haben. Hatten Sie damals den Eindruck, daß Searle Sie absichtlich provozierte, um einen Streit vom Zaune zu brechen?«

»Auf den Gedanken bin ich nicht gekommen. Ich dachte einfach nur, daß er in einer streitsüchtigen Stimmung war. Ein wenig zu übermütig.«

»Ah ja. Danke. Ob ich noch einen Moment lang mit Miss Fitch sprechen könnte? Ich werde sie nicht aufhalten.«

Walter führte ihn in den kleinen Salon, wo Miss Fitch mit einem gelben und einem roten Bleistift in dem rotblonden Vogelnest und einem weiteren im Munde auf- und abtigerte wie ein nervöses Kätzchen. Sie entspannte sich, als sie Grant erblickte, und sah nun müde und ein wenig traurig aus.

»Bringen Sie Neuigkeiten, Inspector?« fragte sie. Grant ließ den Blick an ihr vorbeiwandern und sah die Furcht in Liz' Augen.

»Nein, ich komme nur, um Ihnen eine letzte Frage zu stellen, Miss Fitch, und dann werde ich Sie nicht mehr belästigen. Ich entschuldige mich, daß ich Sie überhaupt noch einmal störe. Am Mittwochabend, da warteten Sie darauf, daß Ihr Neffe anrief, um von den Fortschritten der Reise zu berichten.«

»Ja.«

»So waren Sie also diejenige, die zuerst mit ihm sprach. Die erste unter den Bewohnern von Trimmings, meine ich. Können Sie mir sagen, wie es dann weiterging?«

»Sie meinen, Ihnen sagen, worüber wir gesprochen haben?«

»Nein; wer mit wem sprach.«

»Oh. Nun, sie waren in Pett's Hatch – ich nehme an, das wissen Sie –, und ich redete mit Walter und danach mit Leslie. Sie waren beide sehr glücklich.«

Ihre Stimme zitterte. »Dann rief ich Emma – meine Schwester –, und sie sprach mit beiden.«

»Blieben Sie im Zimmer, während sie mit ihnen sprach?«

»Nein, ich bin nach oben auf mein Zimmer gegangen, um mir Susie Sclander im Fernsehen anzusehen. Einmal im Monat, mittwochs, tritt sie zehn Minuten lang mit ihren Parodien auf, und sie ist wunderbar, und natürlich hätte ich ihr nicht richtig folgen können, wenn Em dabei sprach.«

»Verstehe. Und Miss Garrowby?«

»Liz kam aus dem Dorf zurück, als das Gespräch gerade beendet war.«

»Wie spät war es da, wissen Sie das noch?«

»Ich weiß es nicht mehr genau, aber es muß ungefähr 20 Minuten vor dem Abendessen gewesen sein. Es gab an jenem Tag früher Abendessen, weil meine Schwester noch zu einer Versammlung des Landfrauenvereins gehen wollte. Das Abendessen auf Trimmings wird ständig entweder verschoben oder vorverlegt, weil immer jemand entweder irgendwo hingeht oder von irgendwo zurückkommt.«

»Haben Sie vielen Dank, Miss Fitch. Wenn ich nun noch einmal einen Blick auf Leslie Searles Zimmer werfen dürfte, dann werde ich Sie nicht mehr belästigen.«

»Aber natürlich.«

»Ich führe den Inspector hinauf«, sagte Liz und kümmerte sich nicht darum, daß Walter noch immer bei ihnen stand und es eigentlich an ihm gewesen wäre, Grant zu begleiten.

Sie sprang von der Schreibmaschine auf, noch bevor Miss Fitch ihr mit einem Gegenvorschlag in die Quere kommen konnte, und führte den Inspector hinaus.

»Verlassen Sie uns, weil Sie Ihre Schlußfolgerungen gezogen haben, Inspector, oder verlassen Sie uns, weil Sie keine gezogen haben?« fragte sie, als sie die Treppe hinaufgingen. »Oder sollte ich das nicht fragen?«

»Alles weitere ist Routine. Ich tue, was von jedem Kriminalbeamten erwartet wird; er legt seinen Vorgesetzten seinen Bericht vor und läßt die dann entscheiden, welche Schlüsse sie aus den Indizien ziehen.«

»Aber ein paar Schlüsse ziehen Sie vorher doch auch, oder?«

»Und ich schließe eine Menge aus«, kommentierte er trocken.

Der trockene Tonfall entging ihr nicht. »Bei diesem Fall ergibt nichts einen Sinn, nicht wahr?« stimmte sie ihm zu. »Walter sagt, er kann unmöglich aus Versehen in den Fluß gefallen sein. Und doch ist er hineingefallen. Irgendwie.«

Sie hielt auf dem Treppenabsatz an der Türe zum Turmzimmer inne. Es gab ein Dachfenster, und er konnte jede Einzelheit ihres

Gesichts klar erkennen, als sie sich ihm zuwandte und zu ihm sprach: »Aber eines ist sicher bei diesem ganzen Durcheinander, und das ist, daß Walter mit Leslies Tod nichts zu tun hat. Bitte glauben Sie mir das, Inspector. Ich verteidige Walter nicht, weil er Walter ist und ich ihn heiraten werde. Ich kenne ihn mein Leben lang, und ich weiß, zu welchen Taten er fähig ist und zu welchen nicht. Und er ist unfähig, gegenüber irgend jemandem körperliche Gewalt anzuwenden. Glauben Sie mir. Er – er hat einfach nicht den Mumm dazu.«

Selbst seine zukünftige Frau, dachte Grant, hält ihn für einen, der geschubst wird.

»Und lassen Sie sich auch nicht durch diesen Handschuh in die Irre führen, Inspector. Glauben Sie mir, die wahrscheinlichste Erklärung ist, daß Leslie ihn irgendwo fand und in der Absicht in die Tasche steckte, ihn mir zurückzugeben. Ich habe in der Ablage im Wagen nachgesehen, ob der andere dort ist, und er ist es nicht; die wahrscheinlichste Erklärung ist wohl, daß sie herausfielen und Leslie einen fand und ihn aufhob.«

»Warum hat er ihn dann nicht wieder in die Wagenablage gelegt?«

»Ich weiß es nicht. Warum tut jemand irgend etwas? Etwas in die Tasche zu stecken, ist beinahe eine Reflexbewegung. Was ich sagen will, ist, daß er ihn nicht genommen hätte, um ihn aufzubewahren. Leslie hegte keinerlei derartige Gefühle für mich.«

Worauf es ankam, dachte Grant, war nicht, ob Leslie in Liz verliebt gewesen war, sondern ob Walter geglaubt hatte, Liz sei in Leslie verliebt gewesen.

Zu gern hätte er Liz gefragt, was in einem Mädchen vorgeht, das mit jemandem, der geschubst wird, verlobt ist, und dann kommt jemand, der aus dem Garten Eden übriggeblieben ist, ein Flüchtling aus Atlantis, ein Dämon in Zivil. Doch die Frage, so zweckdienlich sie auch gewesen wäre, hätte wohl kaum zu etwas geführt. Statt dessen fragte er sie, ob Searle während seines Aufenthaltes auf Trimmings jemals Post bekommen habe, und sie antwortete, ihres Wissens habe er das nicht. Dann ging sie hinunter, und er begab sich ins Turmzimmer – das ordentliche Zimmer, in dem man alles, was Searle hinterlassen hatte, finden konnte, nur nicht seine Persönlichkeit.

Er hatte es noch nicht bei Tageslicht gesehen, und einige Augenblicke brachte er damit zu, von den drei großen Fenstern aus den Garten und das Tal zu betrachten. Einen Vorteil hatte es, wenn man sich keine Gedanken darüber machte, wie das Haus, das man baute, später aussehen würde: Man konnte seine Fenster da einplanen, wo sie am nützlichsten zu sein versprachen. Dann wandte er sich ein weiteres Mal der Aufgabe zu, Searles persönliche Habe durchzusehen. Geduldig musterte er Kleidungsstück für Kleidungsstück, Gegenstand für Gegenstand, und hoffte dabei vergebens auf ein Zeichen, eine Enthüllung. Er saß auf einem Schemel, die Box mit den Fotoutensilien offen auf dem Boden zwischen den Beinen, und versuchte sich im Geiste alles zusammenzustellen, was ein Fotograf auch nur irgendwann brauchen könnte. Es fiel ihm nichts ein – weder Chemikalie noch Gerät –, was nicht vorhanden war. Die Box war nicht von ihrem Platz gerückt worden, seit er sie zuletzt betrachtet hatte, und die Lücke hatte noch immer die Umrisse dessen, was jemand herausgenommen hatte.

Es war eine unschuldige Form. Jeden Tag werden Artikel aus gepackten Kisten genommen und hinterlassen ihre Umrisse an der Stelle, an der sie gelegen haben. Es gab nicht den geringsten Grund anzunehmen, daß das, was herausgenommen worden war, von irgendeiner Bedeutung war. Aber warum zum Teufel hatte niemand eine Idee, was für ein Ding das gewesen sein könnte?

Noch einmal versuchte er, die kleinen Kameras in der Lücke unterzubringen, obwohl er doch wußte, daß sie nicht passen würden. Er packte sogar zwei von Searles Schuhen zusammen und wollte sie in die Lücke stecken. Sie waren einige Zentimeter zu lang, und die Sohlen ragten über die anderen Gegenstände hinaus, so daß das darüberliegende Tablett nicht hineinpaßte und sich der Deckel nicht schließen ließ. Aber warum sollte er auch Kleidung in seiner Fotokiste verstauen, wenn in den anderen Gepäckstücken genügend Platz war? Was immer an dieser Stelle gelegen hatte, war nicht unbedacht oder eilig hineingesteckt worden. Alles war ordentlich und methodisch gepackt.

Was die Vermutung nahelegte, daß dieses Etwas dort verstaut worden war, weil nur Searle persönlich es wieder herausholen würde.

Und genau hier war Grant, wie es so schön hieß, mit seinem Latein am Ende.

Er steckte wieder alles ordentlich zurück, so wie er es vorgefunden hatte, warf noch einmal einen Blick auf das Tal des Rushmere und kam zu dem Schluß, daß er genug davon hatte. Dann machte er die Tür des Zimmers, in dem man alles, was Searle hinterlassen hatte, finden konnte, nur nicht seine Persönlichkeit, hinter sich zu.

Kapitel 17

London war grau, aber es war ein freundliches und trostreiches Grau nach der verregneten Ebene des Rushmere. Und vor dem dunklen Hintergrund war das frische Grün der Bäume in Westminster lebendig wie flackernde Flammen. Es war schön, wieder unter seinesgleichen zu sein; seinen Gedanken wieder jene lockeren Kleider anzulegen, die man unter Kollegen trug; wieder in jenen nur halb verständlichen Andeutungen zu sprechen, die der Jargon im Präsidium waren.

Doch weniger angenehm war es, an die bevorstehende Beratung mit Bryce zu denken. Würde es einer seiner guten Tage sein oder einer von denen, wo er ungenießbar war? Im Schnitt kam beim Superintendent ein schlechter Tag auf drei gute, so daß die Chancen drei zu eins zu seinen Gunsten standen. Andererseits herrschte feuchtes Wetter, und bei feuchtem Wetter plagte das Rheuma ihn immer am schlimmsten.

Bryce hatte sich eine Pfeife angesteckt. Das hieß, es war einer seiner guten Tage. An den schlechten entzündete er Zigaretten und drückte sie fünf Sekunden, nachdem er das Streichholz gelöscht hatte, im Aschenbecher wieder aus.

Grant wußte nicht recht, wie er beginnen sollte. Er konnte ja kaum sagen: Vor vier Tagen haben Sie mir einen Fall übergeben, bei dem ich – soweit ich es überschaue – in den entscheidenden Punkten in den vier Tagen keinen Schritt vorangekommen bin. Aber das war, wenn man sich nichts vormachte, genau die Wahrheit.

Es war Bryce, der ihn rettete. Bryce musterte ihn mit seinen listigen Äuglein und sagte: »Wenn ich jemals einen Mann gesehen habe, dem ›Bitte, Sir, an mir lag's nicht‹ im Gesicht geschrieben stand, dann sind Sie das jetzt«, und Grant mußte lachen.

»Ja, Sir. Eine einzige Pleite.« Er legte seine Notizbücher auf den Tisch und nahm auf dem Stuhl auf der anderen Seite des Tisches Platz, der im Büro als Delinquentenstuhl bekannt war.

»Sie sind also der Meinung, daß unser Häschenfreund Whitmore es nicht war?«

»Ja, Sir. Für meine Begriffe ist es so unwahrscheinlich, daß die Vorstellung schon absurd ist.«

»Unfall?«

»Unser Häschenfreund glaubt es nicht«, sagte Grant grinsend.

»*Tatsächlich*, na so was. Hat er denn nicht einmal Verstand genug, ins Haus zu kommen, wenn's draußen regnet?«

»Er ist ein einfältiger Geselle, in gewisser Hinsicht. Er glaubt einfach nicht, daß es ein Unfall war, und sagt das auch. Die Tatsache, daß es zu seinem Vorteil wäre, wenn das Urteil auf Unfall lautete, kümmert ihn offenbar nicht. Er ist sehr verstört und besorgt wegen Searles Verschwinden. Ich bin mir völlig sicher, er hat nichts damit zu tun.«

»Irgendwelche Gegenvorschläge?«

»Nun, es gibt jemanden, der die Gelegenheit hatte, das Motiv und die Mittel.«

»Worauf warten wir noch?« fragte Bryce schneidig.

»Die vierte Komponente fehlt leider.«

»Keine Beweise?«

»Nicht der klitzekleinste Schnipsel.«

»Wer ist es?«

»Die Mutter von Walter Whitmores Verlobten. Stiefmutter, genau genommen. Sie hat Liz Garrowby vom Babyalter an großgezogen und hat einen fanatisch ausgeprägten Muttertrieb. Ich will nicht sagen, daß sie sie vereinnahmt, aber –«

»Immer nur das Beste für unsere Liz.«

»Ja. Es muß für sie eine ungeheure Genugtuung gewesen sein, daß ihre Stieftochter sich mit ihrem Neffen verlobte, so daß alles in der Familie blieb, und ich glaube, es sah aus, als ob Searle ihr das Spiel verderben würde. Das wäre ein mögliches Motiv. Sie hat kein Alibi für den fraglichen Abend, und sie hätte ohne Mühe an die Stelle, an der die beiden ihr Lager aufgeschlagen hatten, gelangen können. Sie wußte, wo es war, denn die Männer riefen jeden Abend auf Trimmings an, dem Wohnsitz von Miss Fitch, um zu erzählen, wo sie waren, und am Mittwochabend beschrieben sie die Stelle, an der sie kampieren wollten.«

»Aber sie konnte nicht wissen, daß die Männer sich streiten und getrennt zum Fluß zurückgehen würden. Wie hätte sie also vorgehen sollen?«

»Nun, an diesem Streit gibt es etwas Merkwürdiges. Nach allem, was man über ihn weiß, war Searle ein sehr ausgeglichener Mensch, und trotzdem war er es, der den Streit provozierte. Zumindest sagt Whitmore das, und ich habe keinen Grund, es anzuzweifeln. Er stichelte, daß Whitmore nicht gut genug für Liz Garrowby sei, und prahlte, daß er sie ihm binnen einer Woche ausspannen könne. Er war vollkommen nüchtern, und ich denke mir, da es so wenig zu seinem sonstigen Charakter paßt, muß er damit irgendeine Absicht verfolgt haben.«

»Sie glauben, er habe es so eingerichtet, daß er sich an jenem Abend von Whitmore trennte? Aber warum?«

»Vielleicht, weil er hoffte, sich irgendwo mit Liz Garrowby zu treffen. Die kleine Garrowby war am Abend, als die beiden Männer anriefen, nicht zu Hause, und Mrs. Garrowby ging an ihrer Stelle ans Telefon. Ich überlege, ob sie nicht auch auf eine folgenschwerere Weise an ihre Stelle getreten sein könnte.«

»Liz sagt, Sie sollen an der dritten Eiche hinter der alten Mühle auf sie warten.«

»Etwas in dieser Art.«

»Und dort erwartet die rasende Mutter ihn mit einem stumpfen Gegenstand und wirft den Leichnam in den Fluß. Bei Gott, ich wünschte, Sie hätten diese Leiche finden können.«

»Wenn Sie wüßten, wie sehr *ich* mir das wünschte, Sir. Ohne Leiche, was können wir da überhaupt noch tun?«

»Selbst mit Leiche haben Sie nichts, weswegen Sie Anklage erheben könnten.«

»Nein, aber es wäre tröstlich, um nicht zu sagen aufschlußreich, zu wissen, in welchem Zustand Searles Schädelknochen ist.«

»Irgendein Beweis, daß Searle Interesse an dem Mädchen hatte?«

»Er hatte einen ihrer Handschuhe in seiner Taschentuchschublade.«

Bryce schnaufte. »Ich dachte, so etwas wäre schon genauso lange aus der Mode wie die Blümchen zum Valentinstag«, sagte er, ein unbewußtes Echo auf Sergeant Williams' Bemerkung.

»Ich habe ihn ihr gezeigt, und sie sagte, er habe ihn wahrscheinlich gefunden und ihn ihr zurückgeben wollen.«

»Na, die kann viel erzählen!« rief der Superintendent.

»Sie ist ein anständiges Mädchen«, sagte Grant nachsichtig.

»Das war Madeleine Smith auch. Gibt es einen zweiten Favoriten auf der Liste der Verdächtigen?«

»Nein. Es folgt das Hauptfeld. Die Männer, die Searle nicht mochten und Gelegenheit hatten, es zu tun, und die kein zufriedenstellendes Alibi aufweisen können.«

»Sind es viele?« fragte Bryce, überrascht von dem Plural.

»Da wäre Toby Tullis, den es noch immer krank macht, daß Searle ihm eine Abfuhr erteilte. Tullis wohnt am Fluß und besitzt ein Boot. Sein Alibi basiert auf der Aussage eines ihm treu ergebenen Jüngers. Dann ist da Serge Ratoff, der Tänzer, der Searle verabscheute, weil Toby ihm so viel Aufmerksamkeit zollte. Serge behauptet, am Mittwochabend in den Flußauen getanzt zu haben. Und dann gibt es noch Silas Weekley, den bekannten englischen Romancier, der an dem Feldweg wohnt, auf dem Searle am Mittwochabend von der Bildfläche verschwand. Silas kann das Schöne nicht ausstehen; es drängt ihn beständig danach, es zu zerstören. Er arbeitete an jenem Abend in einer Hütte am hinteren Ende des Gartens, behauptet er jedenfalls.«

»Würden Sie auf irgend jemanden im Feld wetten?«

»N-nein, ich glaube nicht. Vielleicht etwas Kleingeld auf Weekley. Er ist der Typ, der jederzeit durchdrehen kann und dann den Rest seiner Tage glücklich an der Schreibmaschine im Gefängnis von Broadmoor verbringt. Tullis hingegen würde niemals mit einem so dummen Mord alles aufs Spiel setzen, was er sich aufgebaut hat. Dazu ist er viel zu gerissen. Was Ratoff angeht, so kann ich mir schon vorstellen, daß er loszieht, um jemanden umzubringen, aber noch bevor er den halben Weg zurückgelegt hätte, hätte er eine andere gute Idee und würde vergessen, was er ursprünglich vorhatte.«

»Gibt es eigentlich nur Überkandidelte in diesem Dorf?«

»Es hatte das Pech, ›entdeckt‹ zu werden. Die Eingeborenen sind ganz normal.«

»Tja, ich fürchte, wir können nichts tun, bevor die Leiche auftaucht.«

»Wenn sie auftaucht.«

»Meistens tun sie das, irgendwann.«

»Die dortige Polizei sagt, in den letzten 40 Jahren seien fünf Leute im Rushmere ertrunken. Das heißt, wenn man Mere Harbour und den schiffbaren Teil nicht mitrechnet. Zwei sind oberhalb Salcotts ertrunken, drei unterhalb. Die drei, die unterhalb von Salcott ertrunken sind, kamen alle innerhalb von ein bis zwei Tagen wieder hoch. Die zwei oberhalb des Dorfes sind nie wieder aufgetaucht.«

»Schöne Aussichten für Walter Whitmore«, meinte Bryce.

»Ja«, sagte Grant und dachte darüber nach. »Sie sind heute morgen nicht gerade allzu freundlich mit ihm umgesprungen.«

»Die Zeitungsleute? Sie waren doch ungeheuer wohlerzogen und diskret, aber eine angenehme Lektüre für unseren Häschenfreund kann es trotzdem nicht gewesen sein. Eine scheußliche Klemme, in der er da steckt. Solange ihn niemand anschuldigt, kann er sich auch nicht verteidigen. Nicht, daß er irgend etwas hätte, womit er sich verteidigen könnte«, fügte er hinzu.

Er schwieg eine Zeitlang und klopfte sich dabei mit der Pfeife an die Zähne, wie es seine Art war, wenn er nachdachte.

»Nun, ich denke, im Augenblick können wir nichts tun. Sie machen einen hübschen, ordentlichen Bericht, und dann warten wir ab, was der Commissioner dazu sagt. Ich wüßte nichts, was wir sonst noch tun könnten. Tod durch Ertrinken, bisher keinerlei Anhaltspunkte, ob durch Unfall oder Fremdeinwirkung. Das ist Ihr Urteil, oder?«

Als Grant nicht sofort antwortete, blickte er auf und fragte scharf: »Oder?«

Gerade sah man ihn noch, nun ist er fort.

Irgend etwas an der Geschichte stimmt nicht.

Sehen Sie sich vor, Grant, sonst geht Ihre Phantasie mit Ihnen durch.

Irgend etwas ist faul an der Sache.

Gerade sah man ihn noch, nun ist er fort.

Das Geschwätz der Taschenspieler.

Der Trick, die Aufmerksamkeit abzulenken.

Man kann mit allem durchkommen, wenn man nur die Aufmerksamkeit ablenkt.

Irgend etwas ist faul . . .

»Grant!«

Er blickte auf und sah, wie überrascht sein Vorgesetzter war. Was sollte er sagen? Ihm zustimmen und seine Theorie aufgeben?

Sich an die Fakten und die Beweise halten und auf Nummer Sicher gehen?

Widerwillig löste er sich von diesen Gedanken und hörte seine eigene Stimme sagen: »Waren Sie jemals dabei, wie eine Dame zersägt wird, Sir?«

»Allerdings«, antwortete Bryce und beobachtete ihn argwöhnisch.

»Für meine Begriffe riecht dieser Fall sehr nach zersägter Dame«, sagte Grant und erinnerte sich, daß er genau diese Metapher auch Sergeant Williams gegenüber verwendet hatte.

Aber Bryce reagierte ganz anders darauf als der Sergeant.

»Meine Güte«, stöhnte er. »Sie präsentieren uns doch nicht etwa wieder einen Lamont, Grant, oder doch?«

Vor Jahren hatte Grant einen Mann in die entlegensten Ecken der Highlands verfolgt und ihn mit zurückgebracht; ihn zurückgebracht wegen eines Falls, in dem die Beweisführung so hieb- und stichfest war, daß nur noch der Urteilsspruch zu verkünden blieb; und als er ihn übergab, erklärte er, daß er alles in allem zu dem Schluß gekommen sei, sie hätten den falschen Mann. Und so war es dann auch. Der Yard hatte das niemals vergessen, und immer, wenn eine wilde Theorie im Widerspruch zum Beweismaterial stand, nannte man es einen ›Lamont‹.

Die plötzliche Erwähnung von Jerry Lamonts Namen machte Grant Mut. Damals war es in Anbetracht der unerschütterlichen Beweislage noch viel absurder gewesen zu glauben, daß Jerry Lamont unschuldig war, als nun, wo er den einfachen Fall einer ›zersägten Dame‹ witterte.

»Grant!«

»Es ist irgend etwas sehr Merkwürdiges an dieser ganzen Geschichte«, beharrte Grant.

»Was ist merkwürdig daran?«

»Wenn ich das wüßte, hätte ich es in meinen Bericht geschrieben. Es ist nichts Bestimmtes. Es ist die – die ganze Geschichte. Die Atmosphäre. Ich wittere etwas. Die Witterung stimmt nicht.«

»Könnten Sie denn nicht einem gewöhnlichen, hart arbeitenden Polizisten erklären, was es ist, was daran so stinkt?«

Grant ließ sich von der ungelenken Ironie des Superintendent nicht beeindrucken und fuhr fort:

»Es stimmt schon von Anfang an nicht, sehen Sie das nicht? Searle kommt von nirgendwo auf diese Party spaziert. Ja, ich weiß, daß wir über ihn Bescheid wissen. Daß er derjenige ist, für den er sich ausgibt und all das. Wir wissen auch, daß seine Beschreibung, wie er nach England gekommen ist, der Wahrheit entspricht. Via Paris. Sein Flug wurde vom American-Express-Büro an der Madeleine gebucht. Aber das ändert nichts an der Tatsache, daß an der ganzen Episode etwas merkwürdig ist. War es denn wirklich *wahrscheinlich*, daß ihm so viel daran liegen würde, Walter kennenzulernen, nur weil sie beide mit Cooney Wiggin befreundet gewesen waren?«

»Woher soll ich das wissen! *War* es wahrscheinlich?«

»Warum mußte er unbedingt Walter kennenlernen?«

»Vielleicht kannte er seine Radiosendungen und konnte es gar nicht abwarten.«

»Und er hat keine Briefe bekommen.«

»Wer hat keine Briefe bekommen?«

»Searle. Er hat in der ganzen Zeit, die er in Salcott war, keinen einzigen Brief bekommen.«

»Vielleicht ist er allergisch gegen den Kleber auf den Umschlägen. Ich habe auch schon gehört, daß es Leute gibt, die die Post bei ihrer Bank hinterlegen lassen und dort abholen.«

»Das kommt noch dazu. Keine der gängigen amerikanischen Banken oder Agenturen hat je von ihm gehört. Und eine Kleinigkeit gibt es da, die so merkwürdig ist, daß es wohl in keinem Verhältnis zu ihrem wirklichen Wert steht. Dem Wert für unsere Ermittlungen, meine ich. Er besaß eine Metallbox, so etwas wie einen übergroßen Malkasten, in der er seine sämtlichen Fotoutensilien aufbewahrte. Etwas aus dieser Kiste ist verschwunden. Etwas von ungefähr 25 mal 8 mal 10 Zentimetern, das in der unteren Abteilung verstaut war. Die Kiste hat ein Tablett, wie in einem Malkasten, und ein größeres Fach darunter. Nichts, was jetzt noch unter seinen Besitztümern ist, paßt in diese Lücke, und niemand hat eine Idee, um was es sich dabei gehandelt haben könnte.«

»Und was soll daran so merkwürdig sein? Da muß es doch 101 Dinge geben, die in einer solchen Lücke gesteckt haben können.«

»Was zum Beispiel, Sir?«

»Nun – nun, auf Anhieb fällt mir nichts ein, aber es gibt sicher Dutzende.«

»In seinen anderen Koffern ist genügend Platz für alles, was er unterbringen wollte. Es wird sich also nicht um Kleidung oder gewöhnliche Dinge gehandelt haben. Was immer in dieser Metallkiste steckte, es war etwas, das er dort aufbewahrte, wo es unwahrscheinlich war, daß es irgend jemand sonst zu sehen bekam.«

Von da an hörte Bryce ein wenig aufmerksamer zu.

»Nun ist es verschwunden. Es hat keine offensichtliche Bedeutung für unseren Fall. Vielleicht ist es überhaupt nicht von Bedeutung. Es ist nur einfach merkwürdig, und es geht mir nicht aus dem Kopf.«

»Was meinen Sie denn, worauf er es auf Trimmings abgesehen hatte? Erpressung?« fragte Bryce nun doch interessiert.

»Ich weiß es nicht. An Erpressung hatte ich noch gar nicht gedacht.«

»Was könnte in der Kiste gewesen sein, woraus er Geld machen konnte? Briefe waren es nicht – bei dem Format. Dokumente vielleicht? Zusammengerollte Dokumente.«

»Ich weiß nicht. Ja, das könnte sein. Was gegen die Idee der Erpressung spricht, ist, daß er offenbar recht wohlhabend war.«

»Das sind Erpresser meistens.«

»Schon. Aber Searle hatte einen Beruf, in dem er sehr gut verdiente. Nur ein Vielfraß würde noch mehr wollen, und irgendwie kam er mir nicht wie ein Vielfraß vor.«

»Seien Sie nicht kindisch, Grant. Halten Sie einen Moment lang inne, und führen Sie sich die Erpresser vor Augen, die Ihnen begegnet sind.« Er wartete, bis diese Salve ihre Wirkung tat, und sagte dann lakonisch: »Genau!« Und dann: »Was meinen Sie, wer auf Trimmings wäre derjenige, der erpreßt würde? Wäre es möglich, daß Mrs. Garrowby eine Frau mit Vergangenheit ist?«

»Denkbar«, antwortete Grant und sah Emma Garrowby in einem neuen Licht. »Ja, ich glaube, das ist durchaus denkbar.«

»Nun, die Auswahl ist ja nicht allzu groß. Ich glaube nicht, daß Lavinia Fitch je über die Stränge geschlagen hat, oder?«

Grant dachte an die freundliche, eifrige, kleine Miss Fitch mit den bunten Bleistiften in ihrem wirren Haar und mußte lächeln.

»Sehen Sie – die Auswahl ist nicht groß. Ich denke mir, wenn es überhaupt Erpressung war, dann muß Mrs. Garrowby das Opfer gewesen sein. Ihre Theorie ist also, daß Searle aus einem Grunde umgebracht wurde, der nichts mit Liz Garrowby zu tun hat.« Und als Grant nicht gleich darauf antwortete, fragte er: »Sie *glauben* doch, daß es Mord war, oder?«

»Nein.«

»Nicht!«

»Ich glaube nicht, daß er tot ist.«

Einen Augenblick lang herrschte Schweigen. Dann lehnte Bryce sich über den Tisch hinweg vor und sagte mit ungeheurer Selbstbeherrschung: »Nun passen Sie mal auf, Grant. Phantasie, gut und schön. Und ich gönne Ihnen auch ein gerüttelt Maß davon. Aber jetzt übertreiben Sie es, das ist dann doch zuviel des Guten. Halten Sie sich ein wenig zurück, in drei Teufels Namen. Gestern haben Sie einen ganzen Tag lang den Fluß abgesucht, um einen Ertrunkenen zu finden, und nun sitzen Sie da und wagen es, mir zu sagen, daß er Ihrer Meinung nach gar nicht ertrunken ist. Was denken Sie denn, was aus ihm geworden ist? Ist er barfuß davongegangen? Oder hinkte er als Einbeiniger verkleidet auf Krücken davon, die er in einem Augenblick der Muße aus zwei Eichenästen geschnitzt hatte? Was meinen Sie, wohin er gegangen ist? Wovon wird er von nun an leben? Ehrlich, Grant, ich glaube, Sie brauchen Urlaub. Sagen Sie mir doch bitte, was hat Ihnen diese Idee eingegeben? Wie kommt der ausgebildete Verstand eines Kriminalbeamten von einem einfachen Fall von ›vermißt, vermutlich ertrunken‹ auf einen absurden Tagtraum, der nicht das geringste mit den Tatsachen dieses Falles zu tun hat?«

Grant schwieg.

»Schauen Sie, Grant, ich will Ihnen doch nichts Böses. Ich will es einfach nur wissen. Wie kommen Sie zu dem Schluß, daß der Mann nicht ertrunken ist, obwohl Sie seinen Schuh aus dem Fluß gefischt haben? Wie soll der Schuh Ihrer Meinung nach denn dorthin gekommen sein?«

»Wenn ich das wüßte, Sir, dann wüßte ich auch, wie ich weiter vorgehe.«

»Hatte Searle ein zweites Paar Schuhe dabei?«

»Nein, nur die, die er anhatte.«

»Von denen einer im Fluß gefunden wurde.«

»Jawohl, Sir.«

»Und Sie glauben trotzdem immer noch nicht, daß er ertrunken ist?«

»Nein.«

Wiederum trat eine Pause ein.

»Ich weiß nicht, was ich mehr bewundern soll, Grant: Ihre Dreistigkeit oder Ihre Phantasie.«

Grant entgegnete nichts. Es schien nichts zu geben, was er darauf noch sagen konnte. Ihm war schmerzlich bewußt, daß er bereits zuviel gesagt hatte.

»Fällt Ihnen irgendeine Theorie ein, sei sie auch noch so abwegig, die zu Ihrer Annahme paßt, er sei noch am Leben?«

»Die fällt mir durchaus ein. Er könnte entführt worden sein, und der Schuh wurde in den Fluß geworfen, um es so hinzustellen, als sei er ertrunken.«

Bryce betrachtete ihn mit gespieltem Respekt. »Sie haben Ihren Beruf verfehlt, Grant. Sie sind ein ausgezeichneter Detektiv, aber als Verfasser von Detektivgeschichten würden Sie ein Vermögen verdienen.«

»Ich bin lediglich Ihrer Aufforderung gefolgt, eine Theorie zu entwickeln, die zu den Fakten paßt, Sir«, sagte Grant milde. »Ich habe nicht gesagt, daß ich daran glaube.«

Das beruhigte Bryce ein wenig. »Sie holen die wie Kaninchen aus dem Hut, was? Theorien in allen Größen und für jede Figur! Kein Kaufzwang! Hereinspaziert! Hereinspaziert!« Er hielt inne und blickte Grant lange in dessen durch nichts zu erschütterndes Gesicht, dann lehnte er sich langsam in seinem Sessel zurück, entspannte sich und lächelte. »Sie verfluchtes Pokerface, Sie«, sagte er herzlich. Er suchte in seiner Tasche nach Streichhölzern. »Wissen Sie, worum ich Sie beneide, Grant? Um Ihre Selbstbeherrschung. Ich gerate ständig wegen jeder Kleinigkeit in Wut, und das ist weder für mich noch für sonst irgend jemanden gut. Meine Frau sagt, das kommt daher, daß ich nicht selbstsicher genug bin und ständig Angst habe, mich nicht durchzusetzen. Sie hat am Morley College einen sechsstündigen Kurs in Psychologie besucht, und es gibt nichts über die menschliche Psyche, was sie nicht weiß. Ich kann nur folgern, daß Sie sich Ihrer selbst wohl verdammt sicher sein müssen, daß Sie in so guter, ausgeglichener Stimmung sind.«

»Na, ich weiß nicht recht, Sir«, entgegnete Grant amüsiert. »Ich war alles andere als ausgeglichen, als ich hierher kam, um Bericht zu erstatten, und Ihnen nichts vorzulegen hatte als einen Fall, bei dem ich in den vier Tagen seit der Übernahme keinen Schritt weitergekommen bin.«

»Und da sagten Sie sich: ›Wie steht's denn heute mit dem Rheuma des Alten? Kann man sich ihm nähern, oder krieche ich auf allen vieren?‹« Seine kleinen Elefantenaugen zwinkerten kurz. »Nun, ich schlage vor, wir geben dem Commissioner Ihren ordentlichen Bericht über die Tatsachen, soweit sie bekannt sind, und verschweigen ihm lieber die extravaganteren Höhenflüge Ihrer Phantasie.«

»Oh ja, Sir. Dem Commissioner kann ich ja wohl kaum sagen, daß ich da so ein Gefühl in der Magengrube habe.«

»Nein. Und wenn Sie meinen Rat wissen wollen, dann schenken Sie dem, was Ihr Magen Ihnen zuraunt, nicht mehr ganz soviel Aufmerksamkeit und halten sich lieber an das, was in Ihrem Kopf vorgeht. Es gibt da eine kurze Wendung, die häufig in Polizeiberichten auftaucht, und sie lautet: ›in Übereinstimmung mit den Indizien‹. Sagen Sie das jeden Tag als Tischgebet, sechsmal vor und sechsmal nach dem Essen, und vielleicht bleiben Sie dann mit den Füßen auf dem Boden, sonst glauben Sie am Ende noch, Sie seien Friedrich der Große oder ein Maulwurf oder sonst irgendwas.«

Kapitel 18

Aus seiner Schulzeit wußte Grant, daß es sich auszahlte, eine Arbeit für eine Weile liegenzulassen, mit der man nicht weiterkam. Eine Hausaufgabe, die ihm noch am Abend unlösbar vorgekommen war, erschien im Licht des nächsten Morgens offensichtlich, ja geradezu lächerlich einfach. Das war eine Erkenntnis, auf die er selbst gekommen war und die er deshalb nie wieder vergaß; er befolgte diese Regel im Privatleben wie auch bei seiner Arbeit. Immer, wenn er in eine Sackgasse geriet, beschäftigte er sich mit etwas anderem. Und nun, auch wenn er Bryce' Empfehlung in puncto Tischgebet nicht gefolgt war, hörte er auf dessen Ermahnung, sich um das ›Raunen seines Magens‹ nicht mehr weiter zu kümmern. Im Fall Searle war er in die Sackgasse geraten. Also wandte er sich davon ab und beschäftigte sich mit Nebensächlichkeiten. Die gegenwärtige Nebensächlichkeit war ein ›arabischer‹ Potentat, der 14 Tage in einem Hotel in der City gewohnt hatte und dann verschwunden war, ohne daran zu denken, die Rechnung zu begleichen.

Die tägliche Routine, bei der es immer mehr zu tun gab, als Männer zur Verfügung standen, vereinnahmte ihn wieder vollkommen, und Salcott St. Mary verschwand von den vorderen Plätzen seiner Gedanken.

Und dann, an einem Morgen sechs Tage später, kehrte es mit Macht zurück.

Auf dem Weg zu seinem Mittagessen in der Maiden Lane ging er den Bürgersteig des Strand auf der Südseite entlang, zufrieden mit dem Bericht, den er Bryce überreichen würde, wenn er nachher in den Yard zurückkehrte, und wunderte sich geistesabwesend über die vielen Frauenschuhe, die in den Schaufenstern einer Straße zu sehen waren, die so wenig von Frauen frequentiert wurde wie der Strand. Der Gedanke an Frauenschuhe brachte die Erinnerung an Dora Siggins zurück und an die Schuhe, die sie sich für den Tanz gekauft hatte. Er lächelte ein wenig in sich hinein, während er sich anschickte, die Straße zu überqueren, denn er erinnerte sich an ihre Munterkeit und Redseligkeit und ihre freundliche und doch scharfsinnige Art. Ihm fiel wieder ein, daß sie die Schuhe schließlich beinahe noch hatte liegenlassen und das, nachdem sie selbst den Bus nach Hause hatte fahren lassen, um sie noch kaufen zu können. Sie hatten auf dem Sitz gelegen, weil sie nicht mehr in ihre vollgestopfte Einkaufstasche paßten, und er hatte sie daran erinnern müssen. Ein unordentliches Päckchen in billigem braunem Packpapier, und die Absätze –

Er blieb abrupt stehen.

Ein Taxifahrer, das Gesicht verzerrt vor Wut und Schrecken, brüllte ihm etwas ins Ohr. Mit kreischenden Bremsen kam ein Lastwagen unmittelbar neben ihm zum Stehen. Ein Polizist, der die wütenden Rufe und das Kreischen der Bremsen gehört hatte, kam mit langsamen, aber energischen Schritten auf sie zu. Doch Grant wartete nicht. Er sprang vor das nächste Taxi, das sich näherte, riß die Tür auf, und schnauzte den Fahrer an: »Scotland Yard, aber dalli!«

»Angeber!« kommentierte der Fahrer und tuckerte in Richtung Embankment davon.

Grant hörte gar nicht hin. Er war mit seinen Gedanken bei dem alten, scheinbar ausweglosen Problem, das ihm nun, wo er sich wieder damit beschäftigte, plötzlich so neu und aufregend erschien. Im Yard ging er auf die Suche nach Williams, und als er ihn gefunden hatte, fragte er: »Williams, wissen Sie noch, wie Sie am Telefon gesagt haben, die Notizen, die Sie in Wickham gemacht hätten, könnte man getrost in den Papierkorb werfen? Und ich habe gesagt, Sie sollten niemals Notizen fortwerfen?«

»Ich erinnere mich«, antwortete Williams. »Es war, als ich in die Stadt gefahren war, um Benny Skoll zu schnappen, und Sie in Salcott den Fluß absuchten.«

»Sie haben nicht zufällig meinen Rat befolgt, oder?«

»Natürlich habe ich Ihren Rat befolgt, Sir. Ich befolge immer Ihren Rat.«

»Sie haben die Notizen noch irgendwo?«

»Ich habe sie gleich hier in meinem Schreibtisch.«

»Darf ich sie sehen?«

»Aber gewiß, Sir. Obwohl ich nicht weiß, ob Sie sie entziffern können.«

Es war in der Tat nicht einfach. Wenn Williams einen Bericht schrieb, dann tat er das in einer makellosen Schuljungenschrift, aber bei seinen Notizen arbeitete er mit ganz eigenen, hieroglyphischen Abkürzungen.

Grant blätterte die Seiten um, auf der Suche nach dem, was er brauchte.

»›Der 9 Uhr 30 von Wickham nach Crome‹«, murmelte er. »›Der 10 Uhr 5 Crome nach Wickham. Der 10 Uhr 15 Wickham nach Crome.‹ Hm. Hm. ›Feldweg: alter‹ – alter w a s und Kind?«

»Alter Landarbeiter und Kind. Ich habe nicht vermerkt, wer schon in den Bussen war, als sie abfuhren. Nur, wer unterwegs noch zugestiegen ist.«

»Ja, ja; ich weiß; verstehe schon. ›Kreuzung Long Leat.‹ Wo ist das?«

»Es ist eine Wiese, eine Art Park, am Stadtrand von Wickham, wo es einige Jahrmarktbuden gibt. Ein Karussell und solche Sachen.«

»Ich erinnere mich. ›Zwei Schausteller, bekannt.‹ Heißt das ›bekannt‹?«

»Ja; das bedeutet, daß der Schaffner sie von früheren Fahrten kannte.«

»›Frau, ausgestiegen Warren Farm, bekannt.‹ Was heißt das nächste, Williams?«

Williams entzifferte für ihn die folgende Eintragung.

Grant fragte sich, was Williams wohl denken würde, wenn er ihm um den Hals fiele und ihn umarmte, wie die Profifußballer es mit erfolgreichen Torschützen taten.

»Kann ich das für ein Weilchen behalten?« fragte er.

Er könne es ganz behalten, antwortete Williams. Es würde ja doch nichts mehr nützen. Es sei denn – es sei denn natürlich – wenn Grant doch –

Grant konnte zusehen, wie bei Williams der Gedanke Gestalt annahm, daß es sich bei diesem plötzlichen Interesse an seinen Notizen um mehr als nur akademische Neugierde handeln mußte; aber er wartete nicht, um die sich ankündigende Frage zu beantworten, sondern eilte zu Bryce.

»Ich bin der Überzeugung«, sagte Bryce und funkelte ihn an, »daß die niederen Chargen in diesem Hause Fälle, die mit Hotels zu tun haben, unnötig in die Länge ziehen, damit sie mit dem Direktor im Hinterzimmer sitzen und sich Getränke spendieren lassen können.«

Grant ignorierte diesen verleumderischen Scherz.

»Ist das ein Routinebericht, bevor Sie sich zu einem hübschen, gemütlichen Mittagessen verabschieden, oder haben Sie mir etwas zu sagen?«

»Ich glaube, ich habe etwas herausgefunden, das Ihnen Freude machen wird, Sir.«

»Um mir heute eine Freude zu machen, muß es etwas wirklich Gutes sein, wie Sie ja vielleicht schon bemerkt haben.«

»Ich habe herausgefunden, daß er eine Vorliebe für Cherry Brandy hatte.«

»Sehr interessant, das muß ich schon sagen. Überaus interessant! Und was soll das Ihrer Meinung nach –« Ein wunderbarer Gedanke ließ plötzlich die dunklen kleinen Augen aufleuchten. Er blickte Grant an, wie zwei Kollegen Blicke tauschen. »Nein!« rief er. »Doch nicht Hamburg-Willy!«

»Sieht ganz so aus, Sir. Das Ganze trägt seine Handschrift; und mit seinem jüdischen Profil würde er einen guten Araber abgeben.«

»Willy! Gut möglich! Aber was hat er dabei abgesahnt, was das Risiko wert war?«

»14 Tage schönes Leben und viel Spaß.«

»Das wird ein teurer Spaß für ihn werden. Sie haben nicht zufällig eine Ahnung, wohin er sich abgesetzt haben könnte?«

»Nun, ich erinnere mich, daß er mit Mabs Hankey zusammenlebte, und Mabs arbeitet dieses Frühjahr in den Acacias in Nizza; deshalb habe ich den größten Teil des Vormittags am Telefon verbracht und herausgefunden, daß unser Willy, oder der, den ich für unseren Willy halte, sich dort als Monsieur Goujon eingemietet hat. Worum ich Sie bitten wollte, Sir, ist, ob nicht nun, wo der Rest Routine ist, jemand anderes sich um die Auslieferung und all diese Sachen kümmern könnte, so daß ich einen Tag oder zwei für etwas anderes Zeit hätte.«

»Was haben Sie vor?«

»Ich habe eine neue Idee im Fall Searle.«

»Hören Sie, Grant!« erhob Bryce warnend die Stimme.

»Sie ist noch zu neu« – ›und zu absurd‹, fügte er im Geiste hinzu –, »um darüber zu sprechen, aber ich würde furchtbar gern ein wenig Zeit darauf verwenden, um zu sehen, ob sie stimmig ist.«

»Nun, Sie spekulieren wahrscheinlich darauf, daß ich es Ihnen nach dem Cherry Brandy nicht abschlagen kann.«

»Danke, Sir.«

»Aber ich hoffe, daß Sie Ihre Idee fallenlassen, wenn Sie merken, daß sie nicht richtig ist. Es gibt hier genug zu tun, auch ohne daß Sie zum Ende des Regenbogens laufen und nach einem Topf mit Gold suchen.«

So verließ Grant denn das Büro des Superintendent und nahm seine Suche nach dem Topf mit Gold auf. Erst einmal begab er sich dabei in sein eigenes Büro und holte den Bericht hervor, den die Polizei von San Francisco ihnen über Searle geschickt hatte. Er studierte ihn lange, und dann sandte er eine höfliche Anfrage an die Kollegen in Jobling, Connecticut.

Dann fiel ihm wieder ein, daß er noch nichts zu Mittag gegessen hatte. Er brauchte einen ruhigen Ort, an dem er nachdenken konnte, und so steckte er sein wertvolles Blatt in die Brieftasche und ging in seinen Lieblingspub, wo der Hauptandrang nun vorüber sein würde und wo sie ihm schon etwas zusammenbrutzeln würden. Er wußte immer noch nicht, was damals bei der Lektüre des Berichts über Searles Leben in Amerika das Glöckchen in seinem Inneren hatte klingeln lassen. Aber eine Ahnung nahm allmählich Gestalt an, was für eine Art von Glöckchen es gewesen war.

Als er nach dem Essen den Pub wieder verließ, hatte er eine Vorstellung davon, was es gewesen sein konnte.

Er ging zurück nach Scotland Yard und konsultierte ein Nachschlagewerk.

Ja, das war es.

Er holte den Bericht aus San Francisco hervor und verglich ihn mit dem Eintrag in jenem Nachschlagewerk.

Er jubilierte.

Er hatte den entscheidenden Punkt gefunden. Den Ausgangspunkt für seine Ermittlungen. Er wußte, was Searle und Walter Whitmore verband.

Er rief bei Marta Hallard an und erfuhr, daß sie auf den Proben zu *Herzschwäche* sei. Am Nachmittag könne man sie im Criterion finden.

Er fühlte sich, so lächerlich das war, wie eine Luftblase – um Himmels willen, man könnte mich hüpfen lassen wie einen Ball, dachte er –, und so schwebte er zum Piccadilly Circus. Ich fühle mich genauso, wie Tommy Thrupp letzten Sonntagmorgen aussah, überlegte er sich: doppelt so groß wie normal, und die Gloriole schimmert über mir.

Doch das Durcheinander, das im Criterion an einem Probennachmittag herrschte, ließ ihn rasch wieder auf seine übliche Größe schrumpfen, und seine Füße berührten wieder den Boden.

Er trat in das Foyer ein, überschritt das Seil, das als symbolische Schranke gespannt war, und ging hinunter in den Bühnenraum, ohne daß irgend jemand ihn daran gehindert hätte. Vielleicht finden sie, ich sehe wie ein Autor aus, dachte er und überlegte, aus wessen Feder *Herzschwäche* stammte. Man wußte nie, von wem ein Theaterstück geschrieben worden war. Das Leben eines Theaterschriftstellers mußte erbärmlich sein. 50 zu eins, sagte der Statistiker, standen die Chancen dagegen, daß ihr Stück länger als drei Wochen lief; und selbst da nahm niemand ihren Namen auf dem Programm zur Kenntnis.

Und die Chancen mußten ungefähr 1000 zu eins stehen, daß ein Stück es überhaupt bis zu den Proben schaffte. Er fragte sich, ob dem Verfasser von *Herzschwäche* bewußt war, daß er der eine unter 1000 war, oder ob er sich einfach seiner Sache sicher gewesen war.

Irgendwo in den Tiefen der Erde fand er den eleganten kleinen Raum, der dem Criterion als Auditorium diente; er wirkte ein wenig gespenstisch im kalten Licht der nackten Glühbirnen, aber dezent und nicht aufdringlich. Diverse Gestalten waren im Dunkel des Parketts auszumachen, doch niemand machte Anstalten, ihn zu fragen, was er wollte.

Marta, allein auf der Bühne mit einem Roßhaarsofa und einem verschüchtert wirkenden jungen Mann, sagte eben: »Aber Bobby, mein Lieber, ich muß einfach auf dem Sofa liegen. Es wäre eine Verschwendung meiner Beine, wenn ich säße. Vom Knie abwärts sieht ja doch jeder gleich aus.«

»Ja, Marta, natürlich, du hast recht«, antwortete Bobby, der im Dunkeln vor dem Orchestergraben auf- und abwandelte.

»Ich will dir da nicht ins Konzept pfuschen, Bobby, aber ich finde –«

»Ja, gewiß, meine liebe Marta, natürlich hast du recht, natürlich. Nein, das macht mir überhaupt nichts aus. Wirklich nicht, ich versichere es dir. Es ist wirklich völlig in Ordnung. Es wird großartig aussehen.«

»Natürlich könnte Nigel Schwierigkeiten bekommen –«

»Nein, Nigel kann hinter das Sofa treten, bevor er seine Zeile sagt. Versuchst du's bitte, Nigel?«

Marta drapierte sich auf dem Roßhaar, und der verschüchtert wirkende junge Mann ging hinaus und probte dann seinen Auftritt. Er probte ihn neunmal. »Na, es wird allmählich«, meinte Bobby und ließ es mit dem neunten Versuch bewenden.

Irgend jemand im Parkett ging hinaus und kam mit Teetassen zurück.

Nigel sagte seine Zeile hinter dem Sofa, rechts vom Sofa, links vom Sofa und abseits vom Sofa.

Jemand kam ins Parkett und holte die leeren Tassen ab.

Grant ging hinüber zu einem Mann, der am Bühnenrand stand, und fragte: »Was meinen Sie, wie lange wird es dauern, bis ich mit Miss Hallard sprechen kann?«

»N i e m a n d wird heute mit ihr sprechen, wenn Nigel ihr noch länger auf die Nerven geht.«

»Ich habe etwas Wichtiges mit ihr zu besprechen.«

»Sind Sie der Garderobier?«

Grant erklärte ihm, daß er ein persönlicher Freund von Miss Hallard sei und ein paar Augenblicke mit ihr sprechen müsse. Er werde sie nicht lange aufhalten.

»Oh.« Die Gestalt kroch im Dunkeln davon und besprach sich mit einer weiteren. Es war wie ein stummes Ritual.

Der Angesprochene entfernte sich aus der Gruppe von Schatten, in der er gestanden hatte, und kam hinüber zu Grant. Er stellte sich als der Inspizient vor und erkundigte sich, was Grant denn nun genau wünsche.

Grant verlangte, daß bei nächster Gelegenheit jemand Miss Hallard mitteilen solle, Alan Grant sei da und wünsche sie kurz zu sprechen.

Das wirkte; während der nächsten Pause schlich sich der Inspizient auf die Bühne, beugte sich entschuldigend über Marta und murmelte ihr gurrend etwas ins Ohr.

Marta erhob sich von der Couch und kam an die Rampe, wobei sie die Hand über die Augen legte, um durch das Lampenlicht hinab in den dunklen Saal zu spähen.

»Bist du da unten, Alan?« fragte sie. »Komm nach hinten, bitte. Kann ihm irgend jemand den Weg hinter die Bühne zeigen?«

Sie kam ihm an der Türe entgegen und war offensichtlich froh, ihn zu sehen. »Komm, und trinke eine Tasse Tee mit mir in der Garderobe, während die jungen Liebenden sehen, daß sie vorankommen. Gut, daß ich ein für allemal über das Alter hinaus bin, eine junge Liebende zu spielen! Das langweiligste Klischee, das es überhaupt im Theater gibt. Aber du bist noch nie zu einer Probe gekommen, Alan! Was treibt dich her?«

»Ich würde ja gern sagen, daß es die intellektuelle Neugierde ist, aber ich fürchte, ich bin wieder einmal beruflich da. Du kannst mir, glaube ich, helfen.«

Und das konnte sie in der Tat; und nicht ein einziges Mal wollte sie wissen, was er mit seinen Fragen bezweckte.

»Unser Abendessen mit deinem Sergeant Williams steht noch aus«, sagte sie, bevor sie hinausging, um die jungen Liebenden zu bloßen Amateuren zu degradieren, die sich wünschten, sie hätten rechtzeitig das Weite gesucht.

»Wenn du dich vielleicht noch etwa eine Woche geduldest, dann könnte es sein, daß Sergeant Williams und ich dir eine interessante Geschichte zu erzählen haben.«

»Ausgezeichnet. Ich finde, das habe ich verdient. Hilfsbereit und diskret, wie ich gewesen bin.«

»Du warst wunderbar«, sagte er und ging durch die Hintertüre hinaus auf die Gasse, wo sich ein wenig von der jubilierenden Stimmung wieder einstellte, mit der er die Treppen des Foyers hinuntergeschwebt war.

Mit den Informationen ausgestattet, die Marta ihm gegeben hatte, begab er sich zu den Cadogan Gardens, wo er die Hausmeisterin eines Apartmenthauses befragte.

»Oh ja«, sagte sie, »ich erinnere mich. Die waren oft zusammen. Nein, hier gewohnt hat sie nicht. Das sind Junggesellenwohnungen, Wohnungen für eine Person. Aber sie war oft hier.«

Als er mit seinen Erkundigungen fertig war, schloß London bereits die Läden zur Nacht, und er konnte nichts mehr tun, bis die Polizei von Jobling, Connecticut, ihm die Informationen zukommen ließ, um die er gebeten hatte. So ging er ausnahmsweise einmal früh nach Hause, aß ein leichtes Abendessen und ging zu Bett. Er lag lange wach und überlegte sich alles, tüftelte jede Einzelheit aus, machte sich Gedanken über das Motiv.

Toby Tullis hatte wissen wollen, was in Leslie Searles Kopf vorging; und auch Grant, der nun dalag und eine Stunde lang zur Decke starrte, ohne sich zu regen, suchte nach der Triebfeder in Leslie Searles Hirn.

Kapitel 19

Bis Jobling, Connecticut, sich meldete, vergingen 48 Stunden, und ein halbes dutzendmal in diesen 48 Stunden war Grant kurz davor, zu dieser Frau in Hampstead zu fahren und die Wahrheit aus ihr herauszuprügeln. Aber er nahm sich zusammen. Sie würde schon noch an die Reihe kommen. Er würde ihre Lügen hübsch auf einem Tablett arrangieren und es ihr unter die Nase halten, wenn die Zeit reif dafür war.

Er würde warten, bis dieser Bericht kam.

Und als der Bericht dann endlich eintraf, sah er, daß das Warten sich gelohnt hatte.

Grant überflog ihn, und dann lehnte er sich zurück und lachte.

»Wenn mich heute noch irgend jemand sucht«, sagte er zu Sergeant Williams, »ich bin im Somerset House.«

»Jawohl, Sir«, antwortete Williams knapp.

Grant warf einen Blick auf Williams' ungewohnt ernstes Gesicht – Williams war ein wenig gekränkt, daß Grant bei dieser Sache den einsamen Wolf spielte – und wurde an etwas erinnert.

»Übrigens, Williams, Miss Hallard möchte Sie gern kennenlernen. Sie hat mich gebeten, Sie irgendwann zum Abendessen mitzubringen.«

»Mich?« fragte Williams und errötete. »Wie um alles in der Welt kommt sie auf die Idee?«

»Sie hat von Ihrem Charme gehört und ist ihm erlegen. Sie hat mich gebeten, einen Abend festzulegen, an dem Sie Zeit haben. Irgend etwas sagt mir heute morgen, daß Sie und ich am Samstag einen Grund zum Feiern haben werden; und ich glaube, es wäre angebracht, wenn wir mit Marta feierten. Würde Ihnen Samstag passen?«

»Tja, normalerweise gehen Nora und ich samstags ins Kino, aber wenn ich im Dienst bin, dann geht Jen statt dessen mit. Das ist ihre Schwester. Ich wüßte also nicht, warum sie nicht diese Woche mit Jen ausgehen sollte.«

»Wenn sie hört, daß Sie mit Marta Hallard zu Abend essen, wird sie wahrscheinlich zum Scheidungsanwalt gehen.«

»Die nicht«, meinte Williams der Mustergatte. »Die wird aufbleiben, bis ich zurück bin, damit sie mich fragen kann, was Marta Hallard anhatte.«

Grant rief bei Marta an und fragte, ob es ihr recht sei, wenn er am Samstagabend mit Sergeant Williams komme; dann ging er und vergrub sich den Tag über im Somerset House.

Und an diesem Abend lag er nicht wach. Er war wie ein Kind, das schlafen geht, weil es weiß, daß auf diese Weise der Morgen schneller kommen wird. Morgen würde er das eine letzte Mosaiksteinchen an seine Stelle setzen, und das Bild wäre vollkommen.

Sollte das eine Steinchen natürlich nicht passen, dann stimmte das ganze Bild nicht. Aber er war sich ziemlich sicher, daß es passen würde.

In dem kurzen Augenblick zwischen dem Löschen des Lichts und dem Einschlafen dachte er noch einmal über alles nach. Wenn das Steinchen morgen an seinen Platz kam, dann würde das Leben für eine ganze Reihe von Leuten wieder um einiges angenehmer sein. Für Walter natürlich; der Schatten des Verdachts wäre von ihm genommen. Für Emma Garrowby, denn ihre Liz würde in Sicherheit sein. Für Liz? Für Liz wäre es eine Erleichterung, die gar nicht in Worte zu fassen war. Und auch Miss Fitch würde erleichtert, wenn auch – den Verdacht hatte er – ein wenig traurig sein. Aber sie konnte ja alles in einem ihrer Bücher unterbringen. Ein Buch war ohnehin das, wohin diese Geschichte gehörte.

Toby würde seine ganz persönlichen Gründe haben, sich selbst zu beglückwünschen, dachte Grant und mußte lachen. Und für Serge Ratoff wäre es ein Trost.

Silas Weekley würde sich überhaupt nicht darum kümmern.

Ihm fiel wieder ein, daß Marta davon gesprochen hatte, wie Leslie und Liz ›geturtelt‹ hätten. ›Sie waren ein Paar‹, hatte sie gesagt – aber sie konnte ja nicht wissen, wie sehr sie das waren! War es denkbar, daß Liz verletzt sein würde, wenn jenes Mosaiksteinchen morgen an seinen Platz kam? Er wollte es nicht hoffen. Er mochte Liz Garrowby. Es wäre ihm lieb, wenn Searle ihr nichts bedeutete, wenn es die reine Freude und Erleichterung für sie wäre, Walter von allem Verdacht reingewaschen zu sehen.

Was hatte Marta doch gleich gesagt? ›Ich glaube nicht, daß Walter irgend etwas über Liz weiß, und Leslie Searle, hatte ich den Eindruck, wußte eine ganze Menge.‹ Es war überraschend, wie Marta das durchschaut hatte, obwohl sie doch keinerlei Ahnung haben konnte, woher Searle dieses Wissen hatte. Aber es spielte eigentlich keine Rolle, dachte Grant, daß Walter nicht viel über Liz wußte. Er war überzeugt, daß Liz alles wußte, was es über Walter zu wissen gab; und das war eine ausgezeichnete Basis für eine glückliche Ehe.

Schon im Halbschlaf fragte er sich, ob die Ehe mit jemandem, der so nett und intelligent und liebenswert wie Liz Garrowby war, einen Mann wohl für den Verlust seiner Freiheit entschädigte.

Eine lange Reihe von Frauen, die er geliebt hatte – die meisten darunter waren nichts als sentimentale Schwärmereien gewesen –, zog an seinem inneren Auge vorbei und verlor sich in der Ferne, während er hinüberdämmerte.

Doch am Morgen gab es nur eine Frau, an die er dachte. Die Frau in Hampstead.

Niemals, nicht einmal in seinen Jünglingsjahren, hatte er die Begegnung mit einer Frau so sehr herbeigesehnt wie an diesem Vormittag, als er zum Holly Pavement fuhr. Er war ein wenig schockiert, als er aus dem Bus stieg und die Straße entlangging und feststellte, daß er Herzklopfen hatte. Es war schon sehr lange her, daß Grant aus einem anderen als einem rein physischen Grunde Herzklopfen gehabt hatte.

Zum Teufel mit dieser Frau, dachte er, zum Teufel mit dieser Frau.

Holly Pavement war ein sonnenbeschienener Hinterhof; ein Ort von solcher Ruhe, daß man die einherstolzierenden Tauben beinahe schon als Störung empfand. Nummer neun war ein zweistöckiges Haus, und das obere Stockwerk war offenbar zu einem Atelier umgebaut. Die Haustür hatte zwei Klingelknöpfe, die mit ordentlichen hölzernen Schildchen versehen waren. ›Miss Lee Searle‹ stand auf dem oberen, ›Nat Gansage, Accessoires‹ auf dem unteren.

Während er noch überlegte, was wohl ›Accessoires‹ sein mochten, drückte Grant den oberen Knopf, und gleich darauf hörte er sie die hölzerne Treppe herunterkommen. Die Tür öffnete sich, und da stand sie vor ihm.

»Miss Searle?« hörte er sich sagen.

»Ja«, antwortete sie und stand da im Sonnenlicht, gelassen, aber doch erstaunt.

»Ich bin Detective-Inspector Grant, Scotland Yard.« Ihr Erstaunen wurde, wie er merkte, noch größer. »Ein Kollege, Sergeant Williams, hat Sie vor einer Woche an meiner Stelle aufgesucht, weil ich anderweitig beschäftigt war. Mir läge viel daran, noch einmal selbst mit Ihnen zu sprechen, wenn es recht ist.«

›Und es wäre besser, wenn es dir recht wäre, du Miststück‹, sprach seine innere Stimme, wütend über das pochende Herz.

»Aber natürlich«, sagte sie freundlich. »Kommen Sie doch herein. Meine Wohnung ist im ersten Stock.«

Sie schloß die Tür hinter ihm und führte ihn dann die Holztreppe zum Atelier hinauf. Die ganze Wohnung war von starkem Kaffeeduft – ein Duft nach gutem Kaffee – durchdrungen, und als sie ihn eintreten ließ, erklärte sie: »Ich war eben mit dem Frühstück fertig. Ich habe eine Abmachung mit dem Zeitungsjungen, daß er mir jeden Morgen mit der Zeitung ein Brötchen bringt, und das ist dann mein Frühstück. Aber Kaffee ist noch jede Menge übrig. Nehmen Sie eine Tasse, Inspector?«

Im Yard hieß es, Grant habe nur zwei Schwächen: Kaffee und Kaffee. Und der Kaffee roch wunderbar. Aber mit Lee Searle würde er nichts trinken.

»Danke, ich hatte eben welchen.«

Sie goß sich selbst noch eine Tasse ein, und er bemerkte, daß ihre Hand völlig ruhig war. Zum Teufel, allmählich begann er diese Frau zu bewundern. Als Kollegin wäre sie wunderbar.

Sie war groß, mager, noch recht jung und in ihrer hageren Art sehr gut aussehend. Ihr Haar hatte sie in einem dicken Zopf um den Kopf gewunden. Sie trug einen Hausmantel aus mattgrünem Stoff, ähnlich dem, den Marta besaß; und sie hatte jene langen Beine, die auch Marta ihre Eleganz verliehen.

»Ihre Ähnlichkeit mit Leslie Searle ist verblüffend«, hob er an.

»Das sagt man uns oft«, antwortete sie kurz.

Er ging durchs Zimmer, um sich die Schottlandbilder anzusehen, die noch immer überall zur Schau gestellt waren. Es waren gängige Ansichten gängiger Motive, aber sie waren in einer wilden, selbstsicheren Art gemalt; sie hatten etwas Furioses, wie sie einem von der Leinwand entgegenschrien. Sie präsentierten sich nicht, sie griffen einen an. ›Schaut her, ich bin der Suilven!‹ brüllte der Suilven und sah schrulliger und grotesker dabei aus, als selbst dieser Berg jemals ausgesehen hatte. Die Collon-Berge, ein purpurnes Bollwerk am bleichen Morgenhimmel, waren eine einzige Barriere der Arroganz. Selbst die ruhigen Wasser des Kishorn wirkten aufsässig.

»Hatten Sie Glück mit dem Wetter?« fragte Grant, doch dann merkte er, daß er unvorsichtig gewesen war, und fügte hinzu: »Westschottland ist eine sehr feuchte Gegend.«

»Nicht um diese Jahreszeit. Das ist die beste Zeit.«

»Waren die Hotels zu Ihrer Zufriedenheit? Wie ich höre, sind viele davon primitiv.«

»Ich habe mich nicht mit Hotels abgegeben. Ich habe im Wagen kampiert.«

Raffiniert, dachte er. Sehr raffiniert.

»Worüber wollten Sie denn mit mir sprechen?«

Er hatte Zeit. Sie hatte ihm eine Menge Ärger gemacht, diese Frau. Nun würde er sich Zeit lassen. Von den Bildern ging er zu den Bücherregalen und sah sich die Buchrücken an.

»Sie haben eine Vorliebe für Kuriositäten, sehe ich.«

»Kuriositäten?«

»Poltergeister. Fischregen. Stigmata. Dergleichen.«

»Ich glaube, alle Künstler fühlen sich vom Kuriosen angezogen, ganz gleich, in welcher Sparte sie arbeiten, meinen Sie nicht?«

»Sie scheinen nichts über Transvestiten zu haben.«

»Wie kommen Sie darauf?«

»Das Thema ist Ihnen also ein Begriff?«

»Selbstverständlich.«

»Interessieren Sie sich nicht dafür?«

»Die Literatur zu diesem Bereich ist sehr unbefriedigend, soviel ich weiß. Es gibt entweder nur gelehrte Abhandlungen oder die *News of the World,* nichts dazwischen.«

»Sie sollten selbst eine Abhandlung darüber schreiben.«

»Ich?«

»Sie mögen doch Kuriositäten«, schnurrte er.

»Ich bin Malerin, Inspector, keine Schriftstellerin. Außerdem interessiert sich heutzutage niemand mehr für Piratinnen.«

»Piratinnen?«

»Das waren doch allesamt weibliche Piraten oder Seeleute oder Soldaten, nicht wahr?«

»Meinen Sie, Phoebe Hessel sei die letzte ihrer Art gewesen? Oh nein, ganz und gar nicht. So etwas begegnet einem heute noch tagtäglich. Erst neulich ist in Gloucestershire eine Frau gestorben, die über 20 Jahre lang als Fuhrmann Holz und Kohle befördert hatte, und selbst der Arzt, der sie auf dem Sterbebett versorgte, hatte keine Ahnung, daß sie kein Mann war. Ich hatte selbst vor nicht allzu langer Zeit mit einem solchen Fall zu tun. Ein junger Mann in einem Londoner Vorort wurde des Diebstahls bezichtigt. Ein ganz normaler, beliebter junger Mann. Guter Billardspieler, Mitglied in einem Herrenclub und mit einer der örtlichen Schönheiten befreundet. Aber als er zur medizinischen Untersuchung kam, stellte sich heraus, daß er eine ganz normale junge Frau war. Von irgendwo hört man alle ein oder zwei Jahre von einem solchen Fall. Glasgow. Chicago. Dundee. In Dundee wohnte eine junge Frau ziemlich lange in einer Pension mit zehn Männern zusammen, und niemand bemerkte etwas. Langweile ich Sie?«

»Überhaupt nicht. Ich überlegte nur gerade, ob Sie sie wohl wie Poltergeister und Stigmata zu den Kuriositäten rechnen?«

»Nein; oh nein. Einige unter ihnen fühlen sich natürlich in Männerkleidern wirklich wohler; aber viele davon tun es aus Abenteuerlust und einige wenige aus wirtschaftlicher Not. Und manche, weil sie nur so ihre Pläne verfolgen können.«

Sie schlürfte ihren Kaffee mit höflichem Interesse, wie jemand, der Geduld mit einem ungebetenen Gast hat und wartet, daß er endlich auf das zu sprechen kommt, weswegen er gekommen ist.

Ja, dachte er, sie wäre eine wunderbare Komplizin.

Sein Herz schlug nun wieder im normalen Tempo. Was er jetzt tat, waren Züge in einem Spiel, das er schon seit einer langen Zeit spielte; einem Spiel Verstand gegen Verstand. Und nun interessierte es ihn, wie sie auf seine Züge reagierte. Sie hatte dem Versuch, sie zu irritieren, widerstanden. Wie sie sich wohl beim direkten Angriff bewähren würde?

Er wandte sich von den Bücherregalen ab und sagte: »Sie haben Ihre Cousine vergöttert, Miss Searle.«

»Meinen Cousin Leslie, meinen Sie? Aber ich habe Ihnen doch schon –«

»Nein. Ich meine Marguerite Merriam.«

»Mar– Ich weiß nicht, wovon Sie sprechen.«

Das war ein Fehler. Wenn sie einen Augenblick lang nachgedacht hätte, dann hätte sie begriffen, daß es keinerlei Grund gab, die Beziehung zu Marguerite zu leugnen. Doch ihren Namen aus seinem Munde zu hören, war so überraschend gekommen, daß sie verblüfft war, und so war sie ihm in die Falle gegangen.

»Sie vergötterten sie so sehr, daß sie für Sie beinahe übermenschliche Züge annahm.«

»Ich sagte Ihnen doch –«

»Nein, sagen Sie mir nichts. Ich werde *Ihnen* etwas sagen. Etwas, das es uns ermöglichen sollte, offen miteinander zu sprechen, Miss Searle. Ich habe Leslie Searle auf einer Party in Bloomsbury kennengelernt. Eine dieser literarischen Zusammenkünfte. Er brauchte jemanden, der ihn bei Lavinia Fitch einführte, und ich erklärte mich bereit, ihn mit ihr bekanntzumachen. Als wir uns einen Weg durch die Menschenmassen bahnten, wurden wir sehr eng aneinander gedrückt; es blieb gerade noch genug Platz, daß wir atmen konnten. Als Polizist hat man Übung im Beobachten, aber ich glaube, auf so kurze Entfernung hätte ich auch sonst jedes noch so kleine Detail bemerkt. Leslie Searle hatte sehr schöne graue Augen, und auf der Iris des linken Auges war ein kleiner brauner Fleck. Ich habe in den letzten Tagen eine Menge Zeit und viel Arbeit und Gedanken darauf verwendet, Leslie Searles Verschwinden aufzuklären, und mit Köpfchen und einer gehörigen Portion Glück bin ich so weit gekommen, daß ich nur noch eine einzige Kleinigkeit brauchte, um den Fall abzuschließen. Einen kleinen braunen Fleck. Ich habe ihn vorhin unten am Eingang gefunden.«

Es herrschte vollkommene Stille. Sie saß da, die Kaffeetasse im Schoß, und blickte auf sie hinunter. Sie schwiegen. Das langsame Ticken einer Wanduhr klang laut und aufdringlich.

»Es ist schon eine seltsame Sache, das Geschlechtliche«, sagte Grant. »Als wir damals zusammen in jenem Gedränge steckten und Sie mich anlachten, da geriet ich plötzlich einen Augenblick lang aus der Fassung. Ich war verwirrt. So wie das manchmal bei Hunden ist, wenn jemand über sie lacht. Ich wußte, daß es nichts mit Ihrem Lachen zu tun hatte, und ich hatte keine Idee, was mich sonst so verwirrt haben konnte. Letzten Montagmittag gegen Viertel vor eins begann ich zu begreifen; und die Folge war, daß ich beinahe von einem Taxi überfahren worden wäre.«

Sie blickte auf und fragte mit einer Art distanziertem Interesse: »Sind Sie der Star bei Scotland Yard?«

»Oh nein«, versicherte Grant ihr. »Da gibt es Dutzende wie mich.«

»Sie hören sich nicht an wie jemand, von dem es Dutzende gibt. Jedenfalls nicht die Art von Dutzenden, die ich kenne. Und keiner, von dem es Dutzende gibt, hätte – hätte herausfinden können, was mit Leslie Searle geschah.«

»Oh, das haben Sie nicht mir zu verdanken.«

»Nein? Wem dann?«

»Dora Siggins.«

»Dora –? Wer ist das?«

»Sie hatte ihre Schuhe auf dem Sitz meines Wagens vergessen, zu einem ordentlichen Päckchen verschnürt. Damals waren es einfach nur Dora Siggins' Schuhe, verschnürt zu einem Päckchen. Aber letzten Montag um Viertel vor eins, unmittelbar vor dem Kühler eines Taxis, wurde daraus ein Päckchen mit den richtigen Maßen.«

»Welche Maße?«

»Die Maße der Lücke in Ihrer Box mit den Fotoutensilien. Ich habe versucht, ein Paar von Searles Schuhen in diese Lücke zu stecken – das müssen Sie mir immerhin zugute halten –, aber Sie werden zugeben, daß kein gewöhnlicher, hart arbeitender Dutzend-Detektiv auf etwas so Abwegiges kommen würde wie ein Päckchen mit einem Paar Damenschuhen und einem bunten Seidenkopftuch. Übrigens, in der Beschreibung meines Sergeants heißt es von jener Frau, die an der Kreuzung am Rummelplatz den Bus bestieg: ›Weiter Gabardine-Regenmantel‹.«

»Stimmt. Mein Burberry ist ein Wendemantel.«

»Gehörte das auch zu Ihren Vorbereitungen?«

»Nein; den habe ich mir schon vor Jahren zugelegt, um mit leichtem Gepäck reisen zu können. Ich kann darin im Freien übernachten, und mit der Innenseite nach außen gehe ich nachmittags zum Tee.«

»Es verbittert mich ein wenig, wenn ich daran denke, daß ich es war, der Ihnen den Weg zu diesem Streich ebnete, indem ich dem Fremden, der an der Türe stand, behilflich sein wollte. Von nun an werde ich die Fremden stehenlassen, wo sie sind.«

»Ist das der Eindruck, den es auf Sie gemacht hat?« entgegnete sie nachdenklich. »Ein Streich?«

»Wir wollen uns nicht über Worte streiten. Ich weiß nicht, wie Sie es nennen. Tatsache ist, daß es ein schlechter Scherz von außerordentlicher Gemeinheit war. Ich nehme an, Sie wollten Walter Whitmore entweder lächerlich machen oder ihn die Suppe auslöffeln lassen.«

»Oh nein«, antwortete sie einfach. »Ich wollte ihn umbringen.«

Es war so offensichtlich, daß es ihr damit ernst war, daß Grant wie angewurzelt stehenblieb.

»Ihn umbringen?« fragte er, nun ganz Ohr, und alles Spielerische war verflogen.

»Ich fand, daß man es nicht dulden konnte, daß er am Leben blieb«, antwortete sie. Sie nahm die Kaffeetasse vom Schoß, um sie auf dem Tisch abzustellen, aber ihre Hand zitterte so sehr, daß sie sie nicht hochheben konnte.

Grant ging hinüber, nahm sie ihr vorsichtig aus der Hand und stellte sie ab.

»Sie haßten ihn für die Dinge, die er, wie Sie glaubten, Marguerite Merriam angetan hatte«, sagte er, und sie nickte. Sie hatte die Hände in dem vergeblichen Versuch, sie ruhig zu halten, im Schoß zusammengeballt.

Er schwieg einige Augenblicke lang und versuchte sich an den Gedanken zu gewöhnen, daß das ganze Raffinement dessen, was er für das Finale einer Maskerade gehalten hatte, in Wirklichkeit der Fluchtplan nach einem Mord sein sollte.

»Und weshalb haben Sie es sich dann anders überlegt?«

»Nun – so seltsam es klingen mag, die ersten Zweifel kamen mir bei etwas, das Walter sagte. Es war ein Abend, nachdem Serge Ratoff im Gasthaus eine Szene gemacht hatte.«

»Und?«

»Walter sagte, wenn jemand einem anderen so ergeben sei, wie Serge das sei, dann verliere er den gesunden Menschenverstand. Das gab mir ein wenig zu denken.« Sie hielt inne. »Und dann Liz, sie gefiel mir. Sie war ganz anders, als ich sie mir vorgestellt hatte. Ich hatte in ihr das Mädchen gesehen, das dafür verantwortlich war, daß Walter sich von Marguerite getrennt hatte. Doch die echte Liz war ganz und gar nicht so. Das hat mich ein wenig durcheinandergebracht. Aber was mich wirklich davon abhielt – das war – das war, daß –«

»Daß Sie feststellen mußten, daß der Mensch, den Sie geliebt hatten, niemals existiert hatte«, fuhr Grant behutsam fort.

Sie hielt den Atem an, und dann sagte sie: »Ich verstehe nicht, wie Sie das erraten konnten.«

»Aber genau das war es, nicht wahr?«

»Ja. Ja, ich habe herausgefunden – Sie müssen verstehen, niemand wußte, daß ich irgendeine Verbindung zu ihr hatte, und deshalb sprachen sie frei heraus. Besonders Marta. Marta Hallard. Ich habe sie einmal nach dem Abendessen nach Hause begleitet. Sie hat mir Sachen erzählt, die – die mich schockierten. Ich hatte immer gewußt, daß sie unbeherrscht und eigenwillig war – Marguerite, meine ich –, aber damit rechnet man bei einem genialen Menschen, und sie wirkte so – so verletzlich, daß man ihr vergab –«

»Ich weiß schon, was Sie meinen.«

»Aber die Marguerite, die Marta und die anderen Menschen dort kannten, das war jemand, von dem ich überhaupt nichts wußte. Jemand, den ich nicht einmal gemocht hätte, wenn – Ich weiß noch, wie ich sagte, zumindest sei sie l e b e n d i g gewesen, und Marta antwortete: ›Das Schlimme war, daß sie das niemand anderem zugestand. Sie machte einen solchen Wirbel‹, sagte Marta, ›daß alle in ihrer Umgebung in ein Vakuum gerieten. Sie erstickten entweder, oder sie schlugen sich den Schädel an dem ersten größeren Gegenstand ein, auf den sie trafen.‹ Und da, verstehen Sie, da wollte ich Walter gar nicht mehr umbringen. Aber ich haßte ihn nach wie vor, weil er sie verlassen hatte. Das konnte ich nicht vergessen. Daß er sie sitzengelassen und sie sich deswegen umgebracht hatte. Ja, ich weiß, ich weiß!« fügte sie hinzu, als sie sah, daß er etwas einwenden wollte. »Nicht, daß sie ihn so sehr geliebt hätte. Das weiß ich inzwischen. Aber wenn er mit ihr zusammengeblieben wäre, dann wäre sie heute noch am Leben, sie wäre lebendig, ihr Genie, ihre Schönheit, ihre bezaubernde Fröhlichkeit. Er hätte warten können –«

»Bis sie ihn satt war?« ergänzte Grant sarkastischer, als er es beabsichtigt hatte, und sie zuckte zusammen.

»Es hätte nicht mehr lange gedauert«, fügte sie mit einer melancholischen Aufrichtigkeit hinzu.

»Darf ich es mir anders überlegen und doch etwas von dem Kaffee nehmen?« fragte Grant.

Sie betrachtete ihre Hände, die ihr noch immer nicht gehorchten, und bat ihn: »Können Sie ihn sich freundlicherweise selbst eingießen?«

Sie sah ihm zu, wie er eingoß, und meinte: »Sie sind ein sehr merkwürdiger Polizist.«

»Wie ich schon Liz Garrowby sagte, als sie dieselbe Bemerkung machte: ›Vielleicht ist es Ihre Vorstellung von einem Polizisten, die merkwürdig ist.‹«

»Wenn ich eine Schwester wie Liz gehabt hätte, wie anders wäre dann mein Leben verlaufen! Ich hatte niemanden außer Marguerite. Und als ich erfuhr, daß sie sich umgebracht hatte, da muß ich wohl einfach ein wenig durchgedreht sein. Wie haben Sie das mit Marguerite und mir herausgefunden?«

»Die Polizei in San Francisco schickte uns einen Bericht über Sie, und darin stand der Mädchenname Ihrer Mutter, Mattson. Und erst nach einer viel zu langen Zeit erinnerte ich mich, daß im *Who's Who im Theater,* in dem ich einmal geblättert hatte, als ich auf einen Telefonanruf wartete, der Name von Marguerite Merriams Mutter ebenfalls Mattson gelautet hatte. Und da ich nach einer Verbindung zwischen Ihnen und Walter gesucht hatte, schien es mir, daß ich sie gefunden hatte, wenn Sie und Marguerite Cousinen waren.«

»Stimmt. Und wir waren mehr als das. Wir waren beides Einzelkinder. Unsere Mütter stammten aus Norwegen, aber eine heiratete in England, die andere in Amerika. Und dann, als ich 15 war, fuhr meine Mutter mit mir nach England, und ich lernte Marguerite kennen. Sie war einige Jahre älter als ich, aber sie wirkte jünger. Schon damals war sie brillant. Alles, was sie tat, das – das leuchtete irgendwie. Von da an haben wir uns jede Woche geschrieben, und bis meine Eltern starben, kamen wir im Sommer immer nach England, und ich besuchte sie.«

»Wie alt waren Sie, als Ihre Eltern starben?«

»Sie wurden beide Opfer einer Grippeepidemie, als ich 17 war. Ich habe die Drogerie verkauft, aber das Fotogeschäft behalten, denn das Fotografieren machte mir Spaß, und ich konnte es gut. Aber ich wollte reisen, ich wollte die Welt fotografieren, alles, was schön darin war. Also nahm ich den Wagen und fuhr gen Westen. Damals trug ich die Hosen nur, weil sie bequem und billig waren, und wenn man 175 groß ist, dann sieht man in Mädchenkleidern nicht gerade gut aus. Ich empfand sie nicht als – als Tarnung, bis ich eines Tages über den Motor des Wagens gebeugt stand, und ein Mann kam und fragte: ›Hast du mal Feuer, Junge?‹, und ich gab ihm Feuer. Er sah mich an, nickte und sagte: ›Danke, Junge‹, und dann ging er weiter, ohne sich noch einmal umzublicken. Das brachte mich auf den Gedanken. Ein Mädchen, das alleine reist, wird dauernd belästigt – in den Staaten zumindest –, selbst ein Mädchen von 175. Und ein Mädchen hat es viel schwerer, sich bei einem Streit durchzusetzen. Also habe ich es für eine Weile ausprobiert. Und es funktionierte. Es funktionierte fabelhaft. Ich begann Geld zu verdienen. Zuerst fotografierte ich Leute, die Filmschauspieler werden wollten, und dann solche, die es schon waren. Und jedes Jahr fuhr ich für eine Weile nach England. Als ich selbst. Ich heiße tatsächlich Leslie, aber die meisten nennen mich Lee. Sie hat mich immer Lee genannt.«

»In Ihrem Paß sind Sie also eine Frau?«

»Oh ja. Nur in den Staaten bin ich Leslie Searle. Und auch da nicht immer.«

»Und bevor Sie ins Westmorland zogen, taten Sie nichts weiter, als kurz nach Paris zu fliegen und Leslie Searles Fährte zu legen, für den Fall, daß jemand neugierig wurde.«

»Ja. Ich bin schon eine ganze Weile in England. Aber eigentlich dachte ich nicht, daß ich diese Fährte brauchen würde. Leslie Searle wollte ich mir ebenfalls vom Halse schaffen. Ich wollte mir ein gemeinsames Ende für Walter und ihn einfallen lassen. So daß niemand auf die Idee kommen würde, daß es Mord war.«

»Ob es nun ein Mord geworden wäre oder ob Sie, so wie sich die Dinge ergaben, Walter lediglich eine böse Suppe eingebrockt hatten – es war ein ziemlich teures Vergnügen, nicht wahr?«

»Teuer?«

»Eine sehr einträgliche Fotografenexistenz, eine komplette, teure Herrenausstattung und diverse Gepäckstücke vom Feinsten. Das erinnert mich an etwas – Sie haben nicht zufällig einen Handschuh von Liz Garrowby gestohlen, oder?«

»Nein, ich habe zwei gestohlen. Aus der Ablage im Wagen. Ich hatte nicht daran gedacht, Handschuhe mitzunehmen, aber mir ging plötzlich auf, wie überzeugend Frauenhandschuhe wirken. Ich meine, wenn irgend jemandes Geschlecht nicht ganz eindeutig ist. Sie sind beinahe ebenso überzeugend wie Lippenstift. Meinen Lippenstift haben Sie übrigens vergessen – in dem Päckchen. Also habe ich Liz ein Paar Handschuhe gestohlen. Sie paßten mir natürlich nicht, aber ich wollte sie in der Hand halten. Ich holte sie in aller Eile aus der Taschentuchschublade, als ich Walter den Gang entlangkommen hörte und er rief, ob ich fertig sei. Später stellte ich fest, daß ich nur einen hatte. War der andere immer noch in der Schublade?«

»Allerdings. Und er führte mich zu sehr falschen Schlüssen.«

»Oh!« sagte sie, und zum ersten Mal sah sie amüsiert und menschlich aus. Sie dachte einen Moment lang nach und sagte dann: »Walter wird Liz nie wieder für selbstverständlich nehmen. Das ist immerhin etwas Gutes, das ich erreicht habe. Das ist poetische Gerechtigkeit, daß eine Frau diejenige war, die das geschafft hat. Es war klug von Ihnen, allein von den Dimensionen eines Päckchens darauf zu schließen, daß Searle eine Frau war.«

»Zuviel der Ehre. Ich bin niemals auf die Idee gekommen, daß Sie eine Frau sein könnten. Ich hatte lediglich die Vermutung, daß Leslie Searle den Ort als Frau verkleidet verlassen hätte. Ich dachte, daß er die Sachen von Ihnen hätte und daß er bei Ihnen untergetaucht sei. Aber ich fand es verwunderlich, daß Searle seine Besitztümer und sein ganzes Leben aufgab. Das hätte er nicht getan, wenn er nicht eine andere Persona gehabt hätte, in die er schlüpfen konnte. Erst da begann ich zu überlegen, ob Searle uns etwas vorgemacht hatte und gar kein Mann war. Vielleicht wäre ich nicht auf eine so abwegige Idee gekommen, wenn ich nicht vor kurzem jenen Diebstahlsfall gehabt hätte, der eine so überraschende Wendung nahm. Da hatte ich gesehen, wie leicht sich so etwas machen läßt. Und dann standen Sie vor mir. Direkt vor meinen Augen sozusagen. Genau die richtige Person für Searle, um in sie hineinzuschlüpfen. Jemand, der – wie praktisch! – in Schottland malen gewesen war, während Searle mit der Intelligenzija von Orfordshire seinen Schabernack trieb.« Sein Blick wanderte zu den ausgestellten Kunstwerken. »Haben Sie sie zu diesem Zweck geliehen, oder sind sie selbstgemalt?«

»Oh, die sind von mir. Den Sommer bringe ich in Europa zu und male.«

»Jemals in Schottland gewesen?«

»Nein.«

»Sie müssen irgendwann hinfahren und es sich ansehen. Es ist wunderbar. Woher wußten Sie, daß vom Suilven dieses ›Schaut her!‹ ausgeht?«

»So sah es auf der Ansichtskarte aus. Kommen Sie aus Schottland? Grant ist doch ein schottischer Name, oder?«

»Ein abtrünniger Schotte. Mein Großvater stammte aus Strathspey.« Er ließ die Augen noch einmal über das Beweismaterial wandern, die Reihen von Leinwänden, und mußte lächeln.

»Ein so schönes und vollständiges und überzeugendes Alibi sieht man nur selten.«

»Na, ich weiß nicht«, meinte sie und betrachtete sie zweifelnd. »Ich glaube, wenn ein anderer Maler sie sähe, würde er sie eher als Geständnis auffassen. Sie sind so – auf so arrogante Weise zerstörerisch. So voller Wut. Nicht wahr? Heute würde ich sie allesamt anders malen, nun, wo ich Liz kennengelernt habe, wo ich – wo ich erwachsen geworden bin, und wo Marguerite in meinem Herzen ebenso gestorben ist wie in Wirklichkeit. Das hilft einem sehr, erwachsen zu werden, wenn man feststellt, daß jemand, den man sein Leben lang liebte, gar nicht existiert hat. Sind Sie verheiratet, Inspector?«

»Nein. Warum fragen Sie?«

»Ich weiß nicht«, antwortete sie unbestimmt. »Ich habe mich nur gefragt, wie Sie so schnell dahintergekommen sind, was in meinem Inneren vorging, wegen Marguerite. Und wahrscheinlich stellt man sich vor, daß Verheiratete mehr Verständnis für emotionale Schwächen haben. Das ist natürlich Unsinn, denn normalerweise sind sie viel zu sehr mit ihren eigenen Problemen beschäftigt, als daß sie noch für jemanden Mitgefühl empfinden könnten. Nur ein ungebundener Mensch, der – der hilft einem. Wollen Sie nicht noch etwas Kaffee?«

»Ihre Bilder sind gut, aber noch besser ist Ihr Kaffee.«

»Sie sind nicht hier, um mich zu verhaften, sonst würden Sie nicht meinen Kaffee trinken.«

»Da haben Sie recht. Das würde ich nicht. Ich würde nicht einmal den Kaffee eines Scherzboldes trinken.«

»Aber es macht Ihnen nichts aus, ihn mit einer Frau zu trinken, die raffiniert und von langer Hand einen Mord vorbereitete?«

»Und es sich dann anders überlegte. Es gibt eine ganze Reihe von Leuten, die ich irgendwann einmal gerne umgebracht hätte. Ja, ich glaube, wo heutzutage das Gefängnis nicht schlimmer ist als ein mittelmäßiges Internat und wo die Todesstrafe bald abgeschafft wird, werde ich mir eine kleine Liste anlegen, à la Gilbert. Und wenn ich dann ein wenig älter bin, mache ich einen großen Rundumschlag – zehn zum Preis von einem – und setze mich dann bequem zur Ruhe, wohlversorgt für den Rest meines Lebens.«

»Sie sind sehr freundlich«, sagte sie abwesend. Und kurz darauf: »Eigentlich habe ich doch gar kein Verbrechen begangen, also kann ich auch nicht für etwas angeklagt werden, oder?«

»Meine liebe Miss Searle, Sie haben praktisch jedes Verbrechen begangen, das es überhaupt nur gibt. Und darunter das schlimmste und unverzeihlichste – Sie haben der überarbeiteten Polizei dieses Landes ihre Zeit gestohlen.«

»Aber das ist doch kein Verbrechen, oder? Dazu ist die Polizei doch da. Ich meine, nicht um ihre Zeit gestohlen zu bekommen, aber um sich zu vergewissern, daß an irgendwelchen Dingen, die geschehen, nichts Unrechtes ist. Es gibt doch gewiß kein Gesetz, das jemanden für das, was Sie einen Scherz genannt haben, bestraft?«

»Man kann es immerhin ›groben Unfug‹ nennen. Es ist einfach wunderbar, was für eine Vielfalt von Dingen sich als grober Unfug bezeichnen läßt.«

»Und was geschieht mit jemandem, der groben Unfug treibt?«

»Er läßt eine kleine Moralpredigt über sich ergehen und wird zu einer Geldstrafe verurteilt.«

»Geldstrafe!«

»Meistens eine lächerlich unangemessene Summe.«

»Ich komme also nicht ins Gefängnis?«

»Nein, es sei denn, Sie hätten noch etwas verbrochen, von dem ich nichts weiß. Was mich allerdings gar nicht wundern würde.«

»Oh nein«, beteuerte sie. »Nein. Sie wissen restlos alles über mich. Übrigens ist mir schleierhaft, woher Sie das alles wissen.«

»Unsere Polizisten sind großartig. Hat Ihnen das noch niemand gesagt?«

»Sie müssen sich ziemlich sicher gewesen sein, daß Sie alles über mich wissen, bevor Sie kamen und nach jenem braunen Fleck auf meiner Iris suchten.«

»Stimmt. Ihre Polizisten sind ebenfalls großartig. Sie haben die Geburtenregister in Jobling, Connecticut, für mich durchgesehen. Das Kind, das Mr. Durfey Searle und seine Frau mitnahmen, als sie von dort in den Süden zogen, war, wie ich erfuhr, weiblichen Geschlechts. Als ich das wußte, da hätte ich meinen Kopf darauf gewettet, daß der braune Fleck da sein würde.«

»Da haben Sie ja eine kriminelle Vereinigung gegen mich organisiert.« Ihm fiel auf, daß ihre Hände nun nicht mehr zitterten. Er war froh, daß sie ihre Fassung so weit zurückgewonnen hatte, daß sie wieder schlagfertige Bemerkungen machen konnte. »Nehmen Sie mich denn nun mit?«

»Im Gegenteil. Ich bin hier, um mich zu verabschieden.«

»Verabschieden? Sie können doch nicht zu jemandem gehen, um sich zu verabschieden, wenn Sie ihn noch gar nicht kennen.«

»Was unsere Bekanntschaft miteinander angeht, habe ich, wie man so sagt, Ihnen etwas voraus. Sie kennen mich nicht – oder zumindest kaum –, aber ich plage mich mit Ihnen nun schon seit 14 Tagen rum, und ich bin heilfroh, wenn ich Sie los bin.«

»Sie nehmen mich also nicht mit auf die Wache oder so etwas?«

»Nein. Es sei denn, Sie machten Anstalten, aus diesem Lande zu verschwinden. In welchem Falle mit Sicherheit ein Polizeibeamter an Ihrer Seite auftauchen und Ihnen eindringlich ans Herz legen würde, doch zu bleiben.«

»Oh nein, ich habe nicht die Absicht davonzulaufen. Ich bereue ehrlich, was ich getan habe. Ich meine, den Ärger und – und wohl auch den Kummer, den ich verursacht habe.«

»Ja. Ich denke schon, Kummer ist das passende Wort dafür.«

»Am meisten tut es mir leid, daß Liz so viel leiden mußte.«

»Es war nicht recht von Ihnen, diesen Streit im Swan vom Zaune zu brechen, nicht wahr?«

»Ja. Ja, das war unverzeihlich. Aber Walter brachte mich so in Rage. Er war selbstgefällig. Selbstgefällig, ohne sich dessen bewußt zu sein. Stets war ihm alles in den Schoß gefallen.« Sie sah seinem Gesicht an, was er sagen wollte, und kam ihm zuvor: »Ja, selbst bei Marguerites Tod! Liz stand schon bereit, um ihn in ihre Arme zu schließen. Er hat niemals wirkliche Einsamkeit kennengelernt. Oder Furcht. Oder Verzweiflung. Oder sonst irgendeines der großen, quälenden Dinge des Lebens. Er war felsenfest überzeugt, daß ihm niemals etwas passieren könne, was nicht wieder gutgemacht werden könnte. Wenn seine Marguerite starb, würde immer eine Liz für ihn bereitstehen. Ich wollte, daß er litt. Daß er sich in etwas verstrickte, aus dem er nicht wieder herauskam. Daß er in Schwierigkeiten geriet und dieses eine Mal nicht so einfach davonkam. Und Sie können nicht sagen, daß ich dabei nicht recht behalten hätte. Er wird nie wieder so selbstgefällig sein, oder? Na, das braucht mich ja dann nicht mehr zu kümmern!«

»Nein, ich glaube nicht. Ich bin mir sogar sicher, daß er es nicht mehr sein wird.«

»Es tut mir leid, daß ich Liz dabei weh tun mußte. Ich würde ins Gefängnis gehen, wenn ich es dadurch ungeschehen machen könnte. Aber ich habe ihr einen weitaus besseren Walter hinterlassen, als es derjenige war, den sie heiraten wollte. Denn wissen

Sie, sie liebt diesen erbärmlichen, egozentrischen Schwächling ja tatsächlich. Na, ich habe ihn gründlich umgekrempelt. Es sollte mich wundern, wenn er nicht von nun an ein neuer Mensch wäre.«

»Wenn ich nicht bald gehe, werden Sie mich noch überzeugen, daß Sie etwas für das Gemeinwohl getan und nicht lediglich groben Unfug getrieben haben.«

»Was geschieht denn nun mit mir? Bleibe ich einfach hier und warte?«

»Gewiß wird ein Constable hier aufkreuzen, der Sie mit ernster Miene zu einem Termin beim Friedensrichter vorladen wird. Haben Sie eigentlich einen Anwalt?«

»Ja, einen alten Mann in einem ulkigen kleinen Büro, der meine Post für mich aufhebt, bis ich sie haben will. Er heißt Bing, Parry, Parry und Bing, aber ich glaube, er ist keiner von den vieren persönlich.«

»Dann sollten Sie ihn lieber aufsuchen und ihm beichten, was Sie angestellt haben.«

»Alles?«

»Alles, was von Bedeutung ist. Wahrscheinlich können Sie den Streit im Swan auslassen und alles andere, wofür Sie sich besonders schämen.« Er sah, daß sie nachdachte. »Aber lassen Sie nicht zuviel aus. Anwälte wissen gern Bescheid; und außerdem sind sie beinahe ebenso schwer zu schockieren wie die Polizei.«

»Habe ich Sie schockiert, Inspector?«

»Nicht nennenswert. Sie waren eine angenehme Abwechslung von den bewaffneten Raubüberfällen und Erpressungen und Trickbetrügereien.«

»Werden Sie dabei sein, wenn ich dem Richter vorgeführt werde?«

»Nein. Ein gemeiner Sergeant wird die Beweise vorlegen, nehme ich an.«

Er nahm seinen Hut und schickte sich an zu gehen, wobei er noch einmal die Bilder der Ausstellung zum Thema West Highlands, die man für ihn arrangiert hatte, betrachtete.

»Eigentlich sollte ich eins dieser Bilder als Souvenir mitnehmen«, meinte er.

»Suchen Sie sich eins aus. Ich werde sie ohnehin übermalen. Welches hätten Sie gern?« Es war offensichtlich, daß sie nicht recht wußte, ob es ihm ernst damit war oder nicht.

»Ich weiß nicht. Ich mag Loch Kishorn, aber ich habe ihn als weniger aggressiv in Erinnerung als auf diesem Bild. Und wenn ich die Collons nähme, dann gäbe es im Zimmer keinen Platz mehr für mich.«

»Aber es ist doch nur 75 zu –«, hob sie an, doch dann begriff sie. »Oh. Verstehe. Ja, es ist aufdringlich.«

»Ich glaube, mir fehlt die Zeit, eins auszuwählen. Ich muß es wohl doch lassen, fürchte ich. Aber danke für das Angebot.«

»Kommen Sie irgendwann wieder, wenn Sie mehr Zeit haben«, sagte sie, »und suchen Sie sich in Ruhe eins aus.«

»Danke. Das tue ich vielleicht wirklich.«

»Wenn das Gericht mich wieder zu einer anständigen Frau gemacht hat.« Sie begleitete ihn zur Tür. »Das ist schon eine schwache Leistung, nicht wahr? Aufzubrechen, um jemanden umzubringen, und am Ende groben Unfug begangen zu haben?«

Er fand die Distanziertheit, mit der sie das sagte, bemerkenswert, und er blieb eine Zeitlang im Türrahmen stehen und betrachtete sie. Nach einer Weile sagte er dann wie jemand, der zu einem Urteil gekommen ist: »Sie sind geheilt.«

»Ja, ich bin geheilt«, bestätigte sie traurig. »Ich werde nie wieder ein Kind sein. Es war eine schöne Zeit, aber nun ist sie vorbei.«

»Das Erwachsensein ist gar nicht so übel«, tröstete Grant sie und ging dann die Treppe hinunter. Als er die Tür öffnete, drehte er sich noch einmal um und sah, daß sie oben wartete und ihm nachsah. »Übrigens«, fragte er noch, »was sind eigentlich Accessoires?«

»Was? Oh!« antwortete sie mit einem kurzen Lachen. »Gürtel und Schärpen und bunte kleine Sträußchen, die Frauen sich ins Haar stecken.«

»Auf Wiedersehen!« sagte Grant.

»Auf Wiedersehen, Detective-Inspector Grant. Ich danke Ihnen.«

Er ging hinaus in das Sonnenlicht, mit sich und der Welt im Frieden.

Als er zur Bushaltestelle spazierte, kam ihm eine wunderbar verrückte Idee. Er würde Marta anrufen und fragen, ob er am Samstagabend eine Frau mitbringen könne, und sie würde antworten, aber ja, du kannst mitbringen, wen du willst, und er würde Lee Searle mitbringen.

Aber natürlich konnte er so etwas nicht machen. Das wäre ausgesprochen unschicklich für einen Beamten der Kriminalpolizei; es spräche von einem Übermut, einer Frivolität, die man unter solchen Umständen nur unziemlich nennen könnte. Für die Lee Searles dieser Welt, für Leute, die noch ein wenig grün hinter den Ohren waren, mochte es angehen, solchen Gedanken nachzugeben, aber für Erwachsene – und nüchterne Erwachsene dazu – schickte es sich nicht.

Und natürlich gab es Dinge, die einen dafür entschädigten. Im Grunde bestand das ganze Leben aus solchen Entschädigungen.

Extravaganzen waren für die Jugend da; für Erwachsene gab es die Vergnügungen der Erwachsenen.

Und keine Vergnügung seiner Jünglingsjahre hatte ihm jemals die Brust mit größerer Vorfreude erfüllt als der Gedanke an das Gesicht, das Superintendent Bryce machen würde, wenn er ihm gleich seinen Bericht vortragen würde.

Es war eine großartige und unendlich befriedigende Aussicht.

Er konnte es kaum erwarten.

Nachwort

Salcott St. Mary wäre das typische friedlich verschlafene englische Dorf, wie es Krimiautoren und -leser lieben, hätte es nicht das Riesenunglück gehabt – in diesem Punkt sind sich die Ureinwohner einig –, »entdeckt« zu werden.

Erst erwarb Lavinia Fitch, Autorin romantischer Frauenromane mit sich stets ähnelnden Heldinnen, die außer einer Riesenschar von Leserinnen niemand ernst nimmt, am wenigsten sie selbst, von ihren üppigen Einkünften das Herrenhaus Trimmings, einen historistischen Alptraum voller Türmchen, Erker, Zinnen und sonstigem Schnickschnack, dann rettete Marta Hallard, Star der britischen Bühnen, eine alte Mühle vor der Umwandlung in eine Fabrik, und schon war die Lawine nicht mehr aufzuhalten. Das Dorf wurde zur Künstlerkolonie, jedes dritte Haus gehört inzwischen einem »Alien«, und nicht nur in den Augen der Einheimischen sind diese mehr oder weniger verrückt. Die liebenswert zerstreute Lavinia Fitch und die scharfzüngige Marta Hallard sind noch recht normal, und Miss Easton-Dixon, die bescheiden von einem jährlichen Märchenbuch für das Weihnachtsgeschäft lebt, ist nur ein wenig wunderlich. Neben einer Leidenschaft für den Glanz und die Größe Hollywoods, seiner Helden und Heldinnen und seiner Produkte, hat sie eine verhängnisvolle Neigung zu geschmacklosen Handarbeiten aller Art; mit ihren grausig überdekorierten Produkten stopft sie nicht nur ihr eigenes Zuckerbäkker-Märchen-Hexenhaus voll, sondern überschwemmt auch die Häuser ihrer Freunde und Wohltätigkeitsbasare aller Art. Die weiteren Exemplare der Künstlerschaft sind da schon erheblich überspannter; ihre Gemeinsamkeit ist vor allem das Übertriebene, das tief Unechte ihrer Existenz und ihres Auftretens. Walter Whitmore, Lavinia Fitchs Neffe, der im Haushalt seiner Tante lebt, ist als Rundfunkjournalist der absolute Liebling einer unkritischen Hörerschaft, während viele Zeitgenossen seinen Stil als bis zur Unerträglichkeit falsch und verlogen empfinden. So hatte er schon in seinen Reportagen aus dem griechischen Bürgerkrieg vom Duft des wilden Thymians geschwärmt, wenn er sich im angeblichen Kugelhagel in die griechischen Hügel krallte. Jetzt hat er die Äcker, Hecken und Wälder Englands in Erbpacht genommen und preist in unsäglichem Ton wöchentlich einmal die Wunder, die sich am Wege finden.

Bis auf diese Mission, an die er selbst zu glauben scheint, und seine ausgeprägte Egozentrik ist er recht sympathisch, was man von den anderen Künstlerkolonisten beim besten Willen nicht sagen kann. Da ist der äußerst erfolgreiche Dramatiker Toby Tullis, der sich für das achte Weltwunder hält, der sich auf seinen vollendet eleganten Lebensstil, vom gepflegten, mit erlesenen Antiquitäten ausgestatteten Haus aus der Zeit Jakobs des Ersten bis zum persönlichen Auftreten hin, so viel einbildet und der doch wie in seinen Anfangsjahren als schlechter Schauspieler immer den richtigen Ton exakt verfehlt. Da ist der verkrachte Ballettänzer Serge Ratoff mit seiner erfundenen russisch-adligen Vergangenheit und seinen verlogenen Plänen von einem Comeback, der in einem Schuppen haust und seinen früheren Freund und Protektor Toby Tullis mit Haßliebe verfolgt. Und da ist schließlich der zu spät geborene Naturalist Silas Weekley, dessen ewig gleiche Gestalten zwischen stinkenden Misthaufen in ärmlichen Katen unter schicksalhaft dräuenden Wolken im strömenden Regen eine gedrückte und karge Existenz in urtümlicher Triebhaftigkeit und wimmelnder Fruchtbarkeit führen. Er selbst versucht das, was er für das Leben des ländlichen Proletariats hält, in einem verkommenen Haus an der Seite einer verhärmten und unterdrückten Frau, der er Kind auf Kind macht, nachzuleben und schüttet den Haß und die Aggressivität, die er nicht auf seinen Buchseiten verströmt, über seine Familie und seine Nachbarn aus. Stolz auf seine Volksschulbildung, machen ihn seine Riesenerfolge vor allem beim amerikanischen Publikum, das seine häßlichen Hymnen auf die dumpf dampfende Fruchtbarkeit der Frau, des Mists und der Scholle verschlingt, nur noch aggressiver.

In Bewegung gerät diese eigentümliche Welt wie so häufig durch die Ankunft eines Fremden, des jungen amerikanischen Fotografen Leslie Searle. Er will Walter Whitmore kennenlernen, mit dem ihn ein gemeinsamer enger Freund verbindet, der in einem Balkan-Aufstand umgekommene Pressefotograf Cooney Wiggin. Lavinia Fitch lädt den Fremden zum Wochenende nach Trimmings ein – eine spontane Geste, die ihr nicht nur durch das riesige Haus und das viele Personal ermöglicht wird, sondern ihren Grund wohl auch in der außergewöhnlichen Attraktivität findet, die von Leslie Searle ausgeht. Die sturmerprobte Schauspielerin Marta Hallard behauptet jedenfalls, seine Anziehungskraft auf 20 Meter Entfernung in einem mit Partygästen vollgepfropften Raum intensivst empfunden zu haben. Alle, die Searle begegnen, Männer wie Frauen, sind sich einig, daß seine strahlende, skandinavisch geprägte Schönheit nicht von dieser Welt zu sein scheint: ein Überlebender aus Atlantis, ein nordisches Sagenwesen, jemand aus dem Paradies, von der Morgendämmerung der Menschheit, ein von Praxiteles modellierter Olympionike – das sind die Assoziationen, die er auslöst. Aber auch etwas Luziferisches schwingt mit, etwas vom gefallenen Engel, vom schönen Dämon in Menschengestalt, der plötzlich »wie ein Hauch im Wind« vergehen könnte.

Und genau das geschieht: Leslie Searle, der als gesuchtester Porträtfotograf Hollywoods im Winter genug Geld verdient, um im Sommer durch die Welt vagabundieren zu können, entwickelt mit dem populären Naturfreund Walter Whitmore den Plan eines Buches über den noch unbesungenen Fluß Rushmere, der an Salcott St. Mary vorbeifließt: Er wird die Fotos machen, Walter die Texte schreiben, und zu diesem Behufe werden sie das Flüßchen von der Quelle ab erwandern und später auf Kanus befahren. Um der Echtheit und Naturnähe willen wollen die beiden in Schlafsäcken im Freien übernachten, eine Strapaze, die durch den zu erwartenden todsicheren Verkaufserfolg mehr als wettgemacht zu werden verspricht. Und ausgerechnet in der Nacht, in der sie unweit von Salcott St. Mary ihr Lager genommen haben, verschwindet Leslie spurlos, als habe er sich in Luft aufgelöst.

Wenn auch der Dramatiker Toby Tullis meint, für den Fall sei der Ortspfarrer zuständig, der als Steckenpferd die Dämonologie reitet, schaltet die örtliche Polizei wegen der Prominenz der Künstlerkolonie Scotland Yard ein. Alan Grant, Josephine Teys eleganter und wohlhabender Gentleman-Detective, übernimmt den Fall sehr gern, da er durch einen Zufall Leslie Searle in London kennengelernt hat und wie alle anderen auch von dessen rätselhafter Schönheit und Ausstrahlung fasziniert war. Zudem ist

Grant seit langen Jahren mit Marta Hallard befreundet und dank ihrer spitzen Zunge über das exzentrische Künstlervölkchen in Salcott St. Mary recht gut im Bilde. Trotz der relativen Bedeutungslosigkeit des Falles kann er sich auch die Assistenz seines Watson, Sergeant Williams, sichern, der bewundernd zu seinem Chef mit dem im Yard legendären Instinkt aufblickt und gern bereit ist, für ihn die geduldige Wühlarbeit zu verrichten.

Aber bei allem legendären Instinkt und allem geduldigen Wühlen kommen die beiden nicht recht weiter. Am meisten verdächtig ist Leslies Buchpartner und Kanukamerad Walter Whitmore: Nachdem Searle und Whitmore am Abend ihre Sachen am Ufer deponiert und ihre Schlafsäcke ausgerollt hatten, waren sie wie schon öfter zuvor in den örtlichen Pub gegangen, hatten sich aber entgegen ihrer sonstigen Gewohnheit abseits von der Bar gehalten und an ihrem Tisch eine erregte Konversation geführt, die auf erhebliche Spannungen zwischen ihnen hindeutete. Schließlich war Walter zur Überraschung aller Gäste grußlos davongestürzt – sonst hätte er Searle wohl erwürgt, wie dieser den anderen ruhig versichert. Der Fotograf blieb noch bis zur Polizeistunde im Pub, ging dann mit den anderen Gästen bis zu der Stelle, wo der Weg zu ihrem Lager abzweigte, und – wurde nie mehr gesehen.

Walter Whitmore hatte damit sowohl die Gelegenheit als auch ein Motiv zur Tat, war es in ihrem Streit, zu dem Walter die Aussage verweigert, doch vermutlich um seine Verlobte Liz Garrowby gegangen, die Sekretärin seiner Tante. Zwischen ihr und Leslie Searle hatte sich schnell eine selbstverständliche Vertrautheit eingestellt, die Walter mit Recht Anlaß zu Eifersucht gegeben hatte. Hatte er es also nach Skakespeares Worten nicht vermocht, »to love and be wise« – so der Originaltitel des vorliegenden Romans –, zu lieben und dennoch weise zu sein?

Das träfe aber auch auf Liz' Stiefmutter Emma Garrowby, Lavinia Fitchs Schwester, zu. Das plötzlich entstandene Dreieck Walter-Liz-Leslie gibt auch ihr ein starkes Motiv. Die Verlobung zwischen Liz und Walter, die sich nach einer großen Enttäuschung Walters recht zwanglos ergeben hatte, entspricht ihren geheimsten Wünschen: Ihr Neffe ist in guten und zuverlässigen Händen, und ihre Stieftochter wird einst an Lavinias beträchtlichem Vermögen partizipieren. Könnte sie da nicht Leslie Searle, der diesen Frieden zu stören drohte, einfach beseitigt haben?

Grant würde ihr das in ihrem gnadenlosen Mutterinstinkt und Brutpflegetrieb durchaus zutrauen.

Aber noch anderen könnte es schwergefallen sein, Liebe und Weisheit zu vereinigen: Der eitle Geck Toby Tullis hatte Searle die nach seiner Meinung unwiderstehlichsten Avancen gemacht, und der ließ ihn demütigend abblitzen. Diese Avancen wiederum hatten Tullis' ehemaligen Liebhaber, den heruntergekommenen Ballettänzer Serge Ratoff, zu einem offenen Angriff auf Searle im Pub veranlaßt. Und schließlich ist da auch noch der halbverrückte, aggressive Barde der Scholle, Silas Weekley. Könnte er ganz verrückt geworden sein und Leslie aus purem Haß auf alles Schöne getötet und in den Fluß geworfen haben?

Keiner der Verdächtigen hat ein Alibi, alle hatten die Gelegenheit – der Tänzer behauptet sogar, in der Nähe des vermutlichen Tatorts nachts auf den Wiesen getanzt und Choreographien entworfen zu haben.

Somit scheint eine verbreitete und beliebte Variante des Verbrechensgeheimnisses im Detektivroman vorzuliegen: Das Opfer befand sich in der unangenehmen Lage, daß mehrere Personen es auf sein Leben abgesehen haben könnten. Aufgabe des Detektivs ist es in diesen Fällen, das verborgenste Motiv auszugraben, das bombensicherste Alibi zu knacken und den am wenigsten Verdächtigen als Täter zu überführen. Doch mit diesem Spiel, bei dem Emma Garrowby wohl die schlechtesten Karten hätte, ist Alan Grant nicht recht zufrieden. Leslie Searle ist im Wortsinne spurlos verschwunden. Ein »Mord« ohne Leiche ist immer mißlich, wenn man auch dafür dem Rushmere die Schuld geben könnte, der in seinem bei Salcott St. Mary tief verschlammten Flußbett traditionell seine Opfer nicht wiederhergeben will. Trotz intensivstem Absuchen des Flusses findet sich nur ein Schuh des Verschwundenen. Aber selbst wenn Searle schuhlos das Weite gesucht haben sollte, ergeben Williams' sorgfältige Routinerecherchen bei allen Verkehrsmitteln sowie Rundfunkaufrufe nach Autofahrern und Anhaltern einfach nichts.

Auch sonst scheint Leslie Searle keine Spuren hinterlassen zu haben. Sein Zimmer in Trimmings, das er längere Zeit bewohnt hatte, hat nichts von der Persönlichkeit des Gastes bewahrt; es ist das sterilste, das Grant je dienstlich zu durchsuchen hatte. Ebenso unergiebig ist die Untersuchung von Searles Hinterlassenschaft, die nichts Privates, keinen Brief, kein Dokument, keinen Hinweis auf die geringste persönliche Eigenheit preisgibt. Am bedeutungsvollsten ist da noch ein fremdes Besitzstück, ein Handschuh Liz Garrowbys unter Searles Taschentüchern ... und ein negatives, ein fehlendes Indiz: Im sorgfältig gepackten Gerätekoffer des professionellen Fotografen findet sich eine rätselhafte Lücke von 25 mal 8 mal 10 Zentimetern.

Und da gibt es noch das merkwürdige und nicht näher zu analysierende Gefühl Alan Grants, der die Atmosphäre von Varieté und zersägter Jungfrau zu spüren meint. Grants Gefühle sind bei seinen Vorgesetzten in Scotland Yard gleichermaßen geschätzt und unbeliebt, sind sie doch als solche nicht gerichtsverwertbar. Welchem Illusionisten soll er hier aufsitzen? Ist es vielleicht gar nicht der Typ des Rätsels mit dem einen Toten und den fünf Verdächtigen, denen man nichts beweisen kann? Handelt es sich vielleicht nicht eher um das Verschwinden eines Menschen aus einem im Grunde lückenlos zu kontrollierenden Raum – ohne Schuhe, ohne Papiere, ohne Existenzmittel, das besonders raffiniert inszenierte Verbergen einer Leiche?

Natürlich behält Grants Gefühl wieder einmal recht. Am Ende steht er vor dem am sorgfältigsten vorbereiteten und ausgeklügeltsten Mordplan seiner Laufbahn und vor einem Gegner, dem er widerwillig intellektuell Hochachtung zollen muß. Und der Fall ist so, daß er nach Grants eigener Meinung im Grunde in einen Roman gehört – in den, den wir soeben gelesen haben.

Mit der *Franchise Affair* (*Die verfolgte Unschuld,* DuMont's Kriminal-Bibliothek Band 1026) tritt Elizabeth Mackintosh (1897–1952) 1948 in die fruchtbarste Phase ihrer Laufbahn als Verfasserin von Detektivromanen ein. Bis zu ihrem frühen Tod verfaßt sie Jahr für Jahr einen Roman, der das strenge Gattungsmuster innovativ variiert und es zugleich bewahrt; der letzte, *Der singende Sand* (DuMont's Kriminal-Bibliothek Band 1013), erscheint bereits postum. In diesen wenigen Jahren wird sie nach dem Urteil des großen Genre-Kenners und -Historikers Howard Haycraft zum wichtigsten und originellsten Vertreter des Detektivromans nach dem Zweiten Weltkrieg, und trotz ihres eher schmalen Werkes kann sie in Personenzeichnung, Stil, sauberster Handlungskonstruktion und nicht zuletzt in puncto Humor den Größten ihres Faches zur Seite gestellt werden.

Volker Neuhaus

DuMont's Kriminal-Bibliothek

Band 1016	Anne Perry	**Der Würger von der Cater Street**
Band 1017	Ellery Queen	**Sherlock Holmes und Jack the Ripper**
Band 1018	John Dickson Carr	**Die schottische Selbstmord-Serie**
Band 1019	Charlotte MacLeod	**»Über Stock und Runenstein«**
Band 1020	Mary Roberts Rinehart	**Das Album**
Band 1021	Phoebe Atwood Taylor	**Wie ein Stich durchs Herz**
Band 1022	Charlotte MacLeod	**Der Rauchsalon**
Band 1023	Henry Fitzgerald Heard	**Anlage: Freiumschlag**
Band 1024	C. W. Grafton	**Das Wasser löscht das Feuer nicht**
Band 1025	Anne Perry	**Callander Square**
Band 1026	Josephine Tey	**Die verfolgte Unschuld**
Band 1027	John Dickson Carr	**Die Schädelburg**
Band 1028	Leslie Thomas	**Dangerous Davies, der letzte Detektiv**
Band 1029	S. S. van Dine	**Der Mordfall Greene**
Band 1030	Timothy Holme	**Tod in Verona**
Band 1031	Charlotte MacLeod	**»Der Kater läßt das Mausen nicht«**
Band 1032	Phoebe Atwood Taylor	**Wer gern in Freuden lebt ...**
Band 1033	Anne Perry	**Nachts am Paragon Walk**
Band 1034	John Dickson Carr	**Fünf tödliche Schachteln**
Band 1035	Charlotte MacLeod	**Madam Wilkins' Palazzo**
Band 1036	Josephine Tey	**Wie ein Hauch im Wind**
Band 1037	Charlotte MacLeod	**Der Spiegel aus Bilbao**
Band 1038	Patricia Moyes	**»... daß Mord nur noch ein Hirngespinst«**

Von Josephine Tey ist in unserem Verlag erschienen:

Band 1013

Josephine Tey

Der singende Sand

Alan Grant verlebt eine angsterfüllte Nacht. Der Inspector von Scotland Yard, der unter klaustrophobischen Anfällen leidet, muß mehrere Stunden in einem kleinen geschlossenen Eisenbahnabteil zubringen. Kann Grant den Zug am anderen Morgen jedoch erleichtert verlassen, um bei alten Freunden einen Erholungsaufenthalt im schottischen Hochland anzutreten, ist das einem anderen Passagier im benachbarten Abteil ›B Sieben‹ nicht mehr möglich – er ist ermordet worden . . .

Der Inspector nimmt den Tod des Fremden eher beiläufig und unberührt zur Kenntnis. Ein Gedicht aus einer Zeitung, die er versehentlich aus dem Abteil des Toten mitgenommen hat und die anfänglich nur Anlaß war, über seine eigene Situation nachzudenken, konfrontiert Grant immer mehr mit der Realität, die ihn umgibt, und läßt ihn schließlich die überraschende Lösung des Mordfalls finden.

Band 1026

Josephine Tey

Die verfolgte Unschuld

Der Rechtsanwalt Robert Blair langweilt sich. Nichts scheint seinen geregelten Tagesablauf zu unterbrechen, bis ihn Marion Sharpe, die mit ihrer alten Mutter allein in einem einsam gelegenen Haus lebt, eines Tages um Hilfe bittet. Zu seiner Verwunderung erfährt er, daß die Frauen eines ganz unglaublichen Verbrechens angeklagt werden: Sie sollen ein fünfzehnjähriges Schulmädchen entführt und mit Schlägen und Drohungen gezwungen haben, für sie als Hausgehilfin zu arbeiten. Robert Blairs Versuche, die Unschuld der beiden Frauen zu beweisen und die Glaubwürdigkeit der Anklägerin zu erschüttern, machen ihn mit einer Welt bekannt, in der es alles andere als wohlgeordnet zugeht . . .

Band 1038

Patricia Moyes

»... daß Mord nur noch ein Hirngespinst«

Die Familie Manciple gilt als exzentrisch – aber die Bewohner des englischen Dorfes, in dem die Familie seit Generationen lebt, mögen sie gerade deswegen. Als der neureiche Londoner Buchmacher Raymond Mason erschossen in der Auffahrt zum Anwesen der Manciples gefunden wird, glaubt daher keiner der Nachbarn, daß der Täter einer von ihnen ist. Chefinspektor Henry Tibbet aus London, der mit den Ermittlungen betraut wird, trifft auf schießwütige pazifistische Ex-Soldaten, spiritistisch interessierte schwerhörige Großtanten, zerstreute und charmante Hausherrinnen, kreuzworträtselbesessene Bischöfe, undurchsichtige Wissenschaftler und scharfzüngige Schönheiten. Mord ist für ihn bald nur noch das kleinere Problem in diesem Fall.

Band 1037

Charlotte MacLeod

Der Spiegel aus Bilbao

Nachdem die hübsche Pensionswirtin Sarah Kelling in den letzten Monaten von einem Mordfall in den nächsten gestolpert ist, fühlt sie sich mehr als erholungsbedürftig. Ihr Sommerhaus am Meer scheint der ideale Ort für einen Urlaub, zumal Sarah hofft, daß sie und ihr bevorzugter Untermieter, der Detektiv Max Bittersohn, sich noch näherkommen... Zu ihrer Enttäuschung wird die romantische Stimmung jedoch durch einen Mord empfindlich gestört – und statt in Sarahs Armen landet Max zu seinem Entsetzen als Hauptverdächtiger in einer Gefängniszelle. Schon bald stellt sich eines heraus: Ehe nicht das Geheimnis des alten Spiegels gelöst ist, der so plötzlich in Sarahs Haus auftauchte, wird es für die beiden kein Happy-End geben.

Band 1032

Phoebe Atwood Taylor

Wer gern in Freuden lebt . . .

Victoria Alexandra Ballard, liebevoll Vic genannt, ist aufgebracht: Hat ihr Adoptivsohn George doch einfach ein Häuschen auf Cape Cod für sie gemietet, ohne sie zu fragen – zu ihrem eigenen Besten selbstverständlich, ist sie doch sehr krank gewesen . . . Mrs. Ballards Entschluß, ihren Zwangsurlaub trotz allem zu genießen, läßt sich jedoch leider nicht umsetzen. Gleich am ersten Abend ihres Aufenthaltes wird ein Mitglied einer Schauspielertruppe, die sich im Nebel verirrt hatte und bei ihr Unterschlupf fand, umgebracht. Schon bald ist eines klar: Der Ermordete, der Varieté-Künstler John Gilpin, zauberte nicht nur Kaninchen aus seinem Hut, sondern übte auch eine ganz besonders magische Wirkung auf Frauen aus . . .

Band 1033

Anne Perry

Nachts am Paragon Walk

Skandal: In der Parkanlage am Paragon Walk ist ein junges Mädchen erstochen und geschändet aufgefunden worden. In den Salons der feinen Familien gibt es keinen Zweifel: Offensichtlich hat ein Kutscher, während er auf seine Herrschaft wartete, dem armen Mädchen aufgelauert. Schließlich wäre kein Gentleman zu einer solchen Tat fähig!
Inspector Pitt ist sich da nicht so sicher. Sein Verdacht scheint sich zu bestätigen, als ein zweites Verbrechen geschieht. Aber die vornehmen Leute wissen sich vor indiskreten Fragen der Polizei zu schützen. Zum Glück stellt Charlotte – Pitts kluge Frau – ihre eigenen Ermittlungen an. Behilflich ist ihr dabei ihre Schwester Emily, der seit ihrer Heirat mit einem Lord Türen offenstehen, die Scotland Yard verschlossen bleiben.

Band 1034

John Dickson Carr

Fünf tödliche Schachteln

Eine harte Nuß für Chefinspektor Masters: Vier illustre Mitglieder der Londoner High-Society haben sich kurz vor Mitternacht zu einer Cocktailparty getroffen. Wenig später finden der junge Arzt John Sanders und die hübsche Marcia Blystone die drei Gäste bewußtlos und den Gastgeber erstochen auf. An Verdächtigen herrscht kein Mangel – der Tote hatte in weiser Voraussicht fünf mysteriöse Schachteln mit den Namen von fünf potentiellen Tätern bei seinem Anwalt hinterlegt. Mit Elan begibt sich Masters auf die Spurensuche. Die Lösung des Rätsels bleibt jedoch seinem schwergewichtigen Erzrivalen aus dem englischen Hochadel, Sir Henry Merrivale, vorbehalten. Unterstützt von Marcia Blystone und John Sanders riskiert Merrivale Kopf und Kragen und lüftet mehr als ein dunkles Geheimnis, bevor er den überraschten Beteiligten den Mörder präsentiert.

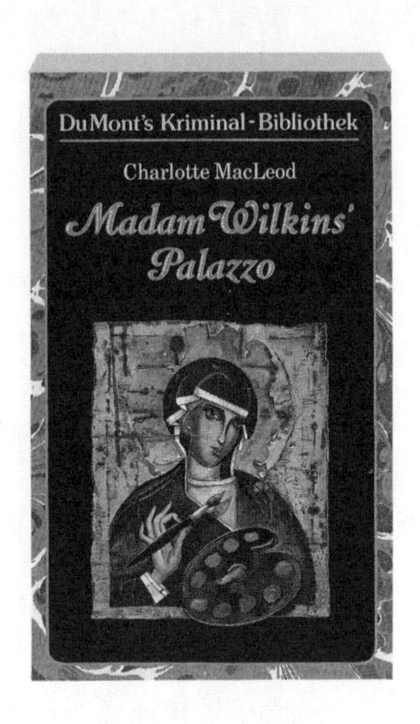

Band 1035

Charlotte MacLeod

Madam Wilkins' Palazzo

Sarah Kelling sagt nur zu gern zu, als der smarte Detektiv in Sachen Kunstraub und Fälschung, Max Bittersohn, sie zu einem Konzert in den Palazzo der Madam Wilkins einlädt, ein Museum, das für seine exquisite Kunstsammlung berühmt und für den schlechten Geschmack seiner Besitzerin berüchtigt ist. Doch Bittersohns Einladung steht unter keinem guten Stern: Die Musiker sind schlecht, das Buffet läßt zu wünschen übrig – und einer der Museumswächter fällt rücklings von einem Balkon im zweiten Stock des Palazzos. Als Bittersohn dann noch entdeckt, daß die berühmte Kunstsammlung mehr Fälschungen als Originale enthält, steht eines zumindest fest: Mord sollte eben nie nur als schöne Kunst betrachtet werden!